那么远的天堂,那么近的你

那澜/著

远方出版社

图书在版编目(CIP)数据

那么远的天堂，那么近的你/那澜著.—呼和浩特：远方出版社，2018.4
（紫水晶情感小说系列）
ISBN 978-7-5555-1121-2

Ⅰ.①那… Ⅱ.①那… Ⅲ.①长篇小说－中国－当代 Ⅳ.①I247.5

中国版本图书馆CIP数据核字（2018）第074633号

那么远的天堂，那么近的你
NAME YUAN DE TIANTANG, NAME JIN DE NI

作　　者	那　澜
责任编辑	云高娃
责任校对	云高娃
出版发行	远方出版社
社　　址	呼和浩特市乌兰察布东路666号　邮编010010
电　　话	（0471）2236470总编室　2236460发行部
经　　销	新华书店
印　　刷	三河市华东印刷有限公司
开　　本	155mm×225mm　1/16
字　　数	316千
印　　张	22
版　　次	2018年4月第1版
印　　次	2018年5月第1次印刷
标准书号	ISBN 978-7-5555-1121-2
定　　价	52.00元

如发现印装质量问题，请与出版社联系调换

目录

第一章　早晚收拾他 / 001

第二章　来，咱找地儿单挑 / 019

第三章　过袜的交情 / 035

第四章　不如死在外头 / 052

第五章　我们合作 / 071

第六章　那儿就是归所 / 087

第七章　站在这里陪你的人，是我 / 102

第八章　相见恨晚 / 118

第九章　她若少一根寒毛，我让你赔命 / 135

第十章　渣到家了 / 151

第十一章　我就是想追你 / 168

第十二章　一切都是最好的安排 / 183

第十三章　等你回来 / 197

第十四章　你赢了 / 211

第十五章　我不度你，我们同舟共济 / 228

第十六章　我爱你，不死不休 / 243

第十七章　溯流从之 / 260

第十八章　我是你的大猴子 / 276

第十九章　我已经用尽洪荒之力 / 291

第二十章　隐瞒是大罪，杀无赦 / 305

第二十一章　我没你想得那么坚强 / 320

尾声　愿我所爱的人，平安喜乐 / 335

第一章　早晚收拾他

"你还知道回来？陆子兮……"袁泽刚从黄山回来，前脚刚进门，脚后跟儿还没落地，就被肖梦兰不冷不热地怼在了门口！

大约这就是全天下妈妈共同的必杀技，叫作先声夺人。

等她从书房露了头，看见门口那人，火气瞬间就压不住地冒了三丈，"袁泽！你瞅瞅你这头发！妈妈是怎么教你的……"

袁泽还没反应过来，肖梦兰手里的书已经掷到眼前，她下意识伸手去挡，那书就哗啦啦翻飞着砸在了脚面上。她脚下一动没动，实在是习以为常了，"妈，您这是干吗啊？"

"你可别叫我妈，我哪儿有这么大本事，生得出你这样的女儿？"肖梦兰仍旧生气，严肃之外又带足了讥讽轻蔑的表情，让她看起来似乎还是昔日正颜厉色的检察官。可这会儿，她分明老了，仍竭力保持着一副利落的样子，"你头发呢？你准备这么不男不女地混到什么时候？"

袁泽是真怕看见肖梦兰，回回见她，总要做足了心理建设，提防着各种暴力。而相对于她出手拍拍打打的习惯，语言上的冷暴力无疑更让她头疼。她深深地吐了口气，抬手用力抹了把汗。

到这会儿,她才忽然想起来自己理发了。

"哎哟,瞅您操的那心,我头发不是在头上?"袁泽笑了一下,弯腰捡起书递给肖梦兰,"妈,多大的事儿啊,又不伤天害理的,值得您生这么大气?医生不是说让您控制情绪吗?小心血压。"

"你还知道关心我的血压?你这说的什么话!你莫非还想着伤天害理?"肖梦兰气得脸红,到手的一本书立刻变身工具,一下下结结实实地往袁泽头上肩上打,"别跟我贫,我就问你的头发!"

袁泽一时狼狈,是真狼狈。

偏偏肖梦兰能保持着十足高傲的模样,压得她喘不过气来。她仓促往书房外躲,抬头正看见长廊边上的镜子。

那镜子被肖梦兰擦得纤尘不染,一点尘渍没有,清晰明亮地照出袁泽的脸。

她二十八岁,自以为风华正茂。

镜子里的她身材瘦削结实,眉目美好精致,五官里依稀有肖梦兰年轻时的影子,一头鸦青短发被她理成板寸,爽利痛快。自鬓角而上,柔软的头发被修得轻薄透彻,甚至能看到一段雪白的头皮,头顶不足寸的短发打着卷儿透出些许质感。

这发型极挑人,一张脸无遮无拦地暴露出来,五官那么清晰明了,偏偏袁泽压得住。

"妈,这不挺好看嘛,多天生丽质!我这常在外面儿跑,太热。"

"热?热你不会在家待着!谁赶着你就非要往外跑?"肖梦兰抬了抬手,想砸又不知想起了什么,忽然停了手,又紧紧蹙了眉,"袁泽,你也不小了,你让我省省心好不好。妈妈就算想管你,还能管几年?"

这话说得多么心酸。

袁泽接不了话茬,只能尴尬站着听训,仿佛还是当年被她牵在手里的小女孩。

"你从前那样儿多好啊,乖巧又懂事,文雅又漂亮,多少人眼巴巴儿看着羡慕妈妈。为了教养你,妈妈费了多少精力?琴棋书画哪一样不是紧着先让你学?怎么到现在就成了这样?今晚你范叔叔有个学生登门,条件很不错,我本想着你来了正好见一见。你这可好……头发一剃,怎么见人?我真是纳闷,你一把年纪,弄这不男不女的样儿给谁看!"这一番话,肖梦兰说得十足冷静,话音低沉到地上,混入泥土,进而又嗤声冷笑,"你这是嫌妈妈死得晚啊,是成心要气死我的。"

袁泽皱了皱眉,"妈,您这越说越离谱了,这都哪儿跟哪儿啊。我都跟您说了,我不见,谁都不见,真不见!"

"行,你本事!你不见!"肖梦兰彻底暴怒,一本书已经不能压制她陈年积淀的怒火,一转手的工夫,手上就换了块乌黑的镇纸,"那陆仲祈呢?人家陆仲祈心心念念地守了你这么多年,算不算同甘苦共患难?生死关头上也没见人家舍了你!那你就好这么抻着?袁泽,你到底有没有良心啊?"

肖梦兰到底没忍住,手中的乌木镇纸就这么往袁泽身上招呼过去。袁泽下意识伸手去挡,细瘦手腕正好磕上,咚的一声响,她咬牙忍了痛,面上却丝毫不显,满心的烦躁几乎烧成一片,压都压不住。她恨恨地咬牙,干脆转了身让肖梦兰往背上打。

"我跟他就是兄弟……"

袁泽都不知道解释了多少遍,但是没用,肖梦兰根本不会信。

她站在那儿懒得开口,不愿解释,一动不动,一声不吭。

这非暴力不合作的劲儿,到底令肖梦兰红了眼圈,最终只好偃旗息鼓,"袁泽,我到底要拿你怎么办?你有一句话能听妈妈说的时候吗?你看看,人家陆子兮都要结婚了……妈妈这张脸要往哪里摆。"

袁泽一时没弄清楚肖梦兰的逻辑,下意识回头问了一句:"陆子兮回来了?她要结婚?"

"你还有脸问?"肖梦兰抬手又想打。

袁泽不躲不让,她看着肖梦兰,忽而就漾出笑来,"妈,你知道的,我也不总是这么好脾气。"

"你……你这是威胁我?"

眼看就要闹得不可开交,楼梯那儿忽然传来极为刻意的一声咳,"袁泽回来了?"

是范洪军。

肖梦兰的泪水一瞬间就掉了下来,手里的镇纸也放下了。

袁泽低头看了看脚下的行李箱,余光瞥见了自己的户外鞋、速干裤,笑得十足无奈,"哎,范叔叔,是我来了。"

她这样说着,又回头去看肖梦兰,无奈压低了声音,"您看,我不来吧,您嫌我不孝,我来吧,又回回都惹您生气,不是吵就是打……我……还是不该来。"

"你这是说的什么浑话!"肖梦兰哽咽着压低了嗓音。

"范叔叔,给您带了两瓶黑枸杞,还有些山参、药酒,都放门口了。那我就先回了,还忙着。"

袁泽低着头,错过肖梦兰,转身走了。

肖梦兰也不知是该拦还是该哭，咬牙骂了声"白眼狼"，又十足委屈地低声说了句"她见着你都比见着我亲"。

范洪军没说话，拍了拍她肩膀以示安抚，转身进了书房。

肖梦兰在滨江小区这小别墅里住了十余年。从住进来的那一天起，她便摆足了女主人应有的架势。

客厅里一向素雅，阳台上花草郁郁葱葱，窗户底下摆着琴，旁边有幅照片，照片上有个长发白裙的小姑娘，侧着脸，那眉目温婉、笑意浅淡的模样，青春、稚嫩、骄傲又柔软。

正是少年时的袁泽。

袁泽回到老城区。

这地方老旧，却比滨江小区的别墅安生得多。

街巷不宽，半个街道被小河占着，街随水走，水伴街行。岁月无限悠长，拖着人年岁渐长。春日艳艳的四月，那些青砖碎瓦的老屋还在那里，那些婀娜多姿的柳树还在那里，那条弯弯曲曲的小河和水里头招摇的水草都还在那里，就连那条青条石铺成的巷子都还在黑沉沉地顺着河道一路湿漉漉地蜿蜒，未曾改变分毫。

也有不一样的地方。从前住在这儿的老人们，陆陆续续都搬走了。房子还是老房子，十户里倒有个七八户住着伪文青，书社画廊小茶馆、撩闲逗乐摸鱼虾，倒也有趣。

袁泽还住在这片儿，这不大的老宅子是她生父袁海山留给她最后的一点儿念想。

时日长了，袁泽有时候都想不起袁海山的样貌，只记得他有着瘦高的身材，温润的眉眼，最是和气好相处。他当老师，教初中语文，十足胸无大志的样子，又难得洒脱，好诗好画好烟酒，好书好琴好闲散。每当海棠花开的时候，他就会撑一架竹椅在树下，泡一壶茶，教袁泽念"柳腰暗怯花风弱。红映秋千院落。归逐燕儿飞，斜撼真珠箔"。

然后，招得肖梦兰一通骂。

袁泽开了一家小店，叫南山下，也在这巷子里，是一间很日常典雅的茶楼私厨，顺带着摆了格子间，帮好友们易物。

这名儿是陆仲祈起的，很有些大俗大雅的滋味。

临进巷子，袁泽掏出手机发了个微信给陆仲祈，"我到家了。陆子兮舍得回来了？要结婚吗？什么时候的事儿？"

就这一会儿工夫，行行摄摄驴行团的微信群里就刷出来几百条消息。

袁泽原本懒得看，猛不丁却瞅见苏小满的名字，是贺胖子嚷着要罢工，说苏小满再不上班就干脆开了得了，养着闲人还得发工资。

袁泽心里咯噔一声，顺手就拨了苏小满的手机，音乐响了个八遍，就是没人接。

袁泽顿住，转身往家走。

苏小满比袁泽小两岁，长得很漂亮。这种漂亮与众不同，鲜活得好像随时随地能起身跳舞。

袁泽与苏小满是旧识，多年的资深好友了。张爱玲说："出名要趁早。"这话蛮适合苏小满。她之前是美院设计系的学生，当年考美院专业第一、文化课第二，十足的小学霸。偏偏她又不是书呆子，能写会画爱耍宝，是个很有天分的摄影小达人，设计、文案都极具灵性，是那种明明能够靠脸吃饭，偏偏要拼才华的典范。她十九岁的时候，才刚刚大二，已经是微博上的小红人。

直到现在,袁泽都常常叫她"过气小网红"。

袁泽开始玩摄影是在二十一岁,那会儿她休学在家,肖梦兰带她出门旅行,范洪军便送了她第一台入门单反。从一无所知到自学成才,袁泽不知看了苏小满多少摄影攻略。那几年,两人微博互动频繁,彼此知悉,渐渐地便觉出性情相投,寒暑假还相约旅行,行摄天下,友谊自然就根深蒂固起来。及至苏小满毕业,两人合力开了南山下,就更是焦不离孟,孟不离焦了。

那会儿,就连刘弩都常常一本正经地吃醋,会正色问苏小满:"你知道什么叫同性恋吗?"

苏小满一脸天真地摇头,"我不知道呀,刘弩哥哥。"

她转脸将这笑话讲给袁泽,两人笑了一整年。

"说实在的,刚见你那会儿,除了觉得你能闹,别的还真没觉得。"

袁泽这么说的时候,苏小满正跷着脚丫子窝在沙发上欺负大白猫原子,转眼就跳起来瞪圆了双眼找袁泽拼命,两人一猫就这么追得满院子鸡飞狗跳。

袁泽一直没对苏小满说过,在她心里,苏小满的欢脱阳光是真的照亮过她的。

袁泽到家的时候,门被反锁着,打不开,叫不应。

袁泽有点儿烦,干脆退两步助跑借力,脚在墙面上略微一蹬,伸手便攀住了墙垣,一眨眼的工夫,人已经稳稳站在墙头上了。

"苏小满?苏小满!"袁泽跳墙进了院子,翻钥匙开门,把行李拖进来。

东厢那边屋门就开了,"你怎么回来了?"

苏小满笑容满面的样子,拄拲的两手上全是塘泥,满眼都是掩饰不了的欢喜,眉目弯弯的模样隐约带着些娇俏,别提多么可人。

"我不能回来呀?"袁泽慢慢活动了下肩关节,肖梦兰那几下也不知道使了几分力,生生地疼,"你班儿也不上,在家干吗呢?垒鸡窝还是孵小鸡?"

"什么呀,我好心好意帮你看房子,顺便把前阵儿学的那个雕塑做完。"苏小满笑着,弯腰就着廊下一道细细的泉水洗了手,顺手将两手湿漉漉地印在袁泽汗湿的T恤上,"快换衣服去,脏死了,都看不出颜色了。"

"呵呵,小爷我天生丽质难自弃,脏我也美着呢!"袁泽似笑非笑地把苏小满的礼物扔过去,"你就不问问我怎么进来的?见天窝家里就不怕胖子把店吃空了?"

苏小满低着头,这才想起自个儿反锁了门,抬手指着院墙哑舌,"你、你、你……"

"你什么你,飞檐走壁,跳进来的!你以为呢。"袁泽拎了行李要走,忽而又停下,笑得颇为狡黠,"苏小满,你是不是躲刘弩呢?吵架了?"

"吵什么吵,他倒是得有这资格呀。"苏小满鼓着腮帮子,蹲在屋檐底下洗手,气鼓鼓的模样十分可人,"整天嚷着最爱我,快得了吧他,好马还不吃回头草呢,他爱我我就得跟他复合呀,神经病。"

"就是,就是。过气网红苏小满的粉丝拉出来能填满大半个东泉,可是,这集美貌与智慧于一体的美少女苏小满,却只对不才矢志不渝……"

"死开，戏精！能不能不加戏，你太讨厌啦，袁泽……"

袁泽哈哈大笑，身上的伤都不再觉得疼。

陆仲祈看见袁泽信息的时候刚散会，已经是晚上十点了。

他将手机翻了两遍，接通了内线，"刘助，今天有没有我的私人电话？"

姓刘的特助跟随他多年了，几乎立刻便会意，"袁小姐一早就到车站了，陆一亲自接的，送回滨江小区范书记那里，一直没来电话。陆小姐那边……"

陆仲祈长出了一口气，"子兮那你先别管了，随她去吧。晚了，你先回去，剩下的我自己处理。"

他盯着手机看了好久，还是忍不住扔下工作往老城区跑。

南山下正吵得热闹。袁泽抱着电脑看采风照片，苏小满抱着 原子在旁边出谋划策，胖子将圆桌支在小院子里，不要钱一样地往外拎啤酒。

那酒并不是普通放在冰箱冰镇的，而是在泉水里冷着的，自有一股子田园的爽利劲儿。

老驴头、二愣子、哈娜、葱葱、江闲、武恒斌都在，这群人穿T恤仔裤的有，西装革履的有，马裤老头衫的有，对襟马褂千层底儿的也有，五花八门地凑一块儿，正商量着下周末野山户外活动的事儿。

袁泽从胖子手里接过啤酒，刚打开，电话就响了。陆仲祈的声音压得有点儿低，略微带着些漫不经心的疲惫，"在哪儿呢？回来都不知道给我打电话？良心拿去喂原子了？"

"我哪有那么多良心？正在南山下喝酒呢，驴头他们都在，商量着下周去野外，你来吗？"

胖子听见一个话音,抻着脖子在袁泽身边吼,"小陆总,泉子里刚捞出来的啤酒,今早才从啤酒厂送过来,原浆,别处您可喝不着!"

原子被他吓得一激灵,愤怒地呼噜两声,只差没伸爪挠他的脸,众人就哈哈一阵笑。

"不去了,忙一天了,晚饭还没吃。袁泽,你回家等我呗?我带消夜给你。"他语气渐渐放软。

"成,我回去给你熬个绿豆汤。"

陆仲祈潦草应一声,收线。他自个儿没觉察,那眼角眉梢的笑意是遮都遮不住的。

自然,南山下这边也是嘘声一片。

陆仲祈到老宅的时候,袁泽已经备好了绿豆汤和小菜。陆仲祈难得清闲,一把扯了名贵的衬衫随意搭在花枝上,进屋翻了个工字背心出来穿上,下手捏花生毛豆吃得欢乐,"还是你这里好,什么都不如这清粥小菜,这才像过日子呢。"

"德行,小陆总,你就不怕丢陆氏的脸?"袁泽似笑非笑地看着他,"就你刚才那话让我妈听见,至少能被骂两个月。我这就不是人过的日子,得学你,出入写字楼,西装革履,有车有房,哦,不能单身。"

陆仲祈大笑,开了瓶啤酒递给袁泽,"子兮姐要结婚?你听说没?"

"听说了。孟礼哥怎么说?"

"我哥才不管呢。陆子兮这能人,当年说走就走,如今说回就回。退学是她,出国是她,结婚也是她,陆孟礼能说什么?你说陆家上下,谁管得着她?"

"啧,这可真够陆子兮的。她跟谁结婚,这你总知道吧？"

"一个姓裴的。"陆仲祈转身回车里取了个盒子放在桌上，"喏，她给你的，快递发到公司了，说让你做伴娘。"

袁泽接过盒子翻看，请柬用了一张素面珍珠白亚光纸，下半段儿压着蕾丝装饰，连接处的藕色缎带以钻扣系上，别提多讲究。内页是米色的艺术纸，手写的字体十分潇洒，裴政东、陆子兮并列其上。

"裴政东？"

"不认识。"陆仲祈冷笑。

"陆仲祈！你行啊！子兮不是你姐？她要结婚，请柬都下了，你不知道她嫁给谁？"

"要是你结婚，我一定知道，上赶子给你当新郎官去。她……我还真无能为力。"陆仲祈边说边摇头。

袁泽被他气笑，伸手打开盒子，取出一件定制的香槟色抹胸小礼服，衣服款式很简单，做工却相当精细。

"漂亮吧？量身定制的。你不试试？"

"陆仲祈，这你弄的吧？你脑子呢？"

"伴娘礼服而已。子兮那边，你总是要去的。陆家这边闹成这样，你要再不去，婚礼上女方就没人了，让人笑话。"

"你不去？孟礼大哥呢？"

"我没空，他出差，下江南啦，公司这边可能有个大案子。"

"你不后悔？"

"不后悔。"话说得相当笃定。

袁泽便有些无奈。

她与陆子兮有从小一起长大的情分。

老城区那条小巷子，巷子旁边的一条小河，河边的一排岸柳……哪儿都写着她俩小时候的回忆。那时候，陆子兮还不叫陆子兮，她是外婆疼在心尖儿上的暖馨。

后来，她们长大了，袁泽跟着肖梦兰搬离了老城区，暖馨也变成陆子兮。

再见面时，便是初中了。

她清楚地记得，那会儿她正在琴房练琴。房门被踹开的时候，她下意识回头，只看见一个相当模糊的人影。傍晚的夕阳呼啦啦涌进来，将闯入者拢在光晕里，让人看不分明。

袁泽手上顿了一下，转头继续弹下去，一个弦音都不曾乱。那女孩就趾高气扬地进来，靠在门边看她。

等一曲结束，那女孩才开口，她说："我那便宜弟弟陆二傻说，他看上省实验的一枚小女神，我还当是谁呢，原来是你。"

袁泽失笑，"这么中二，又死性不改，我还当是谁呢，原来是你呀，小暖馨。"

"我叫陆子兮。"

"陆子兮？"

"对，那你知道我为什么叫陆子兮吗？"

"子兮子兮，如此良人何？"

陆子兮结婚那天，天气不是很好。

天蒙蒙亮，陆仲祈亲自来老城区接袁泽。

袁泽特意穿了那件GUCCI的白色衬衣，一身剪裁利落雅致的西装三件套，配上精致妆容，很经典的吸烟装打扮。"干练帅气又不失大方庄重，美出天际了，你还要怎样？"

陆仲祈没见着袁泽穿上那身小礼服，有些失望。袁泽笑嘻嘻整了衬衫领口，"你看你看，你送的GUCCI都穿上了，知足吧。"

陆仲祈失笑，取了一只宝石的小蜜蜂胸针，亲自给袁泽别上。

袁泽没拒绝。

汽车一路奔往西区，又在旅游路转弯开往南郊，道路越走越曲折的时候，袁泽忍不住开口，"你确定你要开会？"

陆仲祈并不看她，随口解释："是个很重要的招标会。"

袁泽看了陆仲祈一眼，不说话，她知道陆仲祈说了谎。

可这事儿有必要揭穿吗？

汽车颠簸半天，顺着环山公路一路南驰，终于在一处山间别墅前停住。

山峦是一色的葱翠，绿树掩映之中，白色台阶默默延伸，一直消失在不远处的鲜花拱门下。三三两两的郁金香花球点缀其间，浅淡花香随着舒缓音乐流露出那么一星半点儿的意境，不流俗也不刻意，美得恰到好处。

跨过鲜花拱门，眼前场地豁然开朗。薄阴的天气仿佛温柔垂下一层帘幕，那帘幕的一角压在层山脚下，成片的绿树腾起，做成一片宽大的背景。德式别墅稳立当中，庭院绿草如茵，古朴圆木上花束繁盛，白与橙两色海芋辉映，大蕉叶向天而藤蔓低垂。三两组矮篱笆向两侧延展，与结着花束、气球的座椅一起环成圆圈，将中心白色垂花缀纱的主亭环绕其中。

"还不错。"袁泽自言自语，取了相机拍照。

身边有人喊了一声："袁泽？"

身后站着一位中年男人，西装革履，踏实稳重。他看着袁泽，笑容干净温和，"你好，我是裴政东。"

袁泽看了他一眼，转身与他握手，"恭喜。"

"子兮一直在等你。回来得太仓促，婚礼布置得急，实在怠慢了。"

"裴先生客气了，您准备得相当好，这儿很漂亮。"

裴政东笑得很暖，一面引袁泽往大厅走，一面抬手指了指远处一个穿白色衬衫的高大背影，"那小子张罗的，全部都是他的设计，全部。"

骄傲之情溢于言表。

袁泽配合着随他手势看过去，只看见一个白衬衣的背影。

"子兮等了你很久，生怕你不来。"

果不其然，袁泽远远就看见二楼阳台上有人翘首企盼，"袁泽！你才来！我还以为你要放我鸽子！"

她仍旧喜欢先声夺人，骄傲又甜美。

袁泽不说话，只眯着眼抬头看她。

陆子兮学她的样子笑嘻嘻地看过来，终于忍不住拎着裙角下楼。

她拖着长长的裙裾，大波浪长发披在身后，下巴微抬，仍旧是从前一贯骄傲美好的模样，十足斜睨众生的女王范儿，"嘿，生气啦？"

"哪能呢，女王大人。您若安好，我便晴天啊。"袁泽十分配合地近前，躬身行了吻手礼。

陆子兮被逗乐，笑意晕得眼角都泛着微微的红。

的确是经年不见。

"我若安不好呢？"陆子兮昂头，声音带着轻微的哽咽。

裴政东温柔地揽过陆子兮肩膀，"婚礼办得急，子兮是谁都不肯请，独独是你不能缺席。你看，她也是想给你惊喜。"

"自然。这大喜的事情，子兮应该一早把喜都留下了。"

陆子兮顿了下，伏在裴政东肩上哈哈大笑，"她在笑话我们，所谓惊喜，到她那儿就只剩下惊了。"

六年的光阴使得太多东西都变得模棱两可，比如对方记忆中的样子。

她俩想了无数次，大抵谁都没想到，多年后再相见，会是在婚礼上。

当年的中二小公主升级成女王，伴娘却俨然成了"伴郎"的模样。

"知道的以为你来送嫁，不知道的还以为你来抢亲呢。"陆子兮一如既往地毒舌。她牵着手带袁泽去二楼休息室，还不忘死命鄙视袁泽的着装打扮。她将袁泽按在梳妆台前，预备亲自上手重新造型，又开了衣帽间，礼服一件件地往床上扔。

袁泽略略补了个妆，手中口红往桌上一放，便很有惊堂木一拍，狗头铡预备的架势了，"你这是嫁了？"

"对呀，这还有假？"陆子兮拿了件礼服在袁泽身后比画。

"那谁啊？"

"我老公！裴政东！特骄傲！"

袁泽撇嘴，恨不能掐死她。

"陆二傻子没给你准备伴娘礼服？为什么不穿？不合适？"

"这样挺好，多帅！我不太习惯穿裙子。"

"不习惯？当年是谁后悔哭鼻子，说没有裙子的人生根本就不完整？"这话脱口而出，说完的瞬间，陆子兮就顿住了。

她抱着满怀的小礼服眯着眼看袁泽,"我多久没见你了?"

"六年吧。"

陆子兮应了一声,问:"你还单着吗?"

"对。"

"一直都单着?"

"这可不好说。这不是没遇着合适的嘛。"这话袁泽说得很淡,十足的漫不经心。

陆子兮却急了,她甩掉手上礼服,"你穷折腾什么?袁泽你这个死二傻子!你这是做给谁看!"

"死二傻子不是咱们家陆仲祈嘛,什么时候轮得到我了?"袁泽眯着眼睛笑,弯腰将礼服捡起来挂好,"嗨,你不懂,青春是场不老的梦。子兮啊,我挺好的,并没有要做给谁看的意思。我单着,单纯是因为没有遇见那个人,只是想让自己过得舒坦,没有别的。"

陆子兮无言以对,仿佛又想起多年前袁泽奄奄一息的样子。

是的,比起死亡,任何表面的改变都算不得什么。

她眼眶泛红,要哭不哭的模样倒有了些楚楚可人的劲儿。袁泽笑了,搂着她转移话题,"陆子兮,你不觉得你有点儿过分?"

袁泽话有所指,陆子兮心知肚明。

陆子兮向来聪明,最善于体察人心。她漂亮的眉梢一挑,凤眼斜睨,"反正我回来了!要嫁人了!你不高兴吗?"

袁泽掏出红包举高,"高兴,高兴,简直太高兴了,不过你欠我一个解释。OK?"

两人纠缠着闹腾，陆子兮无比嚣张地将袁泽压倒在床上，顺利抢走红包，"OK，没问题，编个故事而已！"

袁泽大笑，翻身伏在陆子兮身上，伸手拢着她长发绕在指间，"我说美人儿，随随便便一个故事可蒙不了我，你要努力，要天衣无缝，知道吗？"

陆子兮不说话，只是眯着眼看着她微笑。就这会儿，袁泽只觉得后背一紧，整个人莫名其妙就被掼出去了。随着哐啷一声响，她后背一下撞在梳妆台上，前几天被肖梦兰打的那几下青紫未去，又被撞得一片生疼。她细瘦的后背瞬间绷紧，单脚抵在家具边沿借力，几乎是条件反射，一脚便踹上了那个白衬衫。她未尽全力，那人反应倒也不慢，身形一闪，正好躲过。袁泽分毫不让，虚晃一招，第二拳结结实实打上那人胸口。

白衬衣气结，抬头的时候一下就愣了，眸子里溢出惊愕。

"女的？"

"女的你都能动手，能耐啊。"袁泽伸手蹭了下鼻尖，脸上一点表情都没。

他脸上赧色一闪而过，尴尬转过身去向陆子兮示意，声音里冷静得没一丝波澜，"那边婚礼要开始了，陆小姐准备下楼吧。"

袁泽火大得很，发出一声冷笑。

那白衬衫却无动于衷，闪身离开的瞬间，袁泽一把揪住他衬衣，"道歉。"

他俩这才注意到这天大的巧合：同款GUCCI的白色小蜜蜂衬衣，同款的黑色西装马甲，甚至连发型都一模一样。

这是"大大大"与"小小小"的复制游戏。

"是我鲁莽。"那人从善如流,却毫无诚意,就这么肆无忌惮地看了她一眼,抿唇露出点笑意,凑近压低了声音,"抱歉,Miss Fake。"

袁泽愣了一瞬,一时没反应过来,他这是笑她这身打扮,还是怀疑她穿了赝品。可怒火来得快,她忍不住要动手,陆子兮已经温柔挽住她的手臂,"走吧,天大地大,我的婚礼最大。"

袁泽侧头看了陆子兮一眼,到底压了火,一言未发。

那白衬衫早走得没影了。

陆子兮眼里闪过一丝轻视,转瞬又掩饰地低下头去,她轻抚着袁泽的手笑道:"不过是个孩子。你放心就是,委屈你就是委屈我。他刚可不是打我脸么?咱们也不急这一时,早晚收拾他。"

第二章　来，咱找地儿单挑

陆子兮出现在草坪上时，掌声雷动。

对于这简单又别致的酒会婚礼，袁泽实在有些陌生。

所幸现场人并不多。

等着气氛渐渐热闹起来，黑色正装的主持人便在《婚礼进行曲》中宣布婚礼开始。掌声中，新娘新郎共舞。交换戒指时，袁泽看见那白衬衫将戒指交给花童。到这会儿，她才意识到，这个白衬衫正是刚进门时令裴政东骄傲介绍过的婚礼策划人。

陆子兮挽着裴政东敬酒，笑容得体，觥筹交错，一片美好。袁泽没半个熟人，环境场合又不熟悉，陌生感被无限扩大，只好装模作样地捏了酒杯窝在角落看婚礼表演，顺便客串摄影师。

再转脸的时候，那白衬衫就蓦然闯进她的镜头。

他隐在会场的转角处，低着头，神色沉寂得近乎冷漠，完全没有方才或嚣张或沉稳的模样。虽然身上的衬衫换了无比闷骚的浅粉，气质却冷峻得吓人。

袁泽不由得将镜头拉近，暗中打量他。就在这会儿，他忽然抬头，那视线直直地迎上来，一点缓冲都没有。

仿佛看穿了偷窥一般，他看着袁泽，眼神清冽得没有任何温度，仿佛方才跟女人交手的根本不是他。

过了很久，他才慢慢地冲袁泽点了点头，抬手将杯中酒一饮而尽，转身就走。

那个瞬间，他唇角略微弯了一下，那笑意太浅了，根本来不及爬上他狭长的眼角就消失得无影无踪。袁泽这才后知后觉地意识到，这孩子真是漂亮得令人惊艳。

正午一点，宴会结束。陆子兮并没有安排正餐，而是赠送了附近某高档餐厅的特制就餐卡。

预备离开时，陆仲祈的电话打进来，袁泽尚无反应，陆子兮已经劈手将她手机夺过去，啪一声扣在桌上，"让他等。"

陆子兮昂着头，漫不经心地换去身上礼服，"不让我嫁……凭什么不让我嫁？呵呵，说得好像他们有资格管我一样。当年我敢走，如今我就敢回来，有什么了不起。

"到这会儿当我是陆家的姑娘了？哦，原来我姓陆。

"那是不是……如果我不跑，如今还要被他们标上价码待价而沽换取经济利益去？

"陆家的女人也就这点用了吧？是不是，袁泽？"

袁泽不说话，伸手摸她脸颊，缓声安抚，"他们让不让你嫁，你都嫁了。你幸福就好。"

"我不许陆仲祈来。知道吗？他以为他叫我一声姐，就真是我弟了？我亲哥都不管我，他管？哈哈，我跟你说，袁泽，我的婚礼，陆家的人，一个也别想来！我的家门儿，陆家的人一个也别想踩！哈哈！陆家，多了不起啊，哈哈！"

"你喝醉了。"

"我没有。"

那袭华丽的定制婚纱被陆子兮脱下来,堆在脚下。她只穿了条衬裙,低眉坐在床边。

"你是知道的,我从小跟着外公外婆长大的。我是外婆的暖馨……一直到读小学,我都不知道我姓陆。"

袁泽没说话。

"后来外婆去世,陆域可怜我,接我去陆家。几进几出,我亲哥跟我势如水火。也就陆仲祈这二傻子,会想着去看我。可没几天,他心里就只有你了。是不是?你知道的吧?"陆子兮沉默一会儿,又笑了出来,她伸手抱住袁泽,"你倒是说,你打算什么时候遂了他的愿?"

裴政东默默站在门口,一直到陆子兮红着眼睛睡着,袁泽没说话,他也没开口。

袁泽独自离开山阴别墅,出门的时候,她看见绿地角落里坐着一个人。他低着头,红着眼,抱了满怀的白色郁金香。

是那个美丽的白衬衫。

袁泽正愣着,就听见了陆仲祈催促的手机声。

临走,袁泽忽然想起,从前陆家也有过这样一栋别墅。

陆子兮每回从那边路过,总要低着头讲:"袁泽,真正的德式建筑就好像一个成熟稳重的男人,安全又可靠。总有一天,我一定会住在这样的大房子里。"

"海德格尔说过,真正的安居需要和天空直接交流,天空不仅是我们头顶上熟知的那一片蓝天,还包括永不消除的精神和情感。"袁泽将西装马甲脱了扔在后座,漫不经心地靠在副驾驶上高高昂着头,"也不知道这话子兮还记不记得。"

陆仲祈不接话,只开了瓶水递过去,等着袁泽喝。

袁泽接了,又想起当年陆子兮问她:"袁泽,你知道我为什么叫子兮吗?"

"子兮子兮,如此良人何!"

陆子兮却摇头。

"陆仲祈,子兮她……一走就六年,你大哥和父母……就真不管吗?"

"你说呢?"陆仲祈眉梢一动,笑道,"她到底是我姐。"

南山下难得大白天就这么热闹。

关于野山之行,老驴头已经拉出了明确线路,正在夯实细节。

胖子跳出来,竭力主张扩充队伍,说行行摄摄绝不能故步自封,要带新人,说论坛那边好多人等着入队,筛选出的名单都好几页了。

苏小满手里一个苹果毫不客气地砸过去,杏眼一挑,干净利落地开骂:"什么叫故步自封,从一开始就是咱们自个儿自娱自乐,带什么新人!谁给你的能耐带新人?还自作主张在论坛上做宣传!"

"你微博不也更新吗?又做直播,粉丝还那么多!我还不是为了咱们……"胖子梗着脖子想反驳,视线触到角落里正淡定吃着西瓜的葱葱,瞬间偃旗息鼓。

众人拍桌子大笑,让胖子赶紧跪下唱《征服》。

也就老驴头还一本正经地让胖子稳住,"别老想着一口吃个胖子,也想想大家伙儿聚在一起的初心。"

袁泽正拎着啤酒围观,陆子兮电话就打过来。

她女王范儿十足地发号施令,让袁泽帮忙订机票,两张去往马尔代夫，一张去往密歇根。她将资料传真过来，档案上是一个青年，就读于密歇根大学，按出生日期算起来年龄不过二十二，姓名栏里写着：楚岙。

楚岙。

是那个白衬衫。

"岙，傲音，浙江、福建等沿海一带称山间平地为岙。"袁泽顺手翻了翻手机字典，"什么人这么无聊，用这么生僻的字儿取名？"

陆子兮但笑不语，"你管呢，反正不是外人就对了。机票买妥，你帮我招待他几天，带他四处玩玩儿。他周日在东泉见个人，见完就走。"

"呵呵！"袁泽冷笑，"他是谁啊？我闲得招待他，你就不怕我俩再打起来？"

"又没外人，你就帮个忙，真打起来也不用给我面子，残了算我的。"说完这句，陆子兮抛出诱饵，"知道你忙，补偿你损失，包吃包住，再给你日薪一千五。"

"哟，日薪一千五啊，陆女王好大的手笔！可周日我还有场活动呢……"

"这周日有雨，蓝色预警呢，搞什么活动啊？我不管啊，你爽约也好，带着他也好，反正我把人交给你了。"

袁泽应着，算计着那一千五的日薪，将"成交"两字咬得清清楚楚。

苏小满无比鄙夷袁泽为钱出卖自身的行径，声称出行若不带着自己便要在微博"挂"她重色轻友。

袁泽笑嘻嘻地打趣她，让她先解决了刘弩那一天十几次的夺命连环电话再来发言。

苏小满被戳到痛处，闹着要小拳拳打你胸口，两人就嘻嘻哈哈闹成一团。

次日一早，袁泽在约定的地方候驾，楚忝姗姗来迟。

他开着一辆棕色越野，穿黑色Polo衫、牛仔裤，戴着墨镜，自来卷头发蓬松帅气，带着点儿桀骜，看着比实际年龄成熟很多。

车停下，楚忝却并不下车，只开了车窗，沉默不说话。

又撞衫了。

总跟一个女人撞衫，这心理阴影面积有点大。

楚忝蹙眉。

袁泽看他实在不顺眼，满心腹诽，不得不将日薪一千五默念了好几遍后开口，"幸会，我是袁泽。"

楚忝坐在驾驶座上，好半天才摘了眼镜，"您非得这么男不男女不女的吗？这一把年纪，不觉得别扭？"

袁泽瞬间炸毛，"你非得这么没教养没礼貌的吗？这么大一块头，还非让我叫你熊孩子？"

"呵呵！阿姨您误会了，我这是佩服您的审美啊，每次弄一身赝品拼了命地配合我，多么用心良苦。作为熊孩子，我荣幸之至。"

他话音一点温度没有，袁泽气得要命，内心简直有一万匹草泥马奔腾而过，别说默念日薪一千五了，估计阿弥陀佛、清心咒都没用了。

"陆子兮，您打哪儿弄了这么一尊神？你就是日薪一万五我都不伺候了！"袁泽气急，翻微信丢出去这么一条消息。

陆子兮没回消息，早关机等待她甜蜜的蜜月之旅。

袁泽气急的模样倒是极好地取悦了楚忝。

"袁阿姨,陆子兮说把我交给您了,这人生地不熟的,我一没钱二没卡,您得负责。"

袁泽伸手将他从驾驶座拖下来,"我看你身手挺利索,手上有点功夫吧?练过?咱找地儿单挑,怎么样?谁赢了,听谁的。就一点,阿姨我要打疼了你,可不许哭着找妈妈。"

楚峜被她抢白得哭笑不得,也不知是真心还是讽刺,他默默冲袁泽抬了抬下巴,"听您的,您做主。"

汽车一路飞奔到近郊。车子停妥,袁泽将人领进了老杨的练武场。这地儿就是一个废弃厂房改建的健身俱乐部,场子大,够宽敞,器械不多,健身为辅、教拳为主,之前袁泽还在这儿带过一期短训。这会儿场地里一溜儿擂台摆得整齐,几个壮实的汉子各自搭伙训练,嘭嘭的拳声在空旷的场地上实打实地回荡,很有些惊心动魄。

老杨过来打招呼,袁泽不客气地将楚峜甩过来,"带人换身衣服,安排个地儿,姐跟他过两招。"

老杨一下子眉开眼笑两眼放光,拍着手招呼众人,"嘿,兄弟们,有福了啊!老袁今儿要打擂。"

楚峜眉峰紧蹙,他伸手比量了下两人的身高,"你来真的?"

袁泽后退一步打量他,这人年轻结实,身高怎么也得一米八五了,几乎要比袁泽高出一个头。她却毫不在意,"都到这里了,我自然不开玩笑。咱们比拳脚,又不比身高。"

"我跆拳道黑带,密歇根州际比赛拿过奖的。"楚峜面色低沉,"我不跟女人打。"

袁泽呵的一声笑出来,"原来我是女人啊!我不是男不男女不女吗?我都不怕,你怕什么?我也好久没正儿八经地跟人交过手了,咱们就点到为止,速战速决。"

这两句话的工夫,场子里几乎所有人都聚集过来,鼓掌的、欢呼的、吹口哨的聚在一起,一时热闹起来。

楚岙心知,自己这是骑虎难下。可毕竟拳脚无眼,伤着这大龄女青年要怎么办?以身相许吗?

楚岙被自己这莫名其妙的想法吓出一身冷汗,等反应过来的时候,袁泽已经换好衣服在擂台上等他。

不得不承认,这是个太过于英姿飒爽的女子。她瘦削高挑的身形,柔韧结实的腰身,连同极短的头发,熠熠生辉的眸子,都带足了魔力。此刻,她笑眯眯地站在擂台上热身,身形拉开,被擂台上追光一打,那种兼具力量与柔韧的美让人完全错不开眼。

那一瞬,楚岙忽然觉得自己错了,他不该挑衅这位袁阿姨。

他万万没想到,打脸才刚刚开始。

袁泽的拳脚功夫极好。她很瘦,力量不足,但胜在灵活,擅长近身缠斗,出招极快,招招制敌,下手又狠又准,楚岙还没看出她拳脚中的章法,就已经被她制住两次。

"怎么回事?你这是什么打法?"

"能赢的打法。"袁泽笑得十分熨帖。这一身热汗出来,她心里攒的不爽也就散得七七八八了。

周围爆发出一阵善意的哄笑,"瞅瞅,这小青年又让咱老袁唬住了。"

"小伙子,别逞能,老袁的近身搏击是走实战路子的,重实效,重速度,一招制敌,速战速决,跟健身馆里练出来的不一样。"

"还打吗？不是我吹，你赢不了我。"

"打，怎么不打。"

这一架打得相当痛快。楚岙输得彻底，袁泽累得要命，众人看得过瘾。等着两人大汗淋漓地躺擂台上喘气的时候，楚岙忽然沉默，他侧头看向她，汗水很慢地从他额头往眼角滑过去，"袁泽，我是要跟你道歉的。"

袁泽倒是愣了下，转而笑起来，"哟？你这是服输了？"

楚岙摇头，抬手遮了眉眼，"跟输赢无关。这几天我心情不太好，又调节无度，我……有失气度，很抱歉。"

袁泽想起他布置婚礼的尽心尽力，在陆子兮面前紧张失态，婚礼酒会时失魂落魄以及陆子兮没头没尾的那句话。

"你跟陆子兮……早就认识？"

"对，很多年了。"

袁泽侧头看着他，仰躺着，脸孔侧面的线条清晰勾勒出来，出奇得漂亮。

"六七年了吧。"

袁泽仿佛意会到什么，又仿佛没有。她踌躇的这会儿，楚岙已经跳起来，向她伸出手，"多谢指教！"

袁泽抬手与他击掌，任由他把自己拉起来，"哟，怎么不叫我阿姨了？阿姨之前读警校的，差一点就进了特警队。"

袁泽转身那会儿，楚岙清楚看见她身上青紫的几道伤。

袁泽显然注意到了他的目光，伸手抓了条汗巾甩在肩上，不以为然地耸了耸肩，"皮肉伤，不是你打的，没事儿。"

不打不相识，这两人身上的邪火算是在这一架里痛快淋漓地宣泄没了。

吃过午饭,袁泽兴致勃勃地带着楚峿回了省实验的老校区。

"你呢,也不用太感谢我,忖度游客的心理、了解游客的需求是导游最基本的职业素养。"袁泽摘下眼镜,一本正经地胡扯,"你说,这地儿说大不大,说小不小,自然景观优美,人文底蕴厚重,也不是一天半天能看完的。陆子兮说你小时候在这儿读过几年书,与其盲目追求那些大同小异的A级景区,还不如简单走走,看看从前那些老地方。"

楚峿唇边抿着一缕笑,也不说话,就听着袁泽闲扯。好半天,他抬下巴指了学校大门,"你想太多了。"

时值暑假,学校大门紧闭。

袁泽哪里是肯服输的性子,一时更来兴致,干脆拉着人从后院翻墙进学校。

这老校园占地面积不大,胜在树木繁盛,建筑规整,一路走来,浓荫绿地,蝉鸣高树,也自有一番风景。

袁泽还记得当年最爱教学楼下的小路,两侧的国槐树发芽晚,四月里春意纷扰的时候,它才冒出了芽儿。等着盛夏酷暑,别的树木早过了花期,在艳阳底下偷懒,它又不合时宜地开出浅淡细碎的花。若赶上一场暴雨,满地黄花堆积,多少也有些旖旎。

她很喜欢国槐这种不合时宜的性子,孤绝地按照自己的方式固执地活,长得极慢,姿态却极典雅。只是"人正必有其才,物正必有其用",就因这国槐的花可入药,每到花时也必是极遭摧残的时候,又格外有了一种慧极必伤、强极则辱的感慨。

四月里的天,也渐渐热起来。两人傻愣愣靠在体育场看台上环顾四周,彼此都不说话。楚岙拿了罐可乐发呆,硕大的墨镜一遮,也看不出什么表情。

"天高气爽,阳光明媚。在这美好的日子里,省实验全体教学员欢聚一堂,召开运动会!"

袁泽难得顽皮,楚岙便露了笑意。他将自己的贝雷帽扣在袁泽头上,"您刚那词儿,我们那会儿可不这么说。"

袁泽正了正帽子戴好,忽然觉得这孩子也挺有意思,装出不苟言笑一张冷脸,也不知这皮肉底下藏着什么心肠。

"从前这儿的栅栏不是这样的,又高又直。那会儿班上很多人都住附近,比着赛地爬围栏,就我不敢。

"操场后面有个山坡,半坡上有几棵含羞草,刚上学那会儿我特喜欢它们。

"逸致楼那边儿最安静。顶楼音乐教室传说无限多,总有什么深夜琴声的梗传得神乎其神。晚自习都没人敢去练琴。"

袁泽这话说得很慢,浅淡的声线在空旷的操场上打着漂儿,转瞬也就没了。

楚岙转脸看着她,"你也有不敢的时候?这算黑历史吗?这么颠覆。"

袁泽重重地点了点头,顺手开了一罐可乐递给他。不知是不是阳光太盛,他脸上立刻犯了红。

"袁泽,你小时候是什么样?"

"小时候?"

"对,小时候,读书的时候。还有,你为什么会读警校?"

这问题明显让袁泽愣了一下。她戴上墨镜,学楚岙的样子眯着眼,趴在栏杆上看跑道。

时日渐久，她几乎想不起自己年幼时很多具体的情节，老城区小河边跟陆子兮一起放飞的童年，上学后疯狂游走在各种兴趣班之间，袁海山宽和的笑容和酒醉的琴音，肖梦兰的不苟言笑和敦促唠叨以及那个曾经裙裾飞扬、长发飘飘的自己。

至于警校……

"其实我不想读警校，非常不想。你看看陆子兮，也该想得到我从前什么样儿。"

如果不是因为肖梦兰，她绝对不会想到读警校。

如果不去读警校，她就不会遇到曲家帜，就不会有如今这些改变。

如果……如果真的有如果，那么现在，袁泽会在哪里？会怎么样？

她说不好。

"袁泽？"

她在他呼唤声里哈哈大笑，侧头编造童年趣事，什么弹珠、羊拐、玻璃球、沙包、雪仗、滚铁环，过年蒸枣糕做豆腐，一家人围在一起守岁过大年……

"假的，你就编吧。"小孩儿轻易识破了她答非所问的谎言。袁泽更加开怀，一脸严肃的样子撑都撑不住，笑得眉眼弯弯。也不知道为何，楚岙忽然伸手弹了下她的帽檐儿。

"走吧，这儿忒热。"

一路指点探看，两人才发现记忆中的东西还有着存档备份，操场翻新过，教学楼粉刷过，所幸还能找到那些站在那里的老树和小花园。他们四处对比张望，阳光透过树叶的罅隙筛下来落在脸上，迅速晕染出一片笑意。

"这地儿要拆迁了，过完暑假就启用新校区。以后你想再来看看,是断断找不着了。" 袁泽在校门口买了曾经一毛钱一根的老冰棍,两人一块儿坐在校门口傻乎乎地啃,谁也不说话,安静得仿佛进行一场祭奠青春的仪式。

暮色渐渐蔓延上来时,空气中就透着那一丝属于风与泉的干净的凉意。摒弃那些K歌泡吧之类的项目,袁泽自作主张带着"年幼"的楚峜提前享受起老年生活:寻泉探路喝茶听曲艺。

从东府芙蓉馆听完相声,原是该回去的,也不知怎的,两人又转到了芙蓉街。

"明天带你去个地方。"

"嗯?"

袁泽抬头看了他一眼,忽然不想说话。夜太深了,繁华都褪尽了,只有沉静的街道一路慢慢地蜿蜒,夜色笼罩在那些仿古的建筑上头,偶尔有一盏半盏的灯漫不经心地亮着,那些沉寂的阴影底下都写满了故事。

转角,他们意外地走进一条湿漉漉的小胡同,没有路灯,只有墨色的垂柳极慢地摆,水声轻轻地动,空气湿漉漉的,一切仿佛都没有尽头。

袁泽不想带楚峜去老城区,将他安顿好,独自返回南山下的时候,已深夜一点多。

胖子还在,正开着一盏小灯,认认真真地整理野山资料。

"活动不是取消了?预告有雨,说是暴雨蓝色预警,野山那边你们路不熟,我这边又抽不开身,没人带队。没人通知你吗?"

"通知了。"胖子眼神躲了下,"这回不去下回去,我就先看看路。"

袁泽瞅了他一眼,"胖子,你最近是不是有什么事儿瞒着我?"

胖子看着袁泽,满眼慌乱,又瞬间冷静下来,"袁泽,我跟你说实话。我要是自立门户,你会不会怪我?"

"啊?你是要辞职创业吗?"

胖子微不可见地点了点头,"袁泽,我是个爷们儿,不小了。爹妈在山里等着我养老……还有个姑娘……我特别稀罕她,我……我实在是急得不行了,袁泽。"

"创业是好事儿啊。你别说得这么颓……"袁泽看着他,一下想起上回老驴头说过的话,"你是想做商业化的户外活动?"

胖子极慢地点了点头,"我就想想……我不会从咱们南山下抢顾客……"

袁泽甩手扔过去一罐啤酒,"没关系,你别当个事儿。你知道我不靠组织户外活动挣钱,你要真能当个事业干起来,也是个好事儿,组织活动,卖卖装备什么的。你放心,有什么困难只管跟我打招呼,别的不敢说,凑个份子撑把手是有的。"

胖子使劲点头,嘭一声开了那罐啤酒,一口气灌到底,"袁泽,我胖子对不起你。真要有天喝喜酒,哥们儿我单独敬你,不醉不休。"

"可别,你先给我稳住喽。什么时候走,提前说,让小满给你多结一个月工资。"

袁泽心野,最爱到处跑着旅行。南山下说是个店面,其实也就是为大家伙提供个碰头的地方而已,能维持自个儿收支就不错了,袁泽大多数还是靠出游记、做自媒体、给杂志写稿、卖照片挣钱的。

在东泉,哪儿景好人好,哪儿清静悠闲,袁泽最是了如指掌。安排个行程忽悠楚岙，简直轻而易举。她选了个山间古村定了住处。进山的途中，还不忘七转八拐地把楚岙带去了一片生态湿地。

"顺路得很，在山里住两天，清清心，你就可以奔赴你的密歇根了，去机场也不绕路。"

尚未到花时，荷花未成，莲叶正小，并不是赏荷的好时节。偏偏那片湿地还望不见边，往来游人稀少，偌大一片水域就全属于他们两个。水天一色，白鹭齐飞的时候也很动人。袁泽雇了一艘小船，跟着渔家往莲花深处采藕带，荷叶子划得手臂上一道道的，狼狈又开怀。

楚岙坐在树下吹风，等着袁泽胜利归来，又在袁泽兴致勃勃的介绍下，小心翼翼地品尝那些浅黄如簪的鲜嫩玩意儿。

尝试了并不怎么动人的全荷宴后，就是一路层层叠叠的青山送往，经过一个明清时的古村，他们终于找到落脚地方——袁泽一位朋友在这儿做餐饮，勉强给匀出一个套间。入住的时候，天色带了一缕薄阴，暮色将至未至。

袁泽躺在院子里拎着啤酒小憩，美其名曰"数月亮"。

楚岙在廊下烤肉，笑她痴。

满盘子鲜肉与时蔬端过来的时候，楚岙盘腿坐在袁泽身边，顺手扔给她一只软管，若无其事地指了指袁泽手臂上的划痕。

袁泽忍不住大笑，"没关系，这算什么呀。"

楚岙看了她一眼，忍不住问："什么是事儿？"

袁泽倒是被他问愣了。

对于她来说，似乎什么都不是事儿。她袁泽，打得了土匪扛得了照相机，开得了小店去得了无人区，享受得了灯红酒绿也咽得下粗茶淡饭，受得了伤吃得了苦，自然也看得了风光无限。

"还真是，什么是事儿？"一时间，她眯着眼笑得得意，"什么都不是事儿。"

这话她说得极淡，山间带着凉意的风轻轻那么一吹，极快地散了。

楚忝抬头，就看见这宅子的边角上也种着一棵国槐，不算很大，却异常坚韧又茁壮。

第三章　过袜的交情

山中不知岁月老，壶酒棋半已黄昏。

两三天的光景过得极快，山中无酷暑，又多山泉，小宅院建在山间难得的平地上，景色十分清幽动人，这一路爬山赏景嬉泉，既可以整日窝着不动，又可以疯上整日不回。

时至周六，天突然阴沉下来，半边乌云沉甸甸地坠在山前，天鹅绒幕布一般沉重得拉不开。正午时分，山间云雾缭绕，雨时密时疏，山前的一切仿佛鲜活过来，绿树杂草都舒展开来，山泉奔过，满地是湿漉漉的水色。

两人便不再外出，就着淅沥沥的雨声睡至自然醒。室内是一种极巧妙的暗，比之黑夜要来得温柔很多。袁泽醒来的时候，眯着眼看向那方原木色的窗，窗边一枝绿萝低低地垂着，偶尔一点风便轻轻摇上一摇。

她盘腿坐在床上出神，好半天才发现楚岙正搬了躺椅倚在门口看雨，那一重一叠的山、一重一叠的云、一重一叠的水都悉数属于他们一般。

袁泽兴致不高，桌上茶香晕开的时候，还稀里糊涂烫了手。几乎是下意识，她眯眼看着外间将住不住的小雨，脱口说了句："没事儿。"

话音落了,她自己也觉得好笑,干脆拉着楚呑去做大俗大雅的事——这阴雨的日子,还有什么好得过热腾腾的火锅?

袁泽对吃食向来不甚讲究,又十足讨厌下厨,也就这简单的火锅,还能应付出可堪入腹的好味道。偏偏这会儿收拾几样时蔬都极不顺手,总丢三落四地整不明白。

"明儿一早我送你……哦,对了,你去哪见朋友?"

"机场。"

"哦。机场。几点?"袁泽才将起早摘的一把小油菜洗得干净,转头的工夫就已经扔进了垃圾篓。

楚呑目瞪口呆地看着她,简直哭笑不得。

袁泽被他一脸僵硬表情触到逆鳞,两人瞬间打成一团,一时章法全无菜根齐飞。等着闹够了停下,袁泽自楚呑手里接了毛巾擦汗,才忽然想起来,"我手机呢?"

或者,命运的线上会发生什么是早就注定的。

意外之所以是意外,从来不是因为它毫无预警地忽然发生,而是你从没想过要如何应对。

当袁泽顺利找回那块已成为"黑砖"的手机,充电开机,那一连串几十个未接电话猛然闯入眼眸,她忽然明白自己为何心慌意乱。

她甚至没回电话,就极其冷静地将电话本通话记录备份,取出手机电池和电话卡,转手夺了楚呑的手机换卡开机拨号一气呵成,"你手机借我用一下,我得出去一趟。"

她的神色过于冷静,以至于楚呑完全没有反应过来,直到她留下一句"在这等着我",然后一头钻入雨幕。

楚呑下意识追出去,紧跟她蹿上副驾驶,"怎么了?"

袁泽电话刚刚挂断,掌心仍紧紧握着,"有驴友失踪了。"

我们上周计划去野山徒步，因为预报有雨，临时取消了。胖子不死心，带人进山了。"袁泽抓了把头顶短发，深呼吸两口，"移动电源有吗？有电的，全部给我。你下车。明儿一早我回来接你。你放心，没事儿，我搞得定。"

楚岙盯着她，下意识握住了她落在汽车挡位上的手腕，"你要干吗？"

"进山。"

"你开玩笑！人失踪了，不报警，找你？你一个女人，进山有什么用？"

"我有经验，对那边地形也有了解，我去比警察去有用。"

楚岙唇线紧抿，伸手去夺袁泽手上的手机，车内空间原本不大，他轻易就将袁泽压在了驾驶座上。

两人离得近，视线撞在一起都带着些许焦灼。袁泽的手很凉，潮湿得泛着冷意，她后背僵直，眼神倔强。雨下得愈发紧了，细密的雨点子沙沙地打上前挡风玻璃，瞬间糊成一片模糊的水流。

袁泽也恼了，反手一招小擒拿手轻松躲开，顺手将楚岙推开去，"胡闹！人命关天，我没时间跟你瞎折腾。下去！"

"我跟你去。"

"你下车！"她声色俱厉，话音未落便见手机屏幕一闪。她迅速接通，语气里的焦灼一扫而空，"陆仲祈。"

那边不知说了什么，袁泽视线忽而柔软，"好，我知道，你慢点开车，我过去等你。"

楚岙的理智瞬间回笼，"你必须去？"

"是。"

"以身犯险,但坚决不能带我,对吗?"他边说边从善如流地将两个移动电源取出来,放进了车载储物盒里。

袁泽放柔了面色,凑过来替他开了车门,"最晚明早,我回来接你,不会延误你飞机。"

楚岙没说话,袁泽却莫名觉察出一点心软,她看着雨雾里一身湿透的青年,笑得十足潇洒,"没关系,你放心。"

她顿了顿,又说:"我手机电脑都在,账号给你,你来帮我发帖整队,随时联系?"

"好。"楚岙应着,极慢地吐了一口气。

"别让苏小满来,让她在家看店。"

"好。"

这是第一次,他在一个女人面前觉得无能为力,多可笑!他不知道自己为什么会冲出来阻止,亦不知道自己为什么轻易就放弃了这阻止。

他只是忽而想起:认识她不过几天,起过冲突、过过招,又一起吃过饭、看过风景。就在这三四天的光景里,他听她在不同场合,因为不同的事儿,说了无数次相同的话。

她说:"没事儿。"

胖子没想到他会遇到这种事。

雨明明下得不大,参加户外徒步这么多年,更恶劣的天气、更复杂的路况他们都遇到过。

"从没出过事儿。"

胖子抱头蹲在泥泞的小路边,原本就稀疏的短发已经快被他揪光了。

清晨出发的时候,胖子信心满满地带出去二十个人。天气阴沉,但野山的路况并不复杂,前有老驴头带队,后有他亲自收尾,路线早就规划好了,为求万一,他还详细写了野山攻略,人手一份,这场热身原本是万无一失的。

正午时分,野山开始下雨,雨不大,很小。山间云雾缭绕,景色绝佳,众人兴致不减,吆吆喝喝地在野山南麓搭棚子野餐。

也就是这会儿,老驴头发现,人少了。

失踪的是一个东泉大学的大二学生,外号橙子,个儿不高,不爱说话,参加徒步活动时间不长,还是个新驴。

他瞒着袁泽,求着老驴头带队出来,就是为单干热身的。

这会儿出了事,人失踪了,他不敢声张,怕闹大,跟老驴头暗自找了一圈,人没找到,雨却越下越大了,他慌了。老驴头把其他人带下了山,该疏散撤离的全都安顿好,又留下走过户外的老驴继续找人。

雨越下越大。

山空得仿佛会吃人。

一句呼喊扔出去,瞬间就被雨幕吞噬了,连个回声都没有。

绝望开始在几个人中蔓延。

他身后几个年轻人挤在一块儿,一声不吭,一动不动。

不知谁抽了下鼻子,便有个年轻人低着头嘀咕,"怎么办?怎么办?雨越下越大了,怎么办?橙子回不来了……"这念经一样毫无起伏的声音仿佛是一把火,一瞬间就把众人的惊慌点燃了。一个高个子突然发难,弹簧般跳起来,一脚踹在了胖子背上。胖子没反抗,就这么咚的一声滚进路边的泥地里,那人大概也是压抑久了,惊恐全变成愤怒,此时拳脚相向,众人冷眼围观竟没阻止。

胖子一声不吭，只是蜷身任人打骂，好半天才崩溃般呜咽了一声。

袁泽进山的一路走得并不太顺利，盘山公路蜿蜒，雨天路滑，山雾弥漫，汽车不敢提速，始终慢吞吞前行。

一路上，袁泽一直开着蓝牙通话，楚岙那边帮她更新了朋友圈，发布了救援帖，在她遥控下，短短十几分钟便夯实了一支救援队。

谁熟悉路线，谁山地技术好，谁户外装备专业，谁熟悉驴友心理特点，谁社会资源广，她几乎了如指掌。人选敲定后，袁泽又拉群开会，听老驴头介绍了详细情况，判断搜救路线和重点位置，分工细致到人、准确到位。

楚岙一直旁观着，不得不佩服这女人的冷静与细致，这样事无巨细的安排与调度，楚岙自认，便是他也想不出更好的方法了。

但他心里始终绷着一根弦。他听得见淅沥的雨声，竟分不清是自己屋前的，还是袁泽车前的。

袁泽到达野山北麓，老驴头他们已经等在那里。一行十五人集合完毕，检查好装备，便开始第一遍拉网搜救；后面，江闲已经在组织第二批人跟进；至于协调警方的任务，自然就交给了陆仲祈，"叫陈靳师弟好好安排，你再权衡。"

雨渐渐下大，袁泽一身湿透，山风一过，冷得彻骨，又累。既要事无巨细地搜查，又要保证自身安全，不说是险象环生，也决计不会轻松。

六点，天黑透了，雨却还没停。

眼看这一遍要徒劳无功，袁泽不死心，低头坐在裸露的岩石上，打着户外灯跟老驴头一点点地分析路况。忽然眼前一暗,整个人就被一张薄毯子兜头蒙住了,她一愣,手忙脚乱地挣脱出来,抬眼就看见眼前一只漂亮的手递来水杯。

"葡萄糖。"

"楚岙?"

那人没回应,反手从背包里扯出冲锋衣,"先喝了。去那边儿把衣服换了,我帮你挡着。我找了专业救援队,他们说绿野是东泉最好的救援队。你的方案不错,他们也很认可,就商量着逆向搜救跟你们对接。但是山里信号不好,我找不到你,电话打不通。"

很奇怪。

到这会儿,袁泽才觉得冷,觉得饿,觉得体力不支。

她出来得急,原本午饭就没吃,装备也不全,衣服还是驴友们你一件我一件给凑的。身上宽大的冲锋衣并不利落,但至少还能挡些风雨,裤子鞋子早就湿透了。

她是真没想到,这一路走到这里,给她送装备的人会是楚岙。

"嘿,好小子,没白打你。"

楚岙原是一脸严肃,却被她这一句话逗得笑出来,"袁阿姨,您是要听我说多谢指教?"

袁泽嘿嘿干笑,背着人将一身湿透的衣服换了,出来时楚岙他们已经生火开始准备吃食。袁泽饿极了,连着灌了两瓶红牛。楚岙怕她伤胃,可户外也实在没法讲究,有口吃的补充下能量就谢天谢地了。

换鞋的时候,楚岙发现袁泽脚上都是血泡,袜子浸透了水,血色糊成一片。饶是楚岙再细心,也断断想不到要给她带双袜子。

袁泽说了句"没关系",他便越发觉得像是火上浇油。

到最后,他面红耳赤地脱了自己的袜子给她,惹得袁泽十足无奈。按说她是不能接受的,可这关头还有更重要的事情去做不是吗?也只好两害相权取其轻。

她嘿嘿笑着打哈哈,拎着他宽大的一双棉袜笑道:"从今儿开始,咱俩的友谊就升级了。这是过袜的交情。"

楚峞憋着一肚子不好意思,一张脸红了半边,表情却更加冷,"干净的袜子,我出门时刚穿上。我比你讲卫生。"

稍事整顿,双方交换搜救重点,建立了对讲机通讯,再次出发。

所幸,到这会儿,雨停了。

袁泽不太放心楚峞跟救援队走,坚持自己带他。路况不好,那一路走着,反而楚峞照顾袁泽更多。

南麓的集合点已经是兴师动众,几盏车灯照着,灯火通明。

胖子一身泥水,鼻青脸肿地蜷缩在路边,看见袁泽的时候,几乎咧嘴要哭。

袁泽拍了拍他肩膀,实在说不出安慰的话。

陆仲祈已经到了,110、119、120全部到位,搜救已经全线铺开。

见袁泽过来,陆仲祈先迎了上来,他是真心疼,只能脱了自己昂贵的外套给她擦头发,"怎么什么事儿都得自己往前冲呢?不是说好了等我嘛!"

袁泽来不及说话,就听见有人挺亲近地叫了声"嫂子"。

"陈靳。"袁泽应下了,转身被陆仲祈拉进车里。

楚峞就这么看着,一直没有吭声。等袁泽跟他们走了,他从包里翻出些吃食，转手递给了胖子。

夜已经很深了。

朋友圈里已经在刷屏，认识的不认识，到处都在议论野山驴友失踪的事，山上聚集的人越来越多，帮得上忙的却没几个，还不够疏导的。

"没找到，是吗？"胖子脸上已经没啥血色了。他不知道这人是谁，只认定他是跟着袁泽来的，也就是自己人了。

楚岙静静地坐在他身边。

"凶多吉少了，是吧？"胖子声音里已经拖了哭腔，"是个学生，才大二，我……我……我死一百回都赎不了这罪……"

"家长呢？"

胖子抬头抹了把泪，"还没来。"

"你先宽心。"

"人失踪了，找不着了啊……"

胖子无措地抬头，正看见袁泽跟陆仲祈下车往这边走，他一腔哭意便都哽在嗓子里了。

"人是你带出来的，是死是活你都得给我带回去。这会儿你怂了？晚了！"袁泽嗓子已经哑了，"起来，让吕叔歇会儿，你跟我再走一遍！"

陆仲祈紧跟着过来，自身后揽着她肩膀往怀里带。

袁泽是真累了，也就这么顺势在他身上靠了一靠，"我得再去看看。胖子，你跟我细说说，这孩子前后挨着谁，谁最后见的？"

"不……不知道啊……是个新人，都不熟，就跟他同学来了，两人打早就没在一块儿，谁知道怎么就不见了呢。"

袁泽想骂人，可骂人实在也于事无补。

"走吧，先找人……"

就这会儿，人群里忽然传出一阵喧嚷的哭喊，诸如"我的儿"之类的声音不绝于耳。

陈靳身后一队人轰轰烈烈地奔过来，人还没走近，就听见响亮的一声，"谁负责？"

胖子下意识往后一缩，坐在地上又蜷成了球。

袁泽狠狠踢了他一脚，"您别急，这边好几个梯队正在搜救，您……"

她话音没落，便有个胖大魁伟的汉子冲上来，陆仲祈忙不迭将袁泽护在怀里，陈靳上去拦住那人，"别动手！别动手！"这边还没拦住，那边又有个女人连哭带闹地拥上来，哭号着"供养个大学生不容易"，现场乱成一团。

就这会儿，忽然就听见陈靳腰间对讲机沙沙作响，"人找到了！这边路滑坡陡，请求支援！"

"找着了，找着了！情况怎样？"

"头部有外伤，失血严重，有骨折，其余伤势不明，人已昏迷，活着！"

"听见没，人还活着！都别打了，走！"陈靳这边几乎按不住那男人，吼得嗓子都劈了。

那边120医护人员、119特警便一路往事故现场跑。

"还不过去看看！"袁泽一口气放下来，抬脚踹了胖子一脚，转而联系江闲他们几支救援队，"楚岙，告诉绿野那边，收队了，人找到了。"

她正回头，就听着耳边嗖一声，惯性拥着她一个趔趄，脑袋一痛，眼前热乎乎一片就睁不开眼了。她完全没反应过来，下意识往头上摸的时候，就覆上一人的手，隔着那人掌心，她摸了一手艳红的血。

"你居然敢碰她！"就这一个转脸的工夫，陆仲祈就看见了这么一幕。

是这家人带着的一个男孩，年纪不过十五六，趁着乱捡了块石头就砸袁泽头上了。

"她差点害死我哥！"

他话音没落，陆仲祈已经冲过来，一拳过去就带起一串哭号，那边家里人又簇拥着过来，有拉、有打、有哭、有闹，像开了锅一样。

"还有没有天理啊，你们连孩子也打！"

陆仲祈两眼发红，恨声道："真是好心没好报！别说是个孩子，你们家谁敢再碰她一下，都别想下山！"

"真……热闹……"袁泽嘀咕着，眼前人影看不太分明，就只觉得乱。

有个人将她抱得很紧。

袁泽并没觉得多疼，多少有些腿软。她低着头，想坐在地上歇会儿，抱着的那人却越发用力，轻易就把她打横抱起来，那边120又呼啦啦跑来几位医护人员……

"哎，我真没事……"

"闭嘴。"是楚岙。

袁泽无奈，还是被塞进了救护车。

她太累了，觉得这一觉简直睡了一万年，醒来的时候，也不知是什么时候，只觉得哪哪儿都疼，仿佛这胳膊腿脑袋瓜子都不是自个儿的。

她沉重的手臂还没抬起来，就被人按住了，"你可算醒了，吓死我了！"

是苏小满。

转而又听见有人打趣，"都说了没事儿，非要闹，非要请专家。专家还没到，人醒了吧！非不听。"

"得亏醒了，再不醒，小陆总要把医院拆了！要搁古代，他得拍案大喊'治不好提头来见'。"

"苏小满，你这张嘴啊……"袁泽费劲儿挪腾，眯着眼靠在苏小满身上，睁眼一瞅，好家伙！满屋子人，老驴头、哈娜、江闲、楚峦……都在。

"你们干吗呢？都杵这干吗？我又不是睡美人，又没死……"袁泽想笑，奈何脑袋实在疼，只得眯着眼问重点，"什么情况了？"

苏小满帮她擦拭耳后一点血迹，"还能怎样？小陆总才不会轻饶他们！那孩子被治安拘留了，他家里人正闹，要走法律程序呢。"

"啊？怎么还拘留了？"袁泽一时没反应过来。

"她是问失踪那个。人还活着，在ICU，好像伤得不轻，肋骨、胫骨有骨折，关键是头上有伤，人还没醒，还得观察。"

这回算解释到点子上了，袁泽抬头，"你怎么还没走？我让陆仲祈送你。"

楚峦不吱声，近前帮她将病床摇起来，"胖子说没脸见你。"

袁泽就笑，"他是挺没脸见我的。要我也得在家躲几天，做做心理建设。"

见她没什么事儿了,老驴头就领着大伙儿呼啦啦往外走,袁泽还不忘让苏小满请大家去吃饭,自觉要求刷她的卡。

等着众人都走了,楚岙就站在病床前眯着眼看她,"你这人还真有意思。"

袁泽顿了下,掀开被子想下床,"我是不是耽误你见朋友了。"

楚岙伸手扶她,手臂坚实有力,"也不是朋友,是我妈。我这次回国,正赶上她在日本出差。原本想在机场见一面,我就不回海市了。不过,见不见的……也就这样吧,暑假我就回来了。"

袁泽眯眼看着他,一时没说话。

楚岙就笑,抬手在她面颊上蹭了下,"你疼不疼?"

袁泽瞬间就愣了,"疼什么?"

"没事儿。"楚岙抢了她台词,"你是不是想说,你没事儿。"

袁泽就笑了,伸手碰了下伤处,"是没事儿。你回吧,我不送你了,好多事儿还没整明白呢。"

她脸色并不好,可从她醒来,楚岙就没从她眸子里看出其他情绪,只有晶润而又醇厚的笑意。

她是真的不以为意。

楚岙看着她,好久才伸手慢慢碰了碰她额前散乱的短发,"袁泽,你这人真挺有意思的。"

袁泽愣了一瞬,没说话。

楚岙走了,连句"再见"都没说。

袁泽仍在医院里水深火热地挣扎。她一向自诩身体好、底子好、扛作,只是这次冒雨搜山救人,体力透支严重,外伤、高烧、肺炎，齐齐发威，倒是结结实实把她撂倒了，足足在医院待了一周有余。

出院的时候，陆仲祈亲自来接，无比郑重其事。

苏小满跟在袁泽身后，笑嘻嘻地调笑，"小陆总，您应该带两个保镖呀，穿黑西装那种，要不然我们多没安全感。"

陆仲祈一本正经地说："带了啊，陆一和刘助就在门口等着呢，没敢让他们进来，怕吓着你。"

苏小满被他怼得脸红，袁泽看着她，抬手钩着她脖子哈哈大笑，回头时就看见迎面走来一个人。

那人穿浅蓝的衬衣，面带微笑，手捧鲜花，很有些温文尔雅的架势。

苏小满冷了脸。

"袁泽。您是陆总？冒昧前来，实在不好意思。我……我是刘驽。"

"刘总怎么来了。"袁泽瞥了苏小满一眼，好整以暇地开口。

"袁泽，你真是……叫我刘驽就好。识途不过是个小公司，哪敢在陆总面前耍大刀呢。我听说你受伤住院，一直想来看看呢，小满老拦着不让来。袁泽，你可不能怪我。"

"刘总哪儿的话，您客气了。"

"我是真心实意来看你，你也知道，小满跟我闹脾气呢，这么久了，就是不肯原谅我，折磨得我好生难受。这样，我在望海楼定了房间，一来接袁泽出院，二来给小满道歉。陆总、袁泽，你们也做个见证，赏个光？"

"刘驽，你少来这套，话说得这样冠冕堂皇，好像我跟你有什么事儿似的。咱俩那事儿不都过去了吗?"苏小满忽然出声打断他,"真的,我真没想好,好马不吃回头草。"

"苏小满。"刘弩伸手握住了苏小满的手,拇指缓慢抚过她手背,"别把话说得这样满,咱俩这辈子最好的时光都给了彼此。现在你单身,我也单身,你就再给我一次机会,看我的表现,行不行?"

他话音不高,满脸温柔笑意,话音甜蜜柔软,满是宠溺。医院的大厅里人来人往,明明喧嚣不堪,偏偏他的声音好似一股会流淌的黏稠的蜂蜜,黏腻腻得沾上皮肉,甩都甩不脱。

苏小满脸上泛红,气恼地甩开刘弩,转而向陆仲祈身边靠了一下。

刘弩仍旧笑着,"你看,要让陆总看笑话了。咱们先吃饭,有什么事儿回家再说,好不好?"

陆仲祈倒是看了一场热闹,他顺势将苏小满带进怀里,"刘总,瞧您把我们小满气的。这谈感情跟做生意一个样,人情世故总得留个三分,不能太满,您说是不是?"

刘弩面色一变,旋即微笑起来,"陆总说得对。"

陆仲祈笑眯眯地直接揽着将人带走,一直把两人送回南山下,他脸上都还挂着笑,似乎是因看到好戏,心情都出奇得好。

袁泽许久不到店里,颇为想念,这会儿看着一院子花花草草假山溪水都觉得格外亲切,又难得下午这会儿清静,两个人就关了大门自个儿窝着。苏小满脸上显出不高兴来,抱着原子窝在沙发里生闷气。

"你就这么晾着刘弩,真不给他机会?"袁泽凑到苏小满身边,在小沙发上枕上她腿,接了原子抱着。

"我没想过,我干吗非得接受他?"苏小满气哼哼窝在沙发里,眼角都泛着红,"我特讨厌他这种自以为是的架势。分手这么久了,又回来装情圣。"

苏小满和刘弩的事儿,袁泽是知道的。

当年他俩好好的一对璧人,出入成双荣辱与共,分手的时候,袁泽都深受打击,直呼不能相信爱情了。就连陆仲祈都知道,苏小满跟刘弩的爱情,是牵挂着袁泽的一份期许。

同样是十八九岁,同样是校园里的初恋,同样是年长的师兄,同样是一见钟情,她渴望这段爱情水到渠成修成正果,也好成就一段慰藉。

很可惜,他俩分手了,连个理由都没有,苏小满就被刘弩扫地出局了。

苏小满大一的时候,刘弩研二,校园里惊鸿一瞥,一见钟情。说起来,刘弩也是美院的风云人物,专业好,长得帅,气质温润,谈吐从容,完全没有艺术生特立独行、标新立异的姿态。

刘弩费尽心机追了苏小满两年,才侥幸抱得美人归。苏小满大四时,刘弩放弃了人人称羡的大学讲师职位,下海开了个小设计公司,取名识途。苏小满一门心思地陪他白手起家、艰苦创业。最艰难的时候,公司不过他们二人,刘弩跑业务,苏小满做设计,一碗泡面分两份,有情饮水饱。

那时候,袁泽就是苏小满和刘弩的自助银行和免费食堂。

可就在识途逐渐走上正轨的时候,刘弩忽然提出了分手,他说,既然给不了小满幸福,就给小满自由。

这理由何等冠冕堂皇。

小满反应挺淡,但是袁泽忍不住给他一记老拳。

去他的自由,早干吗去了。

"他说得好听,说识途发展稳固,他也算事业有成,有车有房,虽不能每天给我买包包,也能保证我生活富足不委屈。所以,求复合。我就觉得好笑,地球是围着刘弩转的吗?他爱我,我就得跟他同甘共苦;他为我好,我就得自动退散自求多福;他回头,我就得感恩戴德谢主隆恩。呵呵!自我感觉不要太好。"

这话让袁泽忍不住笑出来,起身扯起她的头发玩儿,"我们小满傲娇着呢,这初恋的惆怅啊,到底意难平——那,你还爱他?"

"爱过……只能说爱过。"苏小满歪着脑袋想了半天,话未说完,忽然听见一阵喧哗,大门被砸得山响,谩骂声紧随而至。

第四章　不如死在外头

南山下被围攻了。

十几个人堵在门口,清一色的黑色半袖,踹门的、叫骂的,还有拉横幅的,说南山下非法组织旅游活动,收取暴利,致人重伤,草菅人命,丧尽天良。

"哎哟喂,还挺有才。"袁泽直接被气笑了。

苏小满瞪着眼,紧紧抱住她手臂,"你别出去,他们人太多。"

"随他们闹。"袁泽懒得理他们,仍旧抱着原子小憩,"来,咱俩接着聊。说哪儿了?"

对方砸门无果,便开始谩骂,谩骂无果,就听着哗啦一声,一桶艳红的油漆兜头泼上店门,那些红实在太鲜亮了,而且浓稠,几乎能听见它们顺着门板、墙壁流过的声音。

袁泽转头,不经意就看见满目猩红,她下意识闭了眼,抬手按住隐隐作痛的额角。

"报警,苏小满,报警。"

出警的还是陈靳。外间闹成一团,喧嚷着,激烈得恨不能砸烂了门冲进来,平白引了一群人围观。

"得,咱们这是要火遍朋友圈了。"袁泽眯起眼抱着原子，微信里已经有成群结队的讯息，"没事儿，谁也别来，已经报警了。"

对方仍在胡搅蛮缠，一个自称是伤者父亲的，打死不听解释，非要跟袁泽面谈，偏偏袁泽也是个主意极正的，就是不见。

眼看这又要起冲突，陈靳只好从中调停，低声叫了"嫂子"。

店里门窗紧闭，昏暗得很。袁泽没有一句废话，直接表态，"我更倾向走法律程序。扰民、诽谤、私闯民宅，我有权要求民事赔偿。"

"好！你去告！我们家孩子现在还在医院躺着，好好的人跟你出去的，回来就剩半条命！你不付医药费就罢了，连面都不露，还要告我们？你有没有良心！"

"叔叔，您得明白一件事儿，我要不出面，您家孩子现在在哪儿躺着都不一定。要说出面探望，您家小儿子当众打伤我，你们不是也当没事儿？我医疗手续在这儿，小陈警官也在，这医药费、营养费、误工费、精神损失费，咱们是不是先算算？"

"你！"对方被袁泽不以为然的态度激得暴跳如雷，一只手几乎指在袁泽鼻尖儿上。袁泽倒是冷静，似笑非笑地看向他，"来，您动手试试！我呢，不见得要日行一善，却坚决不纵恶。"

陈靳厉声制止那人，"跟您说过无数次了，这件事跟袁泽没有关系，那天户外活动带队的人不是她，而且户外徒步活动都是非盈利自愿参与的，怎么就是不听！怎么泼油漆的手段都使上了！"

"你不纵恶？你就是天底下最大的恶！"那人正在气头上，一把挥开陈靳的手，"你知道我们家培养个大学生多么难！你知道为了这熊孩子我们一家子一年年怎么熬过来！你别以为我没听见你叫她嫂子！你们是一家人，是吧？执法不需要避嫌吗？小心我连你一起告！泼一把油漆你就受不了了？那我们好好的孩子毁在你手上，找谁说理去？脑损伤，你知不知道脑损伤是什么意思！他醒过来，还不知道会变成瞎子、聋子、傻子还是瘫子，一辈子都毁了！"那人似乎是恨极了，剑拔弩张地嘶吼着，双眼被悲愤情绪逼得通红，"泼油漆怎么了？我恨不能泼你的血！"

袁泽被脑损伤三字激得一愣，下意识看了陈靳一眼。那闹腾的人颤抖着指着他俩，"这事儿没完！你不给我个说法，这事儿就没完！"

"对，没完！你不给说法，我们天天来！"

"好！"后面还有摇旗呐喊的。

陈靳被闹得头大，只得再叫人支援，好劝歹劝，闹了足足大半日，好不容易才将事情勉强平息。

"脑损伤。"袁泽长叹，"胖子这回是摊上事儿了。"

苏小满一下子就蹦了起来，"坏了！胖子呢？这都多久了，哪儿见过他人影！"

她不管自个儿铃声大震的手机，抄了车钥匙拖着袁泽就跑。

袁泽却瞅见屏幕上那明晃晃的刘弩二字。

果不其然，胖子那儿早就人去楼空。

房东一问三不知。

袁泽试探着把电话打去胖子老家，老人家还记得这个豪爽大方的女娃娃，热情得很，口口声声问什么时候过去玩儿，又惦记胖子，感谢她收留照顾。

袁泽知道胖子没回老家，她不愿老人操心，便跟老人闲谈，问今年的新谷新米是不是有销路，朋友圈还有好多人在惦记呢。

苏小满气得眼圈儿都泛了红，"你这是多好的教养！他一个大老爷们儿，敢背着你拉队伍，不敢担责任！背叛在前，甩锅在后，你还顾惜他做什么！"

袁泽整个人都委顿下来，"不是他甩锅，是我上赶子背了。"

正说话，迎面又碰见刘弩。

苏小满不等他说话，先声夺人问他："你来干吗？"

刘弩一脸无辜笑意，"我来看看。我不放心，朋友圈都传遍了。"

苏小满恼怒地推着他走，两人拉拉扯扯，最终一起上了车。

袁泽靠在桥边看着，不由得笑了。也挺好，毕竟是校园里的初恋，干净美好，纯澈得像这清凌凌的泉水。

她转而长叹，孤身回转。

最近被人骂多了，玩笑也好，指责也罢，人人都在说她没良心。

可她自认良善，凡事但求一个问心无愧。

可此时，她不由得开始怀疑，到底是哪里错了，是不是这样还是不可以？

陆仲祈承认自己还不够成熟。

但凡跟袁泽有关的事儿,他就沉不住气。平日商场争斗上的手段、处理人事的心肠,就消失得一干二净,心性直接掉落回中二少年期。

他是午休时得知南山下被拉横幅泼油漆的,当那一墙红艳艳的油漆入目时,他的火气噌一下就上来了,压都压不住,只想简单粗暴地冲过去揍这群混蛋。

他烦躁地扯了扯领带,整洁的衬衫被他扯得凌乱,扣子一路解到胸口,"老刘,你是不是不想干了!袁泽门口被人泼油漆,这么大的事儿你不跟我说?陆一呢,人死哪儿去了?"

刘特助直接就被骂愣了,心说这二愣子难道真是传说中手段了得、笑里藏刀的小陆总吗?这给人看见了,得有多少小姑娘要伤透了心啊。

内心如此腹诽,表面上却分毫不漏,丁是丁,卯是卯地回复:"今早上您说让陆一去接触下识途的刘总。"

"哦,对。那你呢?你干了什么?"陆仲祈这话说完,自个儿就反应过来了,这一上午,刘助理一直跟着他开会呢。

商场如战场,城市规划直接影响房地产业的发展,正是分秒必争的时候。

他将杯里凉透的咖啡两口饮尽,迅速平静下来,"叫法务的红姐过来一下,晚上所有的应酬都推掉,我另有安排。"

陆家在东泉市非同寻常,称得上积蕴厚重,影响颇深。陆仲祈的父亲陆域早年留学国外,回国后乘势而起,下海早,根基稳,事业发展得极好。但陆家一向子孙单薄,陆域婚后多年无子,自本家远房亲戚中过继了一个少失怙恃的七岁男孩,以长子的身份养在膝下,取名陆孟礼,自是盼着他为陆家兴旺子嗣,"带"个弟弟来。果不其然,两年之后,陆家如愿得了贵子，便是陆仲祈。一家人喜不自胜，视陆孟礼为福将，看仲祈如明珠，一家和睦，兄弟相亲，也是东泉一段佳话。

陆仲祈算得上含着金汤匙出生的典范，可惜他幼年时多病，这也一直是他不能直视的黑历史。不过，也正因为此，他才比别人多了些闲暇跟着陆子兮，才遇着了袁泽。

至今为止，陆仲祈做过的最离谱的事儿，也不过是高考时选了警校。

他与袁泽是校友。

至于他后来肄业从商，既有父亲荫蔽，又有兄长护航，公司生意兴隆、事业风生水起，实力不容小觑。

自然，在如今的东泉，他要见谁都能见。自然，他要优先处理什么事儿，刘助理是断不会弄错。

陆仲祈约了人，虽说只是一场家宴，酒却没少喝。

就在他为袁泽觥筹交错的时候，袁泽偷偷去重症监护室看了看那个受伤的青年。不过匆匆一瞥，她自认不是圣母，却还是有些恻隐之心在蠢蠢欲动。

那位青年独自在玻璃后头，满身的软管，瘦骨伶仃。看不见脸，只有那缠着纱布的光头明晃晃地戳着人。

那天晚上，袁泽便让肖梦兰堵在南山下。

"妈。"

"你不用叫我妈！"

开场白过后，袁泽已经头疼，只需要一瞬间而已，她所有的心力仿佛都被抽空了一般。

她张了张嘴，竟不知道说什么了。

"咱回家说？"

"回家？你还知道回家？出这么大事儿，你连个招呼都不打，你眼里还有我吗？"

袁泽脸上的不耐烦终究没掩住。

肖梦兰满眼嫌弃，"我怎么养了你这么个没心没肺的东西？你怎么就不能让我省点心？袁泽啊，你跟个好人似的，好好地找份工作做事业，四平八稳地过日子不行吗？你不小了！"

"妈，咱们不说这些行吗？这些车轱辘话，颠来倒去地说了多少遍了，您明明知道没有用啊。"

"那你跟我说什么有用？弄那些不沾闲的摄影有用？开这么个破店有用？整天出去户外旅行有用？你这么有用，到现在怎么样了？是挣着钱了，还是得了名？你开手机开电脑看看，满城里的人都在怎么说你！你怎么就不能回回头！"

肖梦兰素来喜欢这样一口气不带喘地说话，不是咄咄逼人，是苦口婆心。你知道她是为你好，可你就是感受不到那个温暖的点。

袁泽情不自禁地偏过头去，死盯着路边那一丛柳树。

刚下了一场雨，小河里泉水充盈，一路叮叮咚咚地流淌，那声音清脆得犹如小孩子的笑。袁泽忽然想起，小时候的她也是这样笑的，依偎在肖梦兰身边，小心翼翼地靠在她怀里，做她的小棉袄。什么时候开始的，她和母亲就隔着几重山几重水了？

"网上那些事儿您别管，别信他们胡说，我能处理。"

"我能不管吗？你是我女儿，他们骂你就是在打我的脸！人要脸，树要皮，你懂不懂？"

袁泽抿了抿唇，下意识捻住了口袋里的香烟。

她不吸烟，但总喜欢随身带包烟，说是逢人好说话，其实不过是个习惯而已。

她了解肖梦兰。对于肖梦兰的话,她不能反驳,也不能多想。

她必须知道,肖梦兰是为了她好。

事实上,也的确如此。

可就是这句"为你好",那么令人无福消受,它就是一道紧箍咒,念得人头痛欲裂,却无能为力。

这真的是一道残酷的魔咒。

"袁泽,你太自私了。"

袁泽没说话,她甚至暗中点了点头,点头的一瞬间,她神奇地觉察到一种报复的快感。她下意识地看了肖梦兰一眼,那眼神中甚至隐约含着挑衅。但这快感和挑衅都消失得太快,她不得不立刻安抚,"我送您回家。"

肖梦兰不说话,一张脸越发黑起来。她气冲冲地从包里取了个袋子,用力摔进袁泽怀里,"我不用你送,你少气我两回,让我多活几天,我比什么都高兴!"

她转身就走,姿态甚是决绝。

袁泽才发现,她穿了一身极简的套装,十分不讲究,但是板正漂亮,夜风吹过她一丝不乱的发髻,更显得她身量瘦小,偏偏那后背挺直的模样,与自己一般无二。

肖梦兰走了很久,袁泽才打开那袋子。

那袋子里装的是现金,有个两三万的样子。

袁泽眯着眼,狼狈得喘不过气来。她坐在桥头石板上,指尖不可遏制地颤抖,抖得她快拿不住手里的钱。

也不知过了多久,袁泽慢慢开了手机。网上讯息传得极快,论坛上说什么的都有,微信里更是众说纷纭,好友里安慰的、问候的、打探的、看笑话的比比皆是,她一个都不想回。预备关机的时候,她终于瞥见一条无关紧要的:我到了。

那ID叫:Decade,头像空白,资料空白,朋友圈也空白。

两人的聊天记录仅有这一条。

袁泽想了一瞬,才反应过来。

"楚吞?"

难得那边很快回复了,"是我。"

袁泽愣愣地看着手机,过了好久,起身回转的时候,她莫名其妙地打了一行字过去,"我妈给了我两万块钱。"

"对方赖上你了。"

"不算吧,只是有点小麻烦。"

"那孩子伤得很重。"

"脑损伤。"

她极慢地把消息一条条地发过去,消息刚发过去,楚吞的国际长途就打过来了。

袁泽考虑了一下,没有接听,顺手把手机关机了。

回到家的时候,苏小满正气哼哼地发呆,她眼圈微红,显然是哭过了。袁泽过去抚着她的长发,顺手将她拢到自己怀里,"刘弩又惹你了?"

"嗯。"苏小满安静地缩在她怀里,"我当初那么爱他,现在怎么就这样了啊?你说,爱到底是什么呀,怎么就这么难?"

袁泽没说话,好半天才拍了拍她后背,"这话不要问我,我怎么知道?"

苏小满抬起头来看她,"你比谁都知道,你是这世界上最柔软、最多情的人,你只是不说而已。"

袁泽为她这句话哈哈大笑，可笑着笑着，又觉得有些伤感。

房间里很安静，橘色灯光温柔地照着，满屋子古色古香。她俩游离在这香气之外，又主宰着这香气。

"算啦，咱俩别在这儿互相矫情了。睡吧，明儿起来什么事儿都没了，兵来将挡水来土掩。"袁泽眯着眼轻拍苏小满的肩膀，又是一副元气满满的样子。

鼓励别人，何尝不是鼓励自己？

那受伤的学生仍在医院，听说人已经醒了，也转到普通病房，可惜不能开口说话，复健过程漫长而又无望。

一直到陆子兮回国的时候，南山下已经被迫停业。

苏小满也趁机休了长假，回了老家。

网上乱七八糟的言论已经被陆仲祈一手处理，但橙子家并不肯善罢甘休。虽然有很多人证明这事儿跟袁泽没任何关系，可胖子组织这次的活动，的确是倚仗行行摄摄的名头。胖子失踪后，预交的车费、伙食费亦没有按照约定多退少补，是否盈利的界定就变得十分难，至少受伤的橙子家是死活不认的。

南山下常常被投诉，今儿是环保，明儿是工商，后天是民生节目……袁泽不胜其扰，干脆关门歇业。

陆子兮还是热情如火，穿名牌，开豪车，拥抱的时候好像勒死人不偿命。而那个被她叫作老公、名叫裴政东的男人，则拎着大包小包站在她旁边微笑。

满脸的宠溺和温暖。

陆子兮疯狂地展示各种礼物，在袁泽手上和颈间戴满各种昂贵的玩意儿。袁泽懒洋洋地靠在窗边舒服的大沙发上晒太阳,原子不声不响地窝在她手边,"败家女人!裴先生不管管她?"

裴政东笑得极其温和,他说:"子兮的喜好就是我的爱好。她花自己的钱,我可管不着。"

陆子兮笑得洋洋得意,她说:"他负责画画,我负责养家。"

裴政东只是微笑,态度谦逊之极。

袁泽忽然顿住了,脑子里莫名闪过一些往事。

陆子兮是陆家的孩子,既不是亲生,又不是收养,身份尴尬、纠葛颇深。她跟陆孟礼一母同胞,他们的父亲过世后,陆孟礼被陆域收养,陆子兮却被母亲扔回了老城区母家。至于他们那不负责的母亲,早拿了钱财彻底出走。后来,陆子兮的祖母病重,陆域也曾想过收养陆子兮,陆孟礼却不同意。

陆子兮成长这一路,与陆家那是几进几出,关系越发紧张,等她考上美院,就彻底拒绝了陆家的资助,靠打工度日。

"方……方行素……你是方行素?"

袁泽恍惚大悟。

当代著名画家、原美院客座教授,在油画一度低迷的时候,他堪称新画派的领军人物,他的行素画廊名噪一时,业内评价一流。

方行素!

袁泽实在没想到,曾经大名鼎鼎、意气风发的方行素,会是眼前这个眉目含笑、温文尔雅的裴政东。

"这可好了,我有眼不识金镶玉,闹笑话了。"袁泽自嘲。

陆子兮并不反驳,骄傲地默认下来,眉梢略有些得意。

袁泽无奈,很有些哭笑不得。时隔六年,竟不知该恭喜陆子兮精诚所至,金石为开,还是该笑话她终于在一棵树上吊死了。

陆子兮大一时认识了裴政东,在他的画廊打工,这一点袁泽是知道的。到大三时,陆子兮忽然退学失踪,一走就是六年,实在没想到,竟是为了这人。

"幸福就好。"袁泽一个多余的字都说不出来,简直想落荒而逃。

陆子兮哈哈大笑,丢下给陆仲祈的礼物,挽着裴政东趾高气扬地回转离开。

袁泽把玩着手上的男士香水,忍不住打电话给陆仲祈。

"只能说裴政东不显老。"袁泽这么跟陆仲祈说起的时候,陆仲祈只是笑。

他说:"人生的路毕竟还是自己走出来的。子兮那里,冷暖自知吧。"

袁泽被他一碗鸡汤灌得反胃。

陆仲祈似乎有心事,"你在哪儿?我有个不大不小的事儿想跟你说呢。"

陆仲祈开车到南山下,轻车熟路地取钥匙进门,跟进自己家门一样。他倒是不客气,毫不在意地抄起袁泽的杯子喝水,将手里文件给袁泽,"你看看。"

"拆迁?"

"是啊,旧城区改造。"

袁泽脸色彻底变了。

"是内部文件。正式通告还没下,但事实如此,不会变了。"

"当初不是说维持老城区旧风貌几十年不动摇吗，怎么忽然就要改造？"

"政策有变啊，是大动作，整个老城区重新规划复建，说是恢复古貌，建新的文化标志区。"

"这不是开玩笑吗？"

"怎么开玩笑呢。前阵子孟祈哥去南方，据说就是考察这个事儿呢。现在，事情基本定了，拆迁只是时间问题。反正你最近生意也不好，不如趁机好好规划下。"

"我拒绝拆迁。"袁泽边说边闷头开了罐啤酒，她顿了顿，把那罐啤酒往前一推，呼一声站起来，闷声道，"回家，我回家。"

陆仲祈起身无奈地跟在袁泽身后，"这事儿怪我。我该早替你留意着，早跟你说。"

"我拒绝拆迁。"袁泽推开家门，顿住脚看向眼前青灰砖的旧影壁，"我爸没给我留什么，就这老房子了。我拒绝拆迁。"

袁泽话音不高，语速缓慢，似乎是说给陆仲祈的，又似乎是说给自己听。

陆仲祈停了好久，才缓步靠近了袁泽，他小心翼翼地自身后拢着她，"妹啊，念想什么的，原本就在心里，物件不过是个依托的死物罢了，你别死心眼儿。"

"这话说得简单，陆仲祈，即便是个死物我也没办法轻易放弃，你懂吗？"

"我知道你有想法，这放谁身上都会觉得伤心……"

"我没伤心，我只是在陈述我的观点，我拒绝拆迁。"袁泽有些坐立不安，她在房间里转了两圈，伸手打开抽屉摸出一包香烟死死握在手里。

陆仲祈无奈地看着她,笑意沉重地耷拉着眼角,"袁泽,这事儿你阻止不了。我师母那儿,你还是得回去跟她商量一下。"

"你少叫得这样亲,谁是你师母。"袁泽正烦,自然对他没什么好脸。

肖梦兰再嫁,新老公范洪军的条件也算是顶好。他从政,成绩斐然,离岗前在东泉市也是可圈可点的人物。据说,他是典型的文化型领导,还是东泉大学的客座教授,与陆孟礼有师生之谊。那厚脸皮的陆仲祈得知这层关系,立刻顺杆爬,马上改口叫了师母,哄得肖梦兰高兴了好久。

可说起肖梦兰,袁泽就不可遏制地僵硬了一下,那种自心底油然而生的抗拒,让她越来越不愿意面对肖梦兰。

但她抗拒得了吗?她抗拒不了。那是生她养她害苦了她也拯救过她的母亲。

"成,我晚上回去。"

陆仲祈伸手抚摸她头顶,"有话好好说,别吵架。"

袁泽抬头看他一眼,不由哑然失笑。

从什么时候开始呢,她跟母亲的关系需要别人来说和安抚。

拆迁这话题毕竟敏感,袁泽也怕与肖梦兰一言不合便争吵起来,干脆两人约在滨江小区附近的一家咖啡店。

肖梦兰想了一瞬,笑道:"咱娘儿俩见面,少有不吵的时候,也别让人看笑话,就南山下吧。"

这话肖梦兰说得伤感,袁泽也听得伤感,她难得低头示弱,"妈,我不跟您吵,陆仲祈昨儿给了我一份老城区拆迁的文件，我就给您看看。"

肖梦兰到南山下的时候正值黄昏，半边天烧得红通通的，十分动人。袁泽烧了一壶好茶，泡茶的动作行云流水，自有着那么一股干脆爽利。

肖梦兰垂头翻了翻那份拆迁文件，"消息我是早就听着了，文件是刚见着。我瞅着，政策还不错。这文件我拿着，给你范叔叔看看，让他参谋参谋。"

"咱们家的事，怎么好麻烦范叔叔。"

"我的事儿就是他的事儿，怎么能算麻烦。"

袁泽愣了一瞬，慢慢推了杯茶过去。她顿了顿，从包里将那三万块钱取出来，"那个，您这钱，我不能要。"

肖梦兰眉心微蹙，又很快地放开，她伸手将钱拿回来，用力甩进包里，"难怪老范告诉我，不要管你的闲事儿。"

袁泽抿了抿唇，唇角清晰的弧度与肖梦兰一般无二。她没说话，一杯茶下肚，才问："拆迁的事儿……您什么态度？"

"挺好的呀，这是个好事儿不是？如果是陆家接办的话，还要更靠谱些。老城区的街坊们哪个不盼着拆迁？"

"那您是支持拆迁的，是吗？"

肖梦兰有些意外，"听你这意思，是有想法？"她顿了顿，旋即笑了，姿态也是难得的和婉，说，"袁泽，归根到底，我只有你一个女儿，你范叔叔也没有孩子在身边。我俩的一切，都是你的。我现在一切都很好，即便拆迁，回迁房也还是你住着，并不耽误什么，一切都只会比现在更好。我这辈子没什么奢求，只盼着一天比一天更好。"

袁泽的心一瞬间柔软下来了。她已经不记得自己有多久没有这样好好跟肖梦兰坐下来说话，跟自己的亲生母亲剑拔弩张,那滋味真的太令人绝望了。

"我从来不担心会没地儿住,我知道有您在,我不会流落街头。可是妈,我舍不得那地儿。拆迁这事儿,就真没办法吗?至少,有一天拖一天,好不好?"

"拖?袁泽,你这是说笑话,多幼稚啊。你说,你有什么办法?你是想让妈妈做钉子户?妈妈从来不做无意义的事儿。"

"怎么会没意义呢?妈,我舍不得那房子。"

"然后呢?凭你个人之力,捅破了天不过是拖延进度,你左右得了这事儿吗?更何况开发商是陆家,你让仲祈怎么立身自处?"

"是,妈您说得对。那我呢?我怎么办?"袁泽下意识问了一句。

"你先搬过来跟我住,一年以后回迁,房子还给你,你想怎样都随你。妈妈不会委屈你。"

"我是说我的意见呢,妈,我的意见呢?"

"你那些不可能实现的小心眼儿,自己消化了就得了,就我看来,你那顶多算是情绪,不算意见。"

肖梦兰这样不痛不痒的态度令袁泽着急,"妈,您明明知道这不单单是一个住处的事儿,那是个念想!您就没一点不舍得吗?您也在那住了好多年不是吗?您年轻时候的好岁月都留在那里了不是吗?庭有枇杷树,吾妻死之年手植也,今已亭亭如盖矣。那院子里也有我爸亲手种下的海棠树,有我爸亲自打磨的茶盘茶桌,您就没半分不舍得?"

肖梦兰瞬间变了脸色,"袁泽,我好声好气地哄着你,怎么就得寸进尺了?舍得舍不得又能怎样?人都没了,留着那些个死物做什么！人得往前看、往好过，认准了目标，看清楚结果，然后一门心思走下去，别左顾右盼、别想太多、别瞎纠结，别让人看笑话！"

"对，别让人看笑话。我们过自己的，问心无愧坦坦荡荡，关别人什么事呢？这世界上谁又能笑话谁？您说得都对。大道理冠冕堂皇，可人活着，不能太急功近利，不能总盯着那个目标，总得有什么东西值得我们去挂念、去追求、去坚持，我就想守着我的念想，看着我的房子，有什么好笑话的？"

"袁泽，你不小了！你二十八了，眼看着奔三的人了，你说这话幼稚不幼稚？你追求、你坚持，可结果呢？你当初要读警校，后来要开店、要摄影、要驴行，好，我都依你，结果呢？满城风雨啊，袁泽！众口铄金啊！别人手指尖都快指到妈妈鼻子上了！你说，要怎么不活在别人的眼光底下？人要脸树要皮！"

"可是……"

"没可是！袁泽，我还是那句话，人得向前看，往好过，不能认死理，不能让人笑话。要一个个都跟你似的，死守着那一亩三分地，别人死了你就恨不能跟着死一遭，房子拆了你就抗拒到底，你倒是守节情不移，可有谁让你守呢？好好一个人硬生生过得人不人鬼不鬼、男不男女不女，活成一个笑话！"

"又来了，你又来了！"袁泽被她这一串说辞逼得头疼，"妈，您敢不敢不这么咄咄逼人？您怎么知道您的看法就是对的？一人有一人的活法！那会儿我爸刚走，从前多少恩爱都没断，半年不到，您转脸就改嫁他人，您怎么不怕别人笑话！"

袁泽话音未落，肖梦兰一个耳光就打过去了，毫不犹豫、干净利落地打上了袁泽的脸，"这一巴掌，我教你做人！长辈的事儿,什么时候轮到你评头论足?好好地说拆迁的事儿,你就跟我胡扯八扯!这事儿你别插手了,收拾收拾东西尽早搬出去!滚蛋走人。"

袁泽挨了打,眼眶迅速泛了红,她只觉得全身所有的血液都在往挨打的那处冲,不是疼,而是不能忍,仿佛那些血液随时会顺着肖梦兰给予她的掌印冲出来血溅当场。她压制半响,咬牙低语:"我不搬。这是袁家的祖宅,是我爸的遗产,按照法律,我有继承权。"

"呵呵,法律,袁泽,你跟我谈法律。前几天南山下非法运营搞旅游活动的事儿没进法院你难受是吧?这会儿你跟我谈法律?笑话!我还就告诉你了,你爸活着的时候,那房子就已经完全过户给我了,那是我的私产!我的、私产!"

"过户给你了?这怎么可能?"

"你不是小孩子,我也不瞒你。你爸活着的时候,我们就离婚了,你爸净身出户,只提了一个要求,离婚不离家,他怕耽误你高考,他想看着你上大学,读北大。"

这话真是……跟一把钝刀子一样,极慢极慢捅进袁泽的心里。她疼得无以复加,觉得下一刻就要倒下,那一瞬的崩溃逼得她简直想死。

她不明白,娘儿俩诚心诚意地想要好好谈一谈,怎么就说到了这一步!她疲惫至极,不得不低头双手蒙面,狼狈不堪,"可他没等到!没等到不是吗?我真是,真是……我真不想说,妈,我怎么这么恨您……我怎么会这样恨您……永远摆出救世主的身份,以引领者的姿态高高在上,在我人生的每一个重要节点上指手画脚、横加干涉,您……我怎么这么恨您,怎么会怎么会……"

"就为了一处房子,我亲生女儿就能说出这样的话!袁泽,我是白生了你、白养了你啊!早知道今日,就不如让你早早死在外头!"

第五章　我们合作

　　肖梦兰这话出口，便是覆水难收。

　　袁泽整个人都僵住了，她忽然无比庆幸肖梦兰选择在南山下见面，好像做好了准备，要狠狠地吵架。

　　那你怎么不让我死在外面！

　　你怎么不让我早早地死在外面！

　　你一步步地把我往死里推，还要我感恩戴德！

　　你时时刻刻为了我好，怎么就没想过我需要什么！

　　你……

　　有无数句反驳的话在袁泽嗓子里翻来覆去地冲撞，冲得她嗓子里一片甜腥，一个字都说不出来。她张不开嘴，她怕自己一张开嘴巴就会把心活生生地吐出来。过了好久，她才极慢地站起来，缓缓鞠了个躬，"那您就当我死了吧，好吗？我求求您，当我死了吧。六年前，死在学校了。"

　　这话说完，袁泽头也不回地离开了。

　　她觉得，只要再多待一秒，她就要死了。

　　这是名副其实的落荒而逃，可她再没勇气面对肖梦兰了。

　　那个生她、养她，在她最绝望的时候拯救她、陪伴她，牵着她的手回家，逼着她站直了脊梁别趴下，逼着她安稳活下去别认输的女人——那个原本该被她亲昵地叫作妈妈的女人。

袁泽无比绝望地一步步往外走，那种无力感甚于一切。

天已经渐渐黑了，老城区的路灯却还没亮。路上真安静，只间或有人行色匆匆地擦身而过。

袁泽沉默了好久，掏出手机给陆仲祈发了个短信，"我跟她吵架了，在南山下，你给她打个电话，来看看她。"

这消息发送出去，她忽然意识到：从今以后，她就是孤家寡人了。一如从前肖梦兰说的："是你八字太硬，命定孤独。"

可是肖梦兰这样的人，怎么会相信八字呢？

原来生活真的是个天大的骗局，你身在其中，身不由己，只能拼命挣扎、努力向上。可即便你把自己逼成无所不能的超人，也不得不面对飞不起来时内裤外穿的尴尬和无奈。

苏小满不在，她觉得寂寞与伤感都被放得很大，却又不愿贸然打扰任何人，就干脆关机，站在街边喝啤酒，再背着相机出门街拍。

她一路行走，一路拍照，最后买了两罐啤酒坐在马路牙子上猛摁快门，含蓄而又隐蔽地围观这熟悉而又陌生的城市，就好像整个世界都在你掌心，而你却不属于这个世界，很有趣。

再往前走不远，便是拆迁中的省实验。

袁泽愣了一会儿，拍了个照片，发给楚岙。

那边很快回复："大半夜的不睡觉。"

他很爱用陈述句，一本正经的。

袁泽拎着啤酒又甩给他一张照片。

他说："少折腾。"

袁泽就笑了，有一句没一句地跟他瞎聊。

就这会儿，校门口来了个小姑娘，貌似刚刚下了舞蹈课，身上还穿着粉色的舞蹈裙，露着光洁的小脊梁，圆滚滚的两条小肉腿绷在白色的连裤袜里。不一会儿，有一对男女来接她。她不肯走，两手拽着男人手腕撒娇，又抱着男人大腿捣蛋。女人有些恼，低头指责着什么，男人却忽然伸手拎住那小姑娘腋下，在她的尖叫声中把她甩起来扛在肩上，女人吓了一跳，旋即在小姑娘的笑声中露出笑意，作势抬手要惩罚这一大一小。

"爸，爸爸快跑！哈哈哈。"

小姑娘娇嗔又喜悦的声音一下子穿透人群。

袁泽拍给楚吞看，说："看家庭和睦，幸福无边哪。父爱如山……母爱如什么？水？"

楚吞沉默了一会儿，说："水能载舟，亦能覆舟。"

袁泽有些意外，一时不明白楚吞的意思：他是说自己比喻不当，还是真的认为母爱就是如此？

只是，一般人怎么会有这样的感悟？

或者每个人对于爱的理解和表达都不一样？

是啊，父亲如山。无论多远，只要他在，就很安全。袁泽甚至觉得，她内心的安全来源于父亲，他看书时的安静，他写字时的专注，他品茶时的逍遥，他喝酒时的疏狂，他教书育人，也胸无壮志，他温和而又疏离，浅笑时眉目疏朗，醉酒后谈笑俨然……

在她成长的岁月里，这个人就像一缕风，雅致而又温暖，醇厚而又清冽。

而母亲是水，她就是舟。

成全在她，毁灭也在她。

家为什么会伤人？她并不明白，只是有太多不愉快的事情积淀在成长的岁月中，仿佛是一丛灰色的种子，一点一点地种下去，然后日积月累，沉默、孤独堆积在内心，只需要一个小小的契机，它就能炸开并毁灭全部。

而现在，她和母亲终于触发了那个契机，终于肯定了恨的存在。

陆仲祈电话打进来时，袁泽才发现，她眼眶已经有些湿润。她懒得说话，慢慢回给他一个短信，"去你家。"

袁泽没跟楚岙说再见，直接关机，然后买了很多啤酒，坐在陆仲祈家门口喝。陆仲祈回来的时候，袁泽已经醉了。陆仲祈跑得满脸通红，气急败坏的样子让袁泽特开心。袁泽指着他哈哈大笑。

陆仲祈气得原地打转儿，"袁泽，你特得意是不是？让别人为你操心、为你着急、为你跑前跑后，你特得意是不是？"

袁泽就不笑了，站起来靠墙边儿看着他。

"你不要骂我。我好像喝多了。"

陆仲祈心疼得抓心挠肝的，说不出话。

"陆仲祈，我喝多了。"

陆仲祈终于忍不住，他慢慢地走过去，伸手抱住了袁泽，说："不怕，袁泽，你别怕，我在这里。"

袁泽就笑了，说："没关系，没事儿啊。我袁泽怕过什么。我就是有点怀疑，陆仲祈，是不是我真的八字太硬克亲友，注定孤身啊……"

"我不是在这里吗？这么多年我不是一直好好的？都是意外，袁泽。过去的都过去了，咱往前看，袁伯伯不想你这样，曲家帜……"

"别提他！"袁泽一把推开他，却放任自己的后背狠狠撞在墙上。她眼神凌厉得似乎要将他生吞活剥，整个人顺着墙壁委顿地下滑。很久，袁泽坐在地上，摇头笑了，"陆仲祈，你别提他，求求你，别提他。"

他死了，永远都回不来了。

曲家帜，他，死了。

他揣着一封未了的情书，死在那个遥远的地方。

永远都回不来了。

陆仲祈将她抱起来，抬手抚摸她瘦削的后背，很轻，一下一下地轻轻安抚，"袁泽，哥不提，不提！不哭，我一直在，好不好，我一直在。"

"我没哭，没什么好哭。"袁泽眼泪在眼眶里憋着，却努力瞪着眼看远处，"陆仲祈，房子的事儿，你早就知道吧，你心里肯定在笑话我，是吗？这些事儿，一桩桩、一件件，你们都知道，都瞒着我。全天下就袁泽一个傻子是吗？是，我多自私啊，没人情味，不懂事儿，男不男女不女、人不人鬼不鬼！可我难受，陆仲祈，我心里是真难受。谁知道我心里难受，谁知道呢？"

袁泽下巴压在陆仲祈肩上，两手垂下来，就这么任他抱着，一副无助的模样。

陆仲祈心里翻山倒海地疼，却一个字都说不出口。

也不知过了多久，袁泽沉沉吐了一口气，慢慢离开陆仲祈的怀抱，她双眼还是压抑的红，莹润的泪却统统压了回去，那些倔强的笑意又重新爬上来，她说："没关系，没事儿，该走的都走吧。我可以，一定可以。"

陆仲祈就这么看着她，忽然在想，当年那么逼她坚强，到底是好还是不好。

他伸手勾着她脖子，用力揉搓着她头顶，"走，陪哥喝一杯，咱醉个大的，拼到底。"

对于袁泽来说，这一年真的不太平，充满了各种各样的事端，一波未平，一波又起。

胖子惹下的事故还未定性，拆迁的事儿已经现了端倪。

肖梦兰将她赶出老宅。

苏小满回来了，是刘弩送她来的，一回来便忙着搬家。两人只能先搬到南山下打个地铺，所幸这会儿到了夏天，日子也不是太难过。

她就是舍不得院子里那棵海棠树，真舍不得。

刘弩再三要求苏小满跟他走，"这哪是住人的地方，咱再租个房子不行吗？"

苏小满不为所动，下狠心要买套小居室。

袁泽就在想，如果苏小满跟刘弩复合，真的安定下来，那么离开也是好的，干脆就走，彻底离开东泉、离开老城区、离开肖梦兰。

"你俩这是和好了？"

苏小满有一瞬的迟疑，"没，我没想好。我总觉得有什么东西和以前不一样了，越来越看不透他。"

袁泽就笑，"日子是自己的，过得好不好只有自己知道。谁也逼不了你，听自己的就成。"

苏小满沉默半天，"刘弩这家伙……我回家这几天，光听我妈说他好了，问我俩什么时候结婚。这些年，过年过节的，他就没断了往家打电话、寄东西。我妈说，比我孝顺。"

袁泽看她一眼，转而去收拾行李，一时竟不知这刘弩是心机深沉还是情深义重。

除了搬家，南山下的经营也成了大问题，随着拆迁的风声渐紧，定居、谋生……桩桩件件都迫在眉睫。

拆迁的消息到底传开了。巨大的经济利益催逼，各家各户都不安生，哭的闹的打的笑的，以前安逸的日子瞬间不复存在。整个老城区都变了，被一种极端浮躁的情绪笼罩着，白天有多喧嚣，夜晚就有多死寂，这种强烈的对比令人坐立难安。

而这些与袁泽又毫不相干，她不得不把大把的时间拿来找房子、找店面，时间紧迫，她又挂念老宅，急得口舌生疮，话都懒得说，焦虑的时候，常常整夜睡不着，头疼，大把的止痛药亦不能缓解。

"你应该早做准备的，却也别逼着自己，还有我呢。我在临江路还有一套小别墅空着，你先过去住一阵？"陆仲祈不止一次给她打电话。

"没事儿，我搞得定。"袁泽这么说的时候，用力揉了揉熬红的眼角。

她只是不愿搬，又无能为力。

橙子的情况有所好转，整个人瘫痪在床上，实在令人惋惜。拆迁消息一出，他家里认定袁泽有钱，更无休无止地纠缠。

真是焦头烂额！

似乎是深夜福利，隔着十一个小时的时差，袁泽常常能遇见楚吞。距离真是神奇的东西，越是遥远，就越是拖出零散的安全，那种似是而非的陪伴恰到好处。

"我越来越怀疑自己了。"袁泽这么跟楚吞说的时候，正是一个深夜，四周静得没有丝毫声音。

"为什么？"

袁泽长久地看着这三个字,一时竟无话可说。

"我不知道。"

楚吞立刻回过来,"如果是不知道的话,反而要比没事儿、没关系要好得多。生活就是这样,变数太多,我们总会遇到什么我们预料不到的。你呢,放轻松,接受它就好了。"

看见这句话的瞬间,袁泽清楚地意识到疲惫,那种无力感和拼命对抗无力感的焦虑令她心力交瘁。

楚吞又问她:"以后有什么打算?"

"如果我说不知道,你会不会笑我?"

"不会。"

袁泽笑了,伸手捏一支香烟把玩,"真不知道。本来心里可能还想把南山下开下去,却又觉得有些不现实,无从下手,懒得想。"

"懒得想就先不想。别慌,也别勉强自己,接受自己目前不太如意、无能为力的状态其实没什么不好,不难。"

这话说得袁泽想笑,不由想起他那张年轻漂亮的脸,"你这话可真不像个小孩子说的。"

袁泽这话说完,楚吞那边沉默下来。一直到第二天下午三点多,袁泽忽然收到楚吞的消息。

"我们合作吧。"

"太困了。"

"明天细谈。"

"再见。"

是楚吞。

袁泽一脸黑线,哭笑不得。这小子在干吗?

"什么情况?"

"楚岙?"

一直等到第二天,袁泽才接到电话,他声音低沉,隐约带着一点疲惫,又被电波拖出一种异样的沙哑的质感。他说:"座机号给我,我打给你。"

袁泽本能地搓了下耳朵,缓慢报出南山下的电话给他,"十分钟之后打过来?"

他简单说了一声"好",利落地挂断电话。

电话铃响起的时候,袁泽正在烧水。

"干吗呢?还要十分钟。"

"刚到店里。"

"嗯?"

"刚在外面看房子,总得先安顿下。"

"嗯。我打国内座机免费。"他顿了顿,轻声问袁泽,"关于你的南山下,你有什么打算?具体困难是什么?手上还有多少资金,缺多少?"

他这么问的时候,袁泽一杯茶刚刚泡好,杯沿烫着指尖,通红一片,她皱着眉头甩手。

"怎么了?"他问了一声。

"没事儿。"袁泽蹙着眉,抚弄自己泛红的指尖,"你问的问题,我好像一个都没法回答你。"

"为什么?你开玩笑吧?"

袁泽就笑,"谁跟你开玩笑。我现在满脑子都是等闲变故故人心,却道故人心易变。小生被这名叫'拆迁'的小娘子整得神魂颠倒、辗转反侧,日不能安夜不能寐……"

对于她的玩笑,楚岙丝毫没有接招,仍旧一本正经的模样,"那这样,你听我的怎样?你的南山下我虽然没去过,但论坛上风评还是不错的,看起来更像是年轻人的文艺部落,虽然整体装修风格有点杂乱不成熟,但固定客人还是有的。你有没有想过,干脆就踏踏实实上南山,来做民宿?"

"上南山?做民宿?"

"对。上次你带我去的地方,东南部山区那边,山清水秀、云蒸雾绕,景致不比婺源差,而且乡风淳朴,交通也很便利……袁泽,你有没有想过,在那边借山而居,做特色民宿。"

"这个有点大。"袁泽愣了一秒,"周边没有很成熟的景区,没有依托,经营上不会困难很大吗?"

"不,你换个思路想,没有成熟景区,是不是同时也说明发展空间大?现在旅游业发展是大势所趋,乡村旅游又是这其中势头最猛的。我找人咨询过,东泉东南部山区交通畅达,发展势头很好,潜力要比南部山区更稳健。你想想,在那样烂漫的乡野之处,给大家找一个归处,没有世俗纷扰,没有游人如织,就是个世外桃源的归处,好不好?"

归处,这个词一瞬间戳中了袁泽的内心,她几乎清晰觉察到了自己心脏的震颤。

"如果你同意,咱们合作。我来协调资金,你负责打理,当然,也欢迎你注资。这事儿前期需要你去跑,也要找专业人士咨询下。这些都不急,你慢慢来,当务之急,你……找到住处没?"

"没……"

"那住我那儿吧。我找陆子兮,让她把钥匙给你。"

"你……你在东泉有房产?"

"不算是。小时候住过的地方,是爷爷奶奶留下的老房子,在我名下。房子不大,地段还可以,很多年没人住了,需要重新打理下,你看着折腾,总归我也要回去的。"

"那你回来了我住哪?"袁泽整个思路都被带歪了。

"我不常回去,可以住裴政东那,不会轻易把你扫地出门的,放心。"楚昼情不自禁地露出笑意,"上次见你,觉得你干脆、飒爽又聪明,怎么这会儿忽然就笨了。"

袁泽反应过来,有一瞬脸红,旋即也笑了。

"你说的这些真挺美好的,想着能坐拥山水,来者不是客,而是远归的游子。即便没有客人,我们自己也能过得舒心又惬意……"言至此,袁泽笑出来,"楚昼,你多大?"

"二十二。不过,年轻不说明我没钱,也不说明我没眼光。"

"你勾画的这蓝图确实美,但操作流程长、难度大,血本无归也不是不可能,贸然投资不见得是明智之举。"

"谁说我要贸然投资?不是要你先去做前期调查吗?当然,如果你只是单纯拒绝我出资,你自己做也可以。"

袁泽沉默。

"我不是一时冲动,你也需要机会,所以我们合作。"

"是,我缺资金,我需要机会,可那都是我的事,我自己可以处理好。"

袁泽这话说得很快,说完楚昼就笑了,他说:"袁阿姨……您不会以为,我在玩千金买一笑的游戏吧?不至于。我没这么有钱,也没这么无聊啊,这事儿我是经过深思熟虑的,不找你,也会找别人。你再想想,看看有没有兴趣,这也算是一条可行之路。"

"小屁孩儿。"袁泽被他抢白得脸红,又有些恼。

"老阿姨。"他学袁泽的语气,话音里满含笑意。

"明天我把初步想法传真给你,前期需要你做的事情很多,咱俩商量着来。"他说话仍旧是不紧不慢的,又隐约带着沉稳和笑意,与他年纪全然不相称,却很容易安抚人心,"我暑假回不去,大概十月会到东泉,你等我?"

袁泽沉默半天,终究不忍心打击他,"我再想想。"

楚盉就笑了。

电波将他微笑的声音拉得很长,长得不真实。

就在这时候,胖子回来了。

他回来的时候,陆仲祈正带着陈靳来谈这事儿。

陆仲祈来的时候很狼狈,他蒙着头往院子里闯,头、脸都灰扑扑的一片,衬衫都撕坏了,肩膀上留着明显的血印子,一张脸阴沉得厉害。

袁泽忙站起来往外迎,"我的天,陆仲祈你打劫去了?"

陆仲祈恼得很,也不说话,只烦躁地脱了衬衣,随手往后甩,"你问他!"

就这会儿,他裸着上身一头撞在苏小满身上,苏小满还没反应过来,他已经面红耳赤地落荒而逃。

陈靳紧跟着进门。他没穿警服,一身休闲装显得那张娃娃脸年轻得很,他一脸想笑又不敢笑的模样,憋得十分辛苦,"师姐,你这儿有浴室吗?"

"你赶紧的,我车上有换洗衣服。"陆仲祈把钥匙扔过来,轻车熟路地进了屋。

袁泽一把拉住陈靳,"什么情况?你俩怎么一起来了?"

"我找你有事儿呢,路口碰见师兄,就一起来了。谁想到呢,前街赵大爷家因为拆迁的事儿打起来了,好巧不巧,我师兄就过去了……"

"殃及池鱼了?"

"算是吧,赵老头那脾气,你又不是不知道,自个儿儿子不舍得打,就怼上小陆总了呗,说要没陆家也就没拆迁这些糟心事儿……"

等着陈靳将陆仲祈的衣服拿过来,袁泽顺手拿了碘酒给他。

陆仲祈一路擦着头发过来,回手又把毛巾砸在陈靳身上,"让你笑!叫你来说正事儿呢。"

"哦,对,说正事儿。"陈靳还一脸忍俊不禁的样儿,连忙收了毛巾,正色道,"受伤的那个橙子昨儿开口了,他是离队去方便,走迷路了,加上雨天路滑,就摔下去了。"

"醒了就好,这样是不是就没袁泽什么事儿了?"苏小满为袁泽打抱不平,"行行摄摄本身就是个志同道合的小团体,户外活动都是AA制,真不存在组织活动、非法盈利的事儿。他们一家人纠缠这么久,不就是想要钱?"

"是,但现在的问题在于胖子以行行摄摄的名义组织活动,还收了一百块钱的活动费。"

"大家伙儿出去玩儿,都是AA制的,先交钱凑份子,多退少补,以前行行摄摄的消费、退补情况哈娜都有记录。"袁泽张口解释。

"当务之急,得先找到胖子,确定两件事,一件是他有没有发过免责声明,再一个是否存在盈利。"

就这会儿,胖子磨磨蹭蹭进了院子。

"胖子?"半个多月不见,那人明显瘦了一圈,黝黑的脸上满是风尘。看见他那瞬间，袁泽蹭一下站起来，苏小满早忍不住过去踹他两脚，"你死哪儿去了！你怎么好意思啊！袁泽快让你害死了，你知不知道！"

胖子不敢开口，又往前磨蹭了两步，"AA制，没盈利。我当时害怕得很，怂得只想跑，等在我姥姥那安顿下来，就想着赶紧把那一百块钱退了，车钱我都不敢要。可那边大山里，信号不好，总是转账失败，后来我手机就没电了。"

"你厉害，太英雄了。"袁泽头也不抬地讽刺道。

"这段时间，我越想越害怕，我就想，我这是不是也跟肇事逃逸似的，得罪加一等啊……"胖子说着，又怂了，憋屈得红了眼，眼看就想蹲下抹眼泪，"我在群里说过责任自负，不知道这算不算免责声明，玩户外的谁不知道这一点啊……"

"你给我站直了！"袁泽一脚踹他屁股上，"你还知道害怕？你不是说不以行行摄摄的名义组活动？答应得好好的，转脸就把我卖了啊！你有本事撑着组活动，有本事撑到底啊！他人还活得好好的，你倒是怂死了！"

"我不是你……袁泽，我不是你！我只是个山里的穷孩子，我撑不住！我没有钱，我就一条命，可这条命不是我自己的，我还有我爹妈我姥姥……真要让他们讹上我，我怎么办？我家里人怎么办？我就想组织个活动试试水，谁想到就这么背！"

"你背就需要我给你背锅吗？闯了祸你就跑？"

"我不想的，我也想跟你似的撑住了，可我撑不住，我想喘口气……我想喘口气都不行吗？"

"你行，你真行。我也想喘口气，谁让我喘了！"袁泽这下不淡定了，她不仅想骂人，还想打人。她愤怒地抽过一旁的衬衣,"我懒得看见这货,陈靳,有什么事儿,你替我问明白。我出去一趟。"

袁泽带着苏小满去了楚岙那里。

那房子藏在小巷里,是个教师公寓。小区环境不错,广木深树,紧邻着一个城市公园。只是房子经久没有人住,装修还是老式的原木风格,家具剩下的不多,客厅里只有一张老式柜子和一组木质沙发,掀开防尘布,卧室的书桌上还歪着一个相框。

袁泽开手机翻出楚岙的微信,发了一组小视频过去。

视频发出去,她才想起来看时间算时差。道歉的话还没说出口,那边就已经回过来,"这房子有年头了,空了好多年,也就过年过节会找人去打扫下,要不然早进不去人了。"

"回头再说,你那边已经很晚了,先睡。"

这话说完,她听见苏小满说:"你真要搬这儿来?我可能不跟你住了……"

"嗯?你的房子买好了?还是,你跟刘弩……"

"对。"苏小满这么说着,脸上却并没有多少笑意,"我十九岁认识刘弩,一转眼都这么多年了。我不知道我爱不爱他,反正我也没爱过别人……谁知道呢。我一直觉得我还年轻,我不着急,我得再想想,可有时候看着他……又心软。更何况我爸妈……"

苏小满这样语焉不详地说着,也有些心事重重的模样。袁泽笑眯眯地顺了顺她的头发,却是清楚地知道,这傻姑娘是动摇了。

袁泽笑着看她,"算了,咱俩都不想了,我带你去个地儿。"

她开车进山。

这时候初秋,山间的燥热早平了,相隔距离分明不远,却总觉得不是一个人间。天蓝得干脆,云白得清楚,空气清新甜润,泉水奔流不息。她沿古村一路往南,依次考察了好几个山村,最终停在了莲华山腰的溪山水库。

那一片层峦无尽,山水相依,又山泉叠瀑,自然又自由。

"瞅瞅,这才是人生。"

"苏小满,咱们在这儿扎根吧,管他什么狗屁世俗。"

第六章　那儿就是归所

袁泽回去的时候,陈靳早带着胖子走了。

陆仲祈一听袁泽的话音就蹙了眉,"你说什么?你要找住宅也好,要创业也好,做民宿也好,你找我啊,你想要什么我陆仲祈给不了你?怎么偏偏就要找个小毛孩子谈合作?"

"是啊,我跟那孩子谈合作。我跟你是什么?我还能指望你一辈子?"袁泽递一瓶啤酒给陆仲祈,"今天进山,感觉挺不一样。哪怕不作为民宿经营,只给自己找个住处,我也不亏。"

"我倒盼着你指望我一辈子呢。袁泽,我知道你这会儿遇到的事儿太多,可你真的别逃避,那都没用。这会儿你脑子一热、文艺癌一犯进了山,回头困难重重,资金一旦套住,想脱身就难了。"

袁泽眯眼看着陆仲祈,"我不觉得做民宿是种逃避,只是换一种生活方式而已。"

"你以为东泉的荒郊野外是丽江大理,随随便便就能做起民宿?哪就这么简单啊!袁泽,生活方式有很多种,哪怕你去陆氏过渡下,我让老刘亲自带你一阵,日后你不想在陆氏,你去别处找个寻常工作,要养活你自己简直轻而易举。"

"可我不想。"

"你……"陆仲祈有点气恼,"赶紧的,我也不劝你了,你想干吗干吗,就一条,让那小孩儿走人,你要什么,我给你就是了。"

"陆仲祈!这事儿是楚岙提起来的,我不可能拿着他的创意,跳开他跟你合作。"

"你这死脑筋!"

陆仲祈离开南山下的时候,已经是十点有余,两个人吵了一阵好了一阵,喝得都有点多。袁泽送他出门的时候,远远看见小桥下一个模糊的影子。她孤零零地站在那里,不甚清晰的光照下来,只看得清一个窈窕的影子亭亭玉立。

是苏小满。

袁泽走近,才发现她在打电话,她声音很低,语气清淡得听不出喜怒。

她说:"嗯,你说的这些我都不懂。"

"对呀,我就是不想过你说的那种生活。"

"对,但那是我的事。"

"不要说了,好吗?再见。"

她挂断电话,原地站了一会儿。

等她回头,瞅见不远处袁泽正坐在河边青石板的长凳上愣神,脸上酒意还满满地晕染。她眼角还泛着红,却是笑起来,"怎么啦?喝多了?我又回来啦。"

袁泽坐着没动,伸手牵着苏小满的手看她,特没正形地说:"谢谢你回来,你看,我醉得走不动。女神一定是听见了我内心的召唤。"

苏小满扑哧一声笑出来,施力把袁泽拉起来,两人一起往南山下走,"刘弩跟我求婚呢。"

"失败了?"

"对。"苏小满抬起头来对袁泽笑,"我认真想了,我还是不能接受结婚过日子,不想像他说的那样,做一个无所事事的家庭主妇,每天买鞋买包做美容。我想跟你一起,出门旅行、摄影、进山办民宿,经营南山下,世界那么大,我想去看看,爱情什么的,靠不住。"

"我的天,好大的感慨。"袁泽被她逗笑,"你想做什么放手去做就好了,你爹妈都不干涉你,刘弩算哪根葱?你还年轻呢,来日方长,好日子都在后面呢,咱们慢慢来。"

苏小满又高兴起来,乐呵呵地帮着醉酒的袁泽打地铺,"对,你说得对,有梦想的生活才叫生活呢,光为了填饱肚子,那只叫活着!哈哈,我就要跟你闯,我就相信你。"

"哈哈哈,我可告诉你,我妈说我八字硬,天煞孤星的命,你怕不怕?"

苏小满不由愣了,"肖阿姨这一看就是亲妈,这口无遮拦的毒蛇劲儿也太狠了!可是我为什么要怕?"

袁泽就跟着笑了。

第二天,楚舀将自己的构想以文档的方式发过来。袁泽一面看着,一面跟他讲起自己这次进山的感受,顺便提起小陆总想要横插一棍子的想法。

"能拉到陆氏的投资似乎也不错?"

"嗯,那是自然。"那边楚舀顿了一下,"看你怎么想。是单纯地找个清静地方借山而居,顺便谋生,还是当作一份事业,深挖旅游资源,做大做强。"

袁泽顿了下,"坦白说,我可能更倾向第一种。有机会能做大做强自然是好，可就现在来说，我不想贪多求大。慢慢来，先把基础夯实在了，满足自己的生活，再审时度势慢慢发展，求一个水到渠成，可能会更好一些。我是不想盲目树立什么宏伟目标的，刻意去求什么目标和结果，太累。"

"好，听你的。咱们就脚踏实地一步步来吧。现在生活节奏快，人心浮躁得很，功利心强，急功近利都在所难免，能像你说得这样随性又纯粹地活着，反而少。"

袁泽一时沉默，终于有一个人不觉得她幼稚、没出息、不现实。至少在这个孩子眼里，自己被归类于率真、纯粹而又随性。

"对于我这个年龄来说，这似乎不是什么好事。"

对方一笑，"你这是要逼死老顽童吗？一样米养百样人，谁规定什么年纪就必须是什么样？千篇一律。"

袁泽瞬间觉得被这小朋友暖了一把，亦不知是自己晚熟还是这孩子早熟，竟难得能说两句真心话。她握了老式座机的话筒，特实在地说了声"谢谢"。

"不必。我不在国内，有什么事儿你放手去做就好，我相信你。那套小公寓你也可以按照你的喜好来装修，钱算我的，你只管放心住着。"

"为什么？"

"啊？"楚岙愣了一瞬，旋即微笑，"收买人心。"

袁泽沉默下来，她想着那句"千金买一笑"，忽而觉得这样初秋的夜晚，耳畔除清风流水之外，还有这小朋友被电波拉长的微笑，很好。

"我先睡。你去把住处打理好，然后跑跑民宿的事儿。我们还叫南山下怎样？我蛮喜欢这名字。以后，那儿就是归所。"

"好,没问题。"

"那,我等你的具体方案。"

电话挂断后,袁泽在吧台边坐着没动,过了好久,她才大喊:"苏小满!我们要开工啦!"

苏小满正在院子里阳光底下撸猫,原子被吓得炸毛,好一通发脾气。苏小满被吓了一跳,转而跟袁泽笑做一团。

"你看,这不也挺好的嘛。"两人找了家政打扫楚咘那套小公寓,着手帮袁泽搬家。

诸多闲杂之物将不大的客厅挤得满满当当,眼前好一派"兵荒马乱"的景象,袁泽却意外觉得安定。

也就是这会儿,袁泽接到了陈靳的电话,他说那家人松口了,同意跟胖子调解,这糟心事儿总算跟袁泽彻底无关了。

袁泽不由一叹:"这好事儿做得,费力不讨好,平白惹了一身腥,还差点毁了南山下。所幸,事情终于有个结果,再不必被连累。"

日子又忙忙碌碌地往前。袁泽和苏小满走访了许多山村,看中的是莲华山上、溪山水库周边一带依山傍水的几个小山村——香溪、渡口、清溪、山泉,交通便利,风景优美,民风淳朴,特别是香溪那边,哪家哪户走出门去都坐拥一片山水。

袁泽与苏小满跟打了强心针一样。

可真要寻找合适的民居,却十分费事儿,地段、大小、价格甚至房子的规制,统统都要考虑在内。也算是时来运转,好巧不巧,老驴头就帮忙打听了一个好地处。这户人家姓李,祖辈上也曾显赫过,后来家族没落,兄弟们就分了家,只是住宅还都连成一片,占据了清溪村东南一隅,背靠莲华山,面临溪山水库，屋前又有河道水流可堪修整。更令人惊奇的是，祖宅里还保存下来一处清末的妆楼，完整又漂亮。

如今，这家人基本都在外居住，几处宅子都荒废得厉害，只有一位年迈的爷爷勉强看顾着这一片荒宅。

袁泽整理了详细的视频资料，最终与楚岙商定，租下有妆楼的老宅，又以相对低廉的价格将一墙之隔的两栋破败老宅买下。

等这一切准备就绪，楚岙便找了专业设计团队入驻，跟袁泽、苏小满一起重整南山下。事情出乎意料地顺利起来，袁泽整日忙碌，焦头烂额，却又心满意足。

而这一切，一点一滴，都被过气网红苏小满微博、公众号、论坛同步直播着，跟风借山而居的南山下，一时也吸粉无数，未及开业已经名声在外，三五不时便会有旧友找上门来，喝酒品茶，义务帮工，日子就异常有声有色起来。

初秋的山间常常晴朗得令人心折，偶尔有雨的时候，就能听见山泉呼吸的声音。袁泽几乎是长在山间，日日将自己打扮得如同民工，跟进跟出、亲力亲为地为自己打造一个归所。

休息的时候袁泽会发草图或者半成品给楚岙看，仍旧是有一搭没一搭地跟他聊天。十一个小时时差隔着，白天与黑夜由串联变成并行。视频长时间地开着，却并非时时要说话。袁泽忙着，楚岙亦专心看书，累了便抬头聊几句，施舍对方只言片语。有时候得闲，楚岙就把电话打过来，就着清风明月泉声虫鸣，在月夜星空地下闲聊。袁泽一向话多嘴贫，楚岙自来沉默寡言，意外地合拍。

到底少不了陆仲祈的帮助，跑手续、谈合约、讲价格、咨询法务、老屋复建，甚至袁泽与楚岙的合作模式，他都要亲自把关，可谓是不遗余力，一帮到底。

袁泽心里过不去，私心里想着要把自己的红利分两个点给陆仲祈，却又被他狠狠笑话，"你那两个钱儿还是留着攒嫁妆吧，我可用不着。"

袁泽就笑嘻嘻地坐在一段将成未成的残墙上喝酒，眯眼看陆仲祈。这么多年，这人一直在她身边，从未离开过，也从未表白过，他对她的心思，袁泽说不好，可他对袁泽的心意，袁泽一清二楚。

她不愿意这样的亏欠一直累积，直到无法救赎，甚至无法挽回。

"陆仲祈，你知道我拥有的已经不多了，我很珍惜你。"

陆仲祈就伸手揉她头顶的短发，"我知道。我单身和你单身的原因差不多，不是为着谁，就是觉得这种状态很好、很享受。你心里想什么，我知道。"

便也没什么好说了，就先干为敬罢。

日子一天天往前推进，工程进展不慢，南山下眼见着日渐成型，楚乔便也高兴起来，"袁泽，我是大股东呀，你可得听话。"

那语气终于有了些年轻人的活力，干净、透彻，又隐约有那么一点儿萌。

透过视频，袁泽笑眯眯地看着他，"您这是想听我说什么呢？难道我跟你签的不是合作条款，而是卖身契约？"

楚乔笑得温暖，"我二号回国。"

"十月？"

"对，十月二号。你接机。"

"你回东泉？"

"回来当监工呀,看看你有没有偷工减料。"

楚岙说这话的时候,他那边夜色正浓,袁泽这边却正当艳阳。他在台灯下的书桌旁,她在艳阳里的秋千架。

"裴政东那边开了个画廊,你应该知道吧?陆子兮挺有想法的,迫不及待想着整点新动作。裴政东的意思,想着先组织一批青年画家出去写生,造造势。他的意思,想我去帮他带队。"

"这样……"

"你也去。"

"什么?"

"写生。具体事项我找人跟你谈,时间大概在十月中旬,你作为生活助理跟过去就好,带着相机拍拍照,有钱赚,运气好的话回来还可以发一篇好稿子。"

"那南山下怎么办?"

"方案都定了,复建的事儿也快收尾了,其他的回来,我们一起做。你也休息下。"

"要去哪儿?"

"西藏。"

袁泽心中一动,蹙眉又问了一遍:"去哪儿?"

"西藏。"楚岙重复。

艳阳普照,山风正暖。袁泽却愣在这两个字里。她甚至清晰觉察到了心脏的颤抖,那么轻微地,伴随着清晰的疼痛。

"好,我们再谈。"

她匆匆挂断视频,手都在发抖。

西藏。

时间推移,到九月中下旬,租下的两处宅院已经修整得初见雏形，随行去西藏写生的事儿也终于敲定了。楚岙将行程、合同、入藏须知，连同所需物品清单一一传真过来，又交代："你准备清单上标星的必需品就好，其余的我来准备，等我回去带你去体检。"

与她签订合同的人是陆子兮。

不知是不是太过忙碌，她看起来消瘦不少，面色也有些苍白，所幸精神面貌仍旧一如既往地好。

"你还真是老少通吃，这位小楚公子，说起来也有些来历，机会难得。"

"嗯？"

"他母亲很有钱。"陆子兮将签好的合同卷起来带走，"咱俩没外人，你要真打算去西藏看看，这次机会不错。你若不想去，也不必为了这两三个的带队费委屈自己。提前跟我说，没什么违约不违约的。"

袁泽认真点头，"我是真想去。"

西藏似乎是很多文青、伪文青的践梦之地，一向淡定的苏小满也恨不能同往，可南山下到底要人坐镇，"袁泽，你这是欺负我。为什么我不自由？"

袁泽就笑，"嗯，是爱，爱让你不自由。"

苏小满哈哈大笑，"这杯鸡汤我干了，你随意。"

去西藏的事儿到底惹烦了陆仲祈，他表现得像只被踩了尾巴的猫。他忙得很，却接二连三地把袁泽堵在南山下，逼着袁泽把跟陆子兮签订的合约给他，说："打死不许去。"

袁泽不理他。

陆子兮就跳脚，"陆仲祈又跟我闹！不就去个西藏，有这么严重？当我不知道怎的？你都多大了，又不是小孩！值得他跟个惊弓之鸟一样？简直不可理喻！袁泽，也就是你有本事让他这样……我这画廊赶着开业，都忙成狗了！哪有工夫伺候你们这些小情绪！"

到最后，就连肖梦兰都打来电话，铃声响了一瞬，不等袁泽反应，便立刻挂断。

袁泽不由得烦躁起来，手边儿上好好的一盒香烟捻得粉碎。

"我只是想去西藏。"

"去看看而已。"

就在袁泽为这事儿烦躁不堪时，楚岙回来了。

他电话打过来，好整以暇地问："说好的接机呢？"

袁泽一下愣了，"今儿几号？"

"呵呵，不知道。"楚岙笑着，一字一句说得丝毫都不着急。

"哈哈哈，"袁泽干笑，"不是吧……那什么……我现在过去来得及吗？"

"你觉得呢？"

"得，少爷您稍候，小的马上就到。"袁泽挂断电话，心里郁结的烦躁忽而一扫而空。

那边苏小满就笑起来，"他回来你就这么高兴？袁泽，为什么你要接他呀？"

就这问题，硬生生困扰了袁泽半路：是啊，我为什么要接他？这非亲非故的。就在这时，袁泽手机响了一声，是楚岙发来一串航班号，他说："抵京。十一点五十至东泉。接机。"

袁泽利落甩过去一排鄙视表情，无比认真地告诉他："你等着。"

即便这样,袁泽还是稍微迟到了一点。等她到达机场的时候,楚岙已经等在那里,身穿灰色T恤,七分牛仔裤,拎了一只不大的旅行包,仍旧一副不苟言笑的漂亮模样。

"不好意思,堵车,来晚了!"

他"哼"了一声,装酷到底,好像在电话、视频里跟袁泽聊天长谈温和微笑的那人跟他完全没关系。他上车,将行李扔在后座,"奥拓啊,还这么脏。"

"奥拓也是车,不要随意欺负奥迪的妹妹。"

他嗤之以鼻。

"你去哪儿?"

"裴政东那儿。"他那么大块头憋屈在小奥拓车里,怎么看都不舒服。袁泽觉得自己似乎有很多话想跟这个小孩儿说,关于南山下,关于西藏,可她不知如何开口,而他也确实累了。车刚转出机场,楚岙已经在闭目打盹儿。

袁泽换了一张英格兰风笛光盘,将声音压低给他听,顺便把自己披肩甩给他。

到达南山别墅的时候,楚岙睡得正香。他不情不愿地被袁泽吵醒了,那带着一点迷惘和惊慌的表情好像从哈士奇脸上扒下来的一样,意外地萌了袁泽一脸。

袁泽打开车门,忍着笑请他下车。他茫然拎着行李站定,一言不发,预备要走了,忽然回头从包里翻出两个盒子扔进车里,"太累了,休息好去找你。"

袁泽回去的时候已经是晚上,汽车驶进小区,上楼的时候就看见刘弩,他正扯着苏小满手腕子在花坛一角说话。苏小满脸色十分难看,薄唇抿得没一点血色。

"小满?"袁泽近前招呼,苏小满几乎下意识就松开了刘弩了手。刘弩则往前走了一步，下意识挡在了苏小满面前，"我来接小满回家。小满现在是乐不思蜀呀，我不接她，她便要长在你这里。"

苏小满抬头看了袁泽一眼，很有些欲语还休的样子。

"那……你们回？"

苏小满不情不愿地跟着刘弩离开，好几次回头张望。袁泽愣着，看着他俩走远的身影，不知为何越看越觉得别扭。

十点多，袁泽发短信问苏小满，"怎么回事？你跟刘弩到底怎么回事儿？你不是拒绝他了？"

苏小满没回话。袁泽电话拨过去，那边只响了一声就挂断了。

第二天，苏小满没来，电话也不接。临近中午，刘弩才打电话说他跟苏小满回趟老家，要过几天才回来，说不定要错过送行。

他话说得客气又漂亮，袁泽却不由得担心。

她联系不上苏小满。

楚岙倒是如约出现，他接上袁泽，第一时间回了老城区，"我约了人，咱们把那棵海棠树带上山吧。季节不好，咱找专业的园林师傅，好吗？"

袁泽愣住了，一路都没说话。

对于那棵海棠，是舍是留，她纠结到不敢想，这青年轻易戳破她心事了。

"我曾经跟你说过的，顺应你心中所想就是了，肯定你的所有情绪，不必勉强自己。如果不想忘记，那就不要强迫自己去忘记。"

袁泽眼看着他亲手将那棵海棠种在妆楼下，他说："你在楼上留个房间自己住，再过上几年，春天花开的时候，你也能学李清照绿肥红瘦了。"

袁泽忍不住微笑，"那房间就叫绿肥红瘦好了，给你留着。"

她带他实地考察南山下，又将一应复建进度和装修方案跟他解释清楚，楚峜应付听完，转身带袁泽去体检。

就是那天，袁泽在医院遇见了肖梦兰。

她仍旧瘦削，衣着仍旧整齐漂亮，头发一丝不乱。她没看见袁泽，袁泽却被她头上的白发戳得十分难受。

那天晚上，楚峜并没有回裴政东那里，而是同袁泽一起去了教师公寓。那套老旧的宅子变化并不大。墙壁重新粉刷过，是那种带着一点岁月感的乳黄色，从前的老装修、老家具都没有动，只是搭配着添置了些家具，又经了袁泽的巧手布置，分外多了些古色古香的文艺范儿。

袁泽多少有些忐忑，楚峜倒是蛮开心，"挺好的，这么一收拾，住着蛮舒服。"他伸手拨弄泥坛中干枯的莲蓬，自然而然地问道，"晚上吃什么？"

"在家吃？家里什么都没有呢，我好久没回来吃饭了。"

楚峜一脸无奈，拉着袁泽去超市，这样热热闹闹地逛下来，又亲自下厨，终于在袁泽一连串的目瞪口呆中捧出了四菜一汤。他用玉米、冬瓜熬一锅清润、甜香的田园排骨汤，香气满室缭绕。

袁泽这边赞不绝口，那青年仍旧一脸漫不经心，丝毫不肯接受她的膜拜。

"中西餐我都能做一点，你这就惊呆了，以后怎么办？"

袁泽暗笑，几杯小酒下肚，楚峜忽然眯着眼打量四周，他说："我想留下。"

他这话说得笃定，袁泽亦未做深思。等着酒酣饭饱，袁泽抱着原子捧一本书窝在沙发里与他闲谈，楚忝仍旧漫不经心的模样，开了电脑修改论文。有时候谁都不说话，又有时候热热切切地聊几句闹一会儿。等着夜阑深重时，室内灯光轻缓，四处安静，她竟也没觉得孤男寡女同居一室有多么尴尬，竟恍惚闻到海棠花的香，没有失眠，也没有梦境，就这么不知不觉睡着了。

十月十五日，陆子兮行素画廊的"画家西藏行"活动正式启动。

一行十六人陆续在西宁集合，团队有十二名知名的青年画家，除了领队楚忝、生活助理袁泽，还带着导游毛小谦及队医老李。一行人平均年龄不超过二十八岁，算是一支顶年轻的小分队。

出发前，袁泽召集众人开了个简短的欢迎会。他们大多是熟人，不是师兄弟就是老朋友，即便有几个不太熟悉的，彼此一报姓名也都"久仰久仰"。

年轻人原本就容易混熟，更何况一群自由自在的艺术家。他们管楚忝叫师弟，调侃时叫楚少，连带导游崽子毛小谦都迅速融入，也就队医老李同志沉稳可靠，而袁泽则很不幸地沦为了万能总管"小泽子"。

等袁泽把准备好的入藏须知、通讯名单、名牌、车票分发给他们，又与各小组负责人碰了个头，一行人便浩浩荡荡开始入藏之旅。

他们从西宁乘坐火车入藏。

袁泽带的行李并不多，基本由楚忝全权负责。

火车驶离西宁，陆仲祈的电话就打进来。袁泽告诉他一切安好，可他啰里啰嗦，欲言又止，袁泽告诉他没事，可他还是逼着袁泽不得不把电话递给了楚岙。

也不知道他们说了什么，只知道楚岙低垂着头的时候表情很安静。随后，他把手机递还给袁泽。就在袁泽伸出手的时候，他唇角略略一弯，笑意一点点升起，又缓缓落在眼角。

花开一样。

然后，他伸手落在袁泽眉心，轻轻地揉了一下。

袁泽蹙眉闪躲，他一脸坏笑。

"小屁孩儿。"

"袁阿姨。"

他学袁泽说话，语调情绪分毫不差。

就那天。

深夜的时候，半梦半醒中，袁泽看见曲家帜，他站在天高云远的地方冲袁泽微笑，他说："袁泽，你来了。"

转而又看见肖梦兰一身素黑的套裙，她咬着牙的样子不是隐忍，是狰狞。她说："怪得了谁？这都是命。是命。"

袁泽猛然惊醒。

那时候，天色微微亮。

第七章　站在这里陪你的人，是我

袁泽常常觉得，那天的黎明很神奇。

天空宛似一个硕大的纯白的碗，那些沉重的蓝色缓缓地从边沿往碗底汇集，可就当那些颜色渐渐堆积到达碗底的时候，那碗却忽然被彻底颠覆了——那一瞬，时间被定格，黑白被颠倒，一切都不真实，山巅的那一点白是假的，只有头顶的黑，沉沉地化不开。

袁泽愣怔坐在窗口许久，直到楚岙将相机递到她面前。

那时候，火车途经措那湖。单薄的积雪开始泛滥，巨大的积云沉沉地压在水面上，素白的远山静默不语，天空仍旧混沌，风景不清不明。袁泽这么看着，一直到晨色明朗，天色清澄，那些决绝的白与蓝开始覆盖天地，她的心境才豁然开朗。

靠近拉萨的时候，天气忽而阴沉。火车行走在一片硕大的阴云里，雨滴零碎。火车且行且等，前方的城依稀可见，笼罩在一片华光闪烁的辉煌里。

那不远的地方，天极蓝，云极白，阳光勾勒的金边，清晰可见。

果然，走出车站时，众人一致惊呼。离开狭闷的车厢，他们空降到一个失真的世界。

天空蓝得深邃，高而辽阔。每一朵云都是独立的，边缘清晰，毫不含糊。阳光很强烈，使得天空下面的一切全都闪耀出奇异的色彩，所有的东西都罩着一层光，就连阴影也变得很有质感，对比强烈，层次分明，仿佛一步便可迈进童话故事。

一行人尚在惊叹，拉萨这边负责接待的敖杰已经迎接上来。

楚岙穿一件浅粉的亚麻衬衫，搭配休闲长裤，样子十分干净。他带着大宗行李，而袁泽只带了一个背包，抱着楚岙的外套。

敖杰与众人握手寒暄，楚岙便依次做介绍，又特意介绍袁泽和敖杰认识。袁泽依规矩与他握手，敖杰亦不客气，"神交半月，幸会。袁泽心思缜密，做事认真，楚少眼光极好！"

对于他的恭维，楚岙并未客气，温和地点头称是。然则，未过半小时便发生打脸事件。

十月中旬，西藏正值最后的旺季，好宾馆处处客满。敖杰根据袁泽发来的名单预定客房，可房间分配到一半就忽然傻了：袁泽和楚岙被剩下了。

楚岙倒是好脾气，"刚刚好，袁泽跟我住。我那边是套间。"

袁泽内心里咆哮过一万遍：什么叫刚刚好！什么叫跟你住！可她也只能温和微笑着什么都不敢说……以袁泽的秉性，是不可能在统计名单上出错的，明明是各方周全，却独独忘记了自己，简直就是自作孽。

楚岙忍俊不禁，扣着袁泽后脑将她推进房间，他说："袁泽，你故意的吧？"

初入高原，高反令人头重脚轻。袁泽气力不继，哪儿还有力气跟他打哈哈,只能皮笑肉不笑地答道:"那可不?楚少您颜值爆表,小的我垂涎已久,能跟您同居一室,真是三生有幸啊。"

楚岙正整理衣柜,听这话就回头认真看着袁泽,好一会儿,他溜达过来蹙眉捏了袁泽下巴,认认真真打量半天,然后掏了润唇膏帮袁泽涂。袁泽哪里肯任他摆布,就拼命往后躲,两人你来我往,只差动起手脚,两个人都是要笑不笑的模样。

楚岙又做出一脸嫌弃模样,眉头皱得可以夹死苍蝇,"你说,这世界上怎么会有你这样的女人?你还记得你是女人吗?"

袁泽愤恨地将满嘴润唇膏抹了一袖子,举了拳头跟他示威,"我看你是好了伤疤忘了疼,忘了我拳头的滋味?或者,你觉得,女人该啥样?温柔体贴、窈窕高贵、风情万种,还是弱不禁风、娇憨痴傻?"

楚岙被袁泽怼得侧目,狭长双眼夹了个冷笑,不再说话。

然后袁泽就笑了,"坦白说,我还真快忘记我是个女人,但我并不觉得这有什么不好。性别重要吗?并不。"

楚岙叠衣服的动作顿了下,他思忖一会儿,说:"还是重要的,这关乎世俗目光和难易程度。"

袁泽一时并未理解,也未深思,这话题就这么莫名其妙地结束了。

行程的前几天,团队没有统一安排行程。大家各自适应高原环境,自由活动。

交代完注意事项,众人各自扛着"长枪短炮"出发。毕竟,对于画家而言,独自体会和感悟,要比赶羊似的团体活动要重要得多。

送众人回房间时，楚岙刚洗完澡出来。他穿一件白色T恤，休闲裤，湿漉漉的头发随意垂着。

袁泽蹙眉看看他，取了吹风机扔在他床上，懒散地歪在床头翻看旅游手册。

"袁泽，你想去哪儿？"

"不知道。"

他凑过来坐在袁泽床边儿，低着头擦拭头发，漫不经心地说："昨晚我听见你哭了。"

袁泽眼神一黯，有一瞬间抵抗的姿态，转而继续面无表情蔫儿着，"我梦见狼外婆了。"

楚岙就打趣，"你是跟本少同居一室，夙愿得偿，激动得控制不住情绪吧？"

"对，楚少您真是体贴入微，是我等迷妹的知心人呢。"袁泽放下画册预备外出，楚岙就顺手将她拉住，昂着头露出清晰笑意，"一起吧！你可不能这样往外跑。"

他准备得面面俱到，隔离、防晒、润唇膏、太阳镜、遮阳帽，一样样往袁泽手里递。袁泽想起临出发前他为自己准备的行李清单，甚至按照重要程度标示星号。

袁泽一面按照他的指示"保护"自己，一面对他表示鄙视，"楚少，你可真娘们儿。"

他难得顽皮，毫不吝啬地回以妩媚一笑，"嗯，这不伺候袁爷呢，袁爷高兴就好。"

袁泽被他这难得的幽默噎得哭笑不得，跟吞了个果核儿一样。

拉萨是个过于美好的地方，天空过于辽阔，风景过于陌生，美得让人恍惚，却丝毫不用怀疑。走在拉萨街头，甚至不用激动和惊喜,这么平稳安和,淡然欢喜。拉萨周围都是山,植被却很疏,黑灰色的石头突兀在那里,略略有些冷峻的样子。白白的云经常会把某一个山头遮住,缠缠缭绕,刚柔相济,似乎天和地的距离就是通过山和云来体现的,离天最近的地方,就倾在掌心。

就旅游而言,袁泽一直深信:不在乎停留在你身边的风景,只在乎陪伴在你身边的人。而于她来言,又更喜欢独自。长久以来,她习惯了一个人,独来独往,似乎当全世界只剩下她和风景的时候,就可以安然把心交付,就能放纵与之交流,然后将它完美地铭刻在镜头里。

袁泽一路慢走,楚岙一路慢跟,各自街拍,都不说话。

空气是透明的,时间静止,宽阔的街道和散漫的行人皆成背景。

很久之后,他们误入一片住宅区。穿深红色长袍的老奶奶背着稚嫩的小孙子拨弄佛珠,晒太阳的大婶闭着双眼摇着转经筒,墙角里猫儿脚步轻轻,小孩子跟在他们身后奔跑。

也不知为何,他们莫名就被打动了,相视而笑,倚在街角分享彼此相机里的街景。

黄昏的时候,他们走上主街,夕阳过于璀璨,整个一条街都是金灿灿的模样,仿佛车水马龙都是假的,只有那一片辉煌的金色的光,是神祇赋予的恩旨。

袁泽愣愣看着,每一步都走得恍惚,过马路的时候,楚岙就牵住了她的手。

自然而然。

从布达拉宫广场经过时,楚岙拿了两人的身份证去预约门票。他狭长的双眼眯起,面孔干净透彻说,"等我会儿。"

袁泽答应，然后越过他背影看不远处布达拉宫，心里蓦然闪过一个声音，

"等着我，袁泽。"

那瞬间，心里莫名疼了一下。

楚乔回来的时候，袁泽正心不在焉地透过相机镜头观望布达拉宫。

"买到票了吗？"

"买到了。"他眼角闪过一丝狐疑，不等袁泽说话，已若无其事地戴上墨镜，伸手拎起背包，"走了。"

大昭寺前，有很多人在无休无止地磕长头，虔诚而又专注。顺时针沿着八角街走过，太多太多的唐卡、饰品、佛器让人眼花缭乱，端着相机的游客，穿着朴素的藏民，拿着转经筒或者磕头的信徒，都朝一个方向走，顺时针走——这是每个人都会遵守的规则，永远不会违反。

她看到络绎不绝的善男信女们摇着转经筒，虔诚颂出经文，看到那些朝拜者，一步一个叩拜、一步一个匍匐，以额头叩击大地的方式朝拜，看见那些行色匆匆、身披红色袈裟的喇嘛红铜色的脸庞——他们牵着手，在拥挤的人群中静默，都放弃了拍照。

袁泽站在楚乔身边。

她愣怔地想着，是不是人生也是这样的一场行走？按照既定的行程，行走，经历，遇见，得到，错过，失去，永远不能回头，也永远不能逆行。

就好像此时此刻，她走那人曾走过的路，却再也遇不到曾经走过这条路的那人。

那么她这么多年的叛逆、挣扎、我行我素，到底是上天原

本就给她的行程，还是她胆大妄为的一场刺探？

在八角街那些窄小的街道里，袁泽邂逅了一位藏族老人。她站在街道这头，老人坐在街道那头。阳光落在她们中间，隔着很长的一段明明灭灭的光线。她穿着朴实的藏袍，戴着藏银首饰，略显凌乱的长发随意束在身后。袁泽看了她许久，一直到她笑眯眯招手，慢慢数着掌心佛珠，说"扎西德勒"。

那一刻，就禁不住微笑，转头时，明媚日光下，浅薄暮色中的街巷同样瑰丽。

楚呑忽然笑眯眯地对她扬了下巴，"嗨，这是哪家姑娘？"

"袁泽。我是袁泽。"她扑哧一笑，极其配合。

楚呑不远不近地看着她，看了许久，声音略微低沉，"那我呢？我是谁？"

"楚呑。"

"对，我是楚呑。"他重复这句话，靠近了用力揉她后脑，"你记住，我是楚呑。陪你站在这里的人，是我，是楚呑。"

袁泽莞尔，"春日游，杏花吹满头，陌上谁家年少，足风流？"

他低头摸了下鼻尖，笑道："这首词美在下半阕。"

袁泽转念一想，大方送他白眼，转身就走。

"妾拟将身嫁与，一生休。纵被无情弃，不能羞。"

身后那人嚣张大笑。

第二天，去往布宫的画家不在少数，出发前，毛小谦就交代："进入布宫之后，请不要向当地导游提问仓央嘉措。"这让众人多少有些疑惑。

沿着"之"字形阶梯拾阶而上，路过五世达赖喇嘛阿旺洛桑嘉措所立的无字碑，白宫、红宫端坐于顶，那四色的交织，各有象征，权威、和平、庄严或繁荣，在炽热的阳光底下各自安宁。

布宫内光线暗弱，只有燃起的酥油灯弥漫起特殊的香气，映衬着那些充满珠光宝气的繁荣。据说，这里有九百九十九间宫阙。他们在每一处细微的空间里穿梭，人群拥挤，时光变得浓稠、静穆而安详。到处都是过去的味道，挥之不去。那些金银品、瓷器、珐琅器、玉器、锦缎品，无不牵引着遥远的气息。徘徊于廊间，恨不能常驻此间，好在那迷宫般的岁月里，寻一段前世今生，找一段佛度轮回。

而正如毛小谦所言，每一席室地、每一个门楣、每一块经幡、每一幅唐卡，精美的雕刻、绚丽的壁画、华丽的陈设、辉煌的宫室、稀世的文物、无价的珍宝以及历代达赖的灵塔，那些金皮包裹、珠玉镶嵌的灵塔之中，果然没有寻到仓央嘉措的身影。

那个"一直被误读，从未被了解"的诗人，那个一心"不负如来不负卿"的情僧，那个让圣地拉萨都沾染烟火气的男子，那个面目模糊的六世达赖喇嘛。

从布达拉宫回转，楚岙带她去冈拉梅朵，仿佛是重新降落到了人间。

"冈拉梅朵是雪莲花的意思。雪莲花……"

袁泽跟在他身后，漫不经心地念叨："雪莲花，多年生草本，菊科风毛菊属多肉植物，能通经活血、散寒除湿、止血消肿、排体内毒素，还能美容养颜，是居家旅行必备之良品。"

他哭笑不得，摆出一副厌恶的面孔，"闭嘴。"

袁泽挑眉，给他一个鬼脸。

彼时阳光艳丽，他们安静地坐在窗边分享一碗牦牛奶酸奶，四周很安静，连音乐都没有。

很惬意，又很恍惚。他安静地坐在对面翻看照片，阳光打在他侧脸，每一点阴影都恰到好处。

袁泽看着他，下意识叹了口气，忽而就想起昨日繁复梦境。一时是幼时开满槐花的庭院，一时是母亲庄严的神情，一时是小时候陆子兮黄黄的羊角辫子……更多时候是曲家帜，他在不远不近地看着她，明明是梦境，那目光却沉沉地落在身上，硬生生压出泪痕。

"你不舒服？状态不太好。"楚忞将那酸牛奶递到她唇边。袁泽不以为意，摇头将脑袋抵在透明的玻璃上，"没事儿，我很好。"

楚忞略有些狐疑，却并不深究，"下午我出去一趟，晚上带你去玛吉阿米，你可以喝一杯，然后好好睡一觉。"

也巧，那天是苏小满生日。

袁泽抱着手机跟她闲聊，挨个儿房间找人录生日歌发给她听，靠在床头把大把的藏地风光大片发给她看。

苏小满在屏幕那头艳羡又不甘心地做鬼脸，"我也要去西藏！我也要来一场说走就走的旅行！哼！"

袁泽笑而不语，只是甩图给她看。

爱情是束缚吗？似乎是，又好像不是。说到底，这世界上能束缚我们的脚步的，永远只是自己。

那边苏小满难得沉默，好一会儿，她忽然开口，"袁泽，我想，我可能要结婚了。"

"跟刘弩？"

"对。"

"这么突然？为什么？"

"是啊，很突然。我也不知道为什么。我就是脑子一抽，莫名其妙就接受他求婚了。我总觉得，我要真嫁给他，人生就发生翻天覆地的变化了。"苏小满不开心，"袁泽，你说我是不是挺虚伪？刘弩回来追我，我其实挺开心的。毕竟当年不明不白地就被甩了，太跌份儿。可真要说在一起，我又觉得没准备好……我觉得我真是昏了头了。"

袁泽沉默，好半天才说："苏小满，婚姻这事儿不是儿戏。我不管你那边发生了什么或者谁左右了你的意见，我还是希望，你能好好听从你的内心。你得问问你自己，你爱不爱他，愿不愿意跟他共度一生。这才是最重要的。"

"我总觉得，爱情真的有时限，有时候是它抛弃我们，有时候是我们自己爱着爱着就不会爱了。这么想着，就觉得爱情好像也没那么重要。就好像刘弩说的，我们总归要沉入生活，而他能给我尽可能好的生活。"

"不对，苏小满，你说得不对。"

"那你说什么对？没有梦想跟咸鱼有什么差别吗？那么抛开梦想，爱情的最终归处到底是什么？是坟墓，还是自由？"她沉默一会儿，话题扯开去聊南山下的复建进度，聊陆仲祈多么给力帮衬，最后，却又绕回来，她说，"袁泽，爱情到底是什么呢？为什么我们不自由？"

"我不知道……"爱情对于袁泽来说，始终是个讳莫如深的话题，只能这样含糊回复。

袁泽从没想过作为"小太阳"的苏小满也会这么情绪化，

她从没见过她这样。

可到底发生了什么事儿？

她又实在无从知晓。

她已经很久没有想过爱情是什么。于她而言，生活不过是一个又一个的眼前，她已经不愿意去想更多，只想一步一步地往前走，撑起更多更多的"没关系"和"我能行"，直至无坚不摧。

她实在讨厌情绪化，讨厌被情绪控制，讨厌把有限的时间献给无限的矫情。电话挂断后，她从抽屉里找了一盒香烟，紧紧地捏在指间。

好久，她才编辑短信给苏小满，"小满，别想太多。好好的，别急着做决定。爱情不爱情的，等我回去，给你讲个故事，好吗？"

这是有曲家帜的西藏。

一个跟苏小满类似开始，却截然不同结果的故事。

就这会儿，敖杰邀请大家去黄房子。袁泽实在不愿独自待着胡思乱想，干脆留了纸条给楚岙，受邀前往。

黄房子正是玛吉阿米酒吧。

相传这里是六世达赖仓央嘉措与他的情人玛吉阿米幽会的地方。

"住在布达拉宫，我是西藏最大的王；流浪在拉萨街头，我是最浪漫的情郎。"

这是曲家帜曾经给袁泽念过的句子，百忙之中，被袁泽逼迫着念出的一首仓央嘉措情诗。

"袁泽，你太无聊了。"他这样说，"你根本不知道我有多忙。"他抱怨，却始终微笑。

总觉得玛吉阿米是不同的,不知是否因曲家帜曾经来过。

酒吧里熙熙攘攘,不时有素不相识的旅人加入陌生人的团队,一起推杯换盏、神侃畅谈。最陌生,也最温暖。

有人说,最幸福的事情莫过于在路上做回最本色的自己,旅行的意义也许正在于此。

袁泽亦同样相信:如果你是孤独的,在这熙熙攘攘的人群里,你的孤独会被放大百倍;如果你是快乐的,你的快乐也同样会被放大百倍。

同行的画家们开始向这里汇集。大家聚集在一起吃草原生烤羊排、藏式烤天然蘑菇、巴拉巴尼,谈旅行见闻,谈艺术见解。

他们喝青稞鲜酿,却用一份酥油茶来打发她。袁泽抗议无效,又实在不想融入他们的艺术天地,干脆缩在沙发边看用羊皮做的留言簿,随手翻看,又好像刻意找寻。

"没什么理由,心想流浪的时候,脚步只能跟随。"

"享受孤独,我一直希望能背着行囊孤独地走在西藏。夕阳照着,天很蓝,很近,触手可及。"

"曾经听过这样一句话:人若很想去西藏,那是因为神在对他召唤。"

"想一个人去最接近神明的地方,给最爱的人写明信片。"

她长久地注视这句话,忽然觉得双眼干涩疼痛。窗外,是熙熙攘攘的八廓街。

路两旁的生意人在和游客讨价还价,路中间则是虔诚的信徒在转经。再远处,纯净的天空中堆积着内地永远不会看到的绸缎似的云彩,完全是两个世界——俗世的喧哗和佛教的神圣互不干扰，有信徒在行走着朝拜，他们的脸庞好像是岁月雕刻出来的一样，轮廓分明，面色黝黑，额头肿起了大包，血迹斑斑，却心满意足。

衣衫褴褛，心似锦缎。

"袁泽，你知道吗？这是离天堂最近的地方，而我，在与你相爱。"

这是曲家帜说出的情话。刻骨铭心。

袁泽窝在角落愣怔了许久，硬生生将一杯酥油茶当作青稞酒慢慢饮尽，饮出一种似醉非醉的朦胧。

也不知过了多久，她执笔慢慢写下："5月27日零时30分。"

这力透纸背的一行字写下，她执笔的右手不可遏制地颤抖起来。她收了那羊皮留言册，握在掌心，蜷缩在沙发上闭目养神。

那个来自西藏，又归于西藏的叫曲家帜的青年。

猝死。

他怀揣着他给袁泽的唯一一封情书，永远地倒在了这片陌生的土地上。

他信上说："袁泽，这将是我最后一次实习，我站在离天堂最近的地方说爱你。毕业在即，想到日后的生活，可能会与身上这制服毫无关系，真是满怀遗憾和痛苦。

"袁泽，他们说，我不能为了我的喜好，让你一生担惊受怕。可我还是愿意把我的青春燃尽了，和你的混在一起，抛洒在自己热爱的事业上。只要想到你，袁泽，只要生命中有你，我就愿意去拼搏。袁泽。相信我，我们会在一起，会开始全新的幸福的生活，没有等，没有离别，没有胆战心惊。请允许我许你一场婚礼，许你一生平安喜乐。

"这一辈子的路，会很长，很长。"

这样逐字逐句的回想令袁泽很想笑，又觉得怨恨。

原来，曲家帜所谓的一辈子……就这么长……一路长过了忘川。

袁泽整个人僵硬着，不言不语。她长久地沉默，很久才慢慢将那羊皮本扣好，贴在掌心。一些鲜明的疼痛从掌心开始，逆着手臂流窜，反复袭击心脏。多年前，曲家帜，他是否也曾在此经过，行色匆匆，风尘仆仆？

她长长地吐气，反复深呼吸，抬头看窗外陌生的街景，试图驱赶、抗拒那些令她难过的记忆。

"袁泽，你不舒服？"

"嗯？"袁泽在这一声问候里迅速醒神，她若无其事地把羊皮本放回去，这才抬头看人，"敖大哥。"

"一转眼就找不到你了。"他递来一杯青稞酒，轻松地坐在对面，"能喝吗？"

"当然。"袁泽伸手接了他手上酒杯，"简直垂涎已久，急不可耐。"

敖杰笑得醇厚，"少喝点，尝一下还是可以的。楚少总是太小心。"

"嗯？"

敖杰笑着打哈哈，"刚在看留言册吗？小姑娘总是喜欢这些，是不是有很多人写仓央嘉措的情歌？其实在藏语中，我们叫仓央嘉措古鲁，是道歌的意思，藏语里没有仓央嘉措情歌的说法。"

"是这样。是道歌。"袁泽从善如流，转而抬头看他，

"陪我出去走走，看看拉萨？"

"也好，我也醒醒酒。"敖杰爽朗一笑，"等我跟他们说一声。"

"我们偷偷走，出去透透气，一会儿就回来。"

拉萨始终是那个被阳光眷恋的不夜城。夜晚来得很迟，却来得格外真实。月光清晰明朗，繁星唾手可得。人头攒动的街道终于沉默下来，当喧嚣褪尽，一切都是最原本的模样，没有五光徘徊，没有十色陆离，只有鳞次栉比的藏式建筑铺陈在夜色中央，静谧而又安和。

不远处的布达拉宫是拉萨的眼睛，沉默在广袤的蓝天下头。繁星不过一场背景，俗世也瞬间安静。在布达拉宫沉稳的目光里，城市中的一切都趋于静止。

一路向着布达拉宫漫步，敖杰讲起西藏，讲起拉萨，讲起父辈与西藏的情缘，袁泽禁不住问他："你为什么要留在西藏？"

"我为什么要离开西藏？"他坦然微笑，十分干脆地反问。

"我记得楚岙说过，咱们是老乡。"

"对，我祖籍在东泉，但这不是我要离开西藏的理由。事实上，真正在西藏生活过的人，很多都不喜欢旅客来西藏'荡涤灵魂'的说法。不过我父亲也是个蛮文艺的人，他的日记中也曾经留下类似的句子。他说：'无尽靠近灵魂，真正感受生命，深情体悟心灵。成全，唯有西藏。'"

"是挺文艺的。"袁泽微笑着抬头，看向夜幕中的布达拉宫。

"你是第一次来拉萨？"

"对。"袁泽长舒了一口气,"第一次来。"

她转头看着敖杰,忽然想对这个陌生人倾诉,肆无忌惮地说出,她曾爱过一个人,一个死在这里的人。自从他死了,从前的她也就跟着死了。她想活成他的样子,到底不伦不类,"不人不鬼不男不女",多么尴尬。

她想倾诉,却无从开口,无处可逃。

"谢谢你陪我看夜景。"她到底无法开口,只能选择沉默,她说,"我很爱这里。"

是的,她还是热爱拉萨。

无关曾经的梦,也无关曾经的梦断。

"没事儿,我可以的。"她这样微笑着安慰自己,始终没吐露只言片语。

第八章　相见恨晚

在拉萨小憩调整三日，众人开始往林芝方向转移，经米拉山口、太昭古城、鲁朗林海、巴松措，到林芝休整一日，看过雅鲁藏布大峡谷、最美雪山南迦巴瓦，去往米林南伊沟、拉姆拉错、羊卓雍错，就一路到了日喀则。

行程安排疏密得当，众人彼此熟识，一起赶路观景、神侃闲聊，偶尔喝酒，经常喝茶。艺术常识没增长多少，倒是知道了谁谁曾天涯孤旅独自骑行至漠北、海南；知道了谁曾是浪子情圣，撩得一众妹子倒追不已、不弃不离；知道了谁谁是模范丈夫、超级奶爸，此番出行万般不舍，日日电话短信视频时刻不停……袁泽这样听着，又忙着赶路，忙着协调食宿，难得她好心，生怕众人错失了解西藏的机会，每到一处之前，都提前做好攻略，分发共享，赢得众人一片叫好。

她是真的在认真地忙，生怕哪一点放空会让自己陷入胡思乱想，进而产生一点崩溃的可能。她这样的人，轻易不愿将自己陷在情绪里的，她怕她会鄙视自己。

日喀则的美与拉萨又是不同，风光旖旎，民俗独特。敖杰带着众人吃了地道的藏餐，好好体会了后藏生活，众人多少带了酒意，又聚在一起闹得笙歌乱起、酣畅淋漓，这些个平日里各有风姿的艺术家们,终于也开启了群魔乱舞的架势。所幸之后尚有两日修整,能够各自随意,不至于误了行程。

在观光旅游上,日喀则实在不输拉萨,珠峰、名寺、六大沟,样样都不容错过。

袁泽一直跟着楚岙住套间,这会儿楚岙刚洗漱过,正抱着手机看袁泽整理的旅行攻略。

"他们是肯定要去桑珠孜宗堡的,你呢?想去吗?"

"不想。"忙着的时候总是精力满满,一旦闲下来,就势必遭到疲惫的反扑。

"那么,扎什伦布寺?不如去萨迦古城?"

"好。"袁泽应得漫不经心。

楚岙回头看她一眼,神色难得正经起来,"累了?你是不是有些紧张?"

"这么关心我?是准备给我涨工资?"袁泽不答,反而调侃楚岙。

楚岙看了她一会儿,伸手在她眼底轻微碰了下,"你最近一直睡不好,看起来蛮紧张的样子。"

袁泽挑唇一笑,神色里的防备一闪而过,"还好吧,有点累是真的。"

"那我们就待在这里晒太阳好了。"

"这么说,倒是有点想念我家原子。你喵一声我听?"她一脸坏笑。

"喵。"楚岙从善如流,学着袁泽的样子懒散地躺在沙发上,难得对谁这般纵容。

傍晚的时候,楚岙邀她外出,她懒得打扮,楚岙就抽出一件很有民族风味的披巾将她紧紧裹了起来,搭配她身上深色打底毛衣及长靴。这装扮普通，更显得袁泽瘦削，瘦削得带出一种苍凉。她那一头极短的长发微微长了一点，不似从前规整，却意外有一种毛茸茸、懒洋洋的气息。

他们窝在喜格孜风情街一家当地著名的茶馆喝茶，袁泽很喜欢甜茶醇厚的味道。屋子里有些暗，偶尔有些阳光从茶馆的窗户中透过来，隐约落在地上，有一种很浓郁的风情。茶馆里人很多，当地的藏民、红袍的喇嘛、背包的旅客等等，难得不显得嘈杂。

她捧着一杯暖茶静静坐着，忽然有一瞬觉得他们又回到了拉萨，却又不是玛奇阿朵的文艺。这茶馆里充满生活气息，是曾经曲家帜提过多次的生活的本身。

这么想着，她就一直沉默下去。

"去做什么？我忽然觉得我就不能闲着，闲下来就没精神。"

楚吞似也有心事，心不在焉地牵着她手腕出门，一言不发。

临近住处的时候，楚吞忽然停下来，伸手将袁泽的帽子扶正，披肩拢紧。那张脸漂亮得动人心神，一本正经的时候也能撑出强大气场。他说："你有没有发现，当你心情不好或者感觉不安的时候，特别喜欢摆弄香烟，而且必定是那款红盒软包的香烟。你会下意识地捏烟盒或者把香烟碾碎。袁泽，你在紧张什么？能跟我说吗？"

"你在说什么？"

"你很不安。"

"然后呢？"袁泽两臂抱胸，一脸好笑地看着他，"楚吞，你到底想说什么？"

他唇线紧抿,缓慢打开手机,翻出一个页面,"这个人是你。"

袁泽接过手机,视线在屏幕上停了一瞬,瞬间愤怒,"你到底想做什么?谁给你的权利这样窥测我的隐私!"

"这不算隐私。袁泽……这不算隐私。不过是你的博客,六年前五月二十五日之后就再也没有更新过。"

"对,那又怎样?你是在调查我吗?"袁泽看着他,"楚岙,你调查我。那么初衷呢?目的呢?这关系到入藏工作的重要性还是我们合作关系的稳固性?"

"不是,我没有。"

"不是什么?没有什么?你有什么资格调查我!你若不想继续,我可以马上离队,至于你要不要单方面解除合同,我们是不是要回去之后找律师?"

"我只是关心你。我想知道……那个人是谁。"

"关心?那么真好,我谢谢你,但是,真的不必了。"

袁泽转身要走,楚岙下意识想要拦住她,却被袁泽狠狠推出去,"你够了!楚岙,咱们最好给彼此都留点颜面,你觉得呢?"

那瞬间,袁泽头痛欲裂,她觉得她的克制、隐忍、冷静几乎都达到了极限。那被压制的怒火烧得她内心一片灰烬,那种被揭穿、被看透、被窥视的滋味,已经如刀片般把她整个大脑都搅成了一堆碎片。

"袁泽,你冷静些。我没有恶意,我只是想更多知道关于你的事情。我知道是我冲动了。"

"我已经很冷静了。你想知道,我就要被你探究吗?"袁泽双目泛红,甩手走掉,仍不忘一字一声地警告,"别跟着我。"

楚吞愣着，目光中很有些焦灼，表情却又十足无辜。

袁泽却有些崩溃，几日压抑的情绪到底是压不住了。

笑不出来，也哭不出来，那些苦苦压抑的情绪正汹涌地冲击她的头脑及肺腑，没有出口，愈演愈烈，让她所有的坚持瞬间溃不成军。

袁泽闭目站在街道的正中，藏在衣兜里的手反复刮过腿上一道道伤痕，最终将那些情绪压制得偃旗息鼓。

"我是个失败者，一个无处溃逃的败兵。"

曲家帜。

这个名字肆无忌惮地在脑子里炸开时，她是真的想在这陌生的街头发疯，尽情地发泄，肆无忌惮地矫情一回，哭或者闹，一直到精疲力竭。

可是不行，她什么都不能做，甚至哭不出来。

大脑中的疼痛越来越分明，呼吸越来越黏稠，双腿越来越乏力。她不知自己走了多久，回头，那人果然跟在几步之外。

"你好奇，想知道，是吗？其实没什么不能说的。他死了。死在拉萨。"

将这话说完，袁泽下意识抬头去寻找布达拉宫，却只看见四处黝黑的山色，迎着一团月亮的光，越发沉默。

这是日喀则，同样被日光眷恋，同样拥有布达拉宫，却不是拉萨。

原来，主动触摸和被动揭开，到底是不一样的。六年了，曲家帜始终是她心底不能触碰的伤。

"走吧，明天还有行程。"

楚吞说不出话，只能用力点头。

他迟疑了又迟疑,"我能抱抱你吗?"他的莽撞,到底伤害了她。

袁泽笑得很凉,衬着她细瘦的影子,在藏地的深秋里,很有些萧索。

"不能,楚忞,你不能。"

清晨醒来的时候,袁泽有一瞬间的恍惚,头痛欲裂。

不知是情绪激动引发迟来的高反,还是着了凉风感冒,总之,都不是什么好现象。

她上车很晚。众人早已就座,只有楚忞身边的位置被体贴地预留出来。楚忞小心地看她一眼,起身将里侧靠窗位置让出来,顺手递来薄毯。

袁泽低声道谢,将毯子裹在身上抱了满怀,低头翻看相机中的照片,仿佛什么都没发生过,又似乎隔着一道无声的河。

那会儿,袁泽忽然想起来,她身边的这人,不过是个二十二岁的孩子。

从日喀则到纳木措仍有不近的车程。车辆限速,汽车走走停停之间产生大量时间的留白。这留白,成全了欣赏。藏地异样的风景塞满双眼,蓝的天,肆意堆积的云,不尽的雪山,苍茫的大地以及近在眼前的折射出绚丽色彩的阳光,都是真的。

汽车走走停停,旷野里风景奇佳,高原上猛烈的风用力将她裹挟起来,仿佛张开手臂就能飞翔。可袁泽头痛得恨不能捡块石头凿穿后脑,越来越不愿下车。

天很冷。阳光冷眼站在云层之上旁观,吝啬着不肯付出他的温暖,寒风透过加厚冲锋衣直逼皮肉。

楚忞陪着她,他神色中的小心翼翼仍未消散,眸底却多了些温柔体贴。他伸手将毯子帮她裹紧,捂住她冰凉的脸颊,

"袁泽。"

"没事儿，都过去了，你说呢。"

楚岙唇角动了动，没说话。

靠近纳木措的路，走得并不顺利。这边艳阳高照、风清景丽，那边却大雪封山，积冰盈寸。一路煎熬地等待，足足折腾了一个大半天，傍晚时分，汽车终于驶进了纳木措。

暴雪初停，积冰未化。艳阳一照，风景越发鲜明。纯粹的白的是雪，纯粹的蓝的是湖，每一种色彩都是独立的，每一朵云都是立体的，分不清是天空跌落了，还是大地上升，整个天地就如同一块硕大的水晶，过分的美几乎让人忘却凡尘，只想长久地矗立在这里，和这周遭的山、石、水一起静默不语。

众人四散，袁泽懒洋洋地坐在岸边不肯动弹。

"你是不是不舒服？我陪你回去。"

"没事。"袁泽并不否认，只是调整焦距捕捉美景，自嘲道，"眼睛在天堂，身体却深陷地狱。这抽象的美，你不会懂。"

不过一时半会儿，她状态越来越差，吞下大把的止痛药片，仍旧没半分用处。

她这才想到，也许造成疼痛的不完全是高反或者感冒，是她自己。

真是尴尬，越想维持平静，就越不能平静，越想努力压制，就越无从压制。她忽然觉得，只要一闭上眼睛，眼前便有一幕幕的转轮，甚至有一瞬的害怕，怕有哪一秒身体会忽然炸开，所有的思绪就那么赤裸裸地、支离破碎地陈列在人们面前——被指点、被探看、被同情、被笑话。

那一刻，袁泽忽然明白，都说人定胜天，但……人，战胜不了自己。

楚峦来敲门，袁泽迟疑了很久才爬起来开门。角落里的镜子照出她的模样，腰身挺得笔直，瘦削、苍白又倔强。

"他们叫你去拍照，需要模特。"他握着她手腕的手足够用力，"你怎么了？"

"没事儿。"

"没事儿，没事儿，那什么是有事儿？"楚峦眉头便皱紧了，"接受自己没那么难，你有什么事儿不能跟我说？为什么要一直硬撑？天塌下来有高个子顶着，你到底为了什么要怕成这样？"

袁泽对他嗤之以鼻，实在懒得开口，关门的瞬间，楚峦用力撑住房门，"你别把我关在外面。"

"我撑得住，为什么不撑？自己的日子，自己不撑着，指望谁？指望你吗？"

"对，你可以！"

"你出去，我换衣服。"

楚峦不得不承认，这女人一直是美丽的，初见时骄傲飒爽的模样是，现在瘦削懒散病态的样子也是。她身上的美，自然、纯粹，而又真实。她不是任何被盆栽院养的花草，她是山涧的青松、深秋的翠竹，昂扬而又桀骜。

正衬着此时的纳木措。

时近黄昏，藏地特有的纯净的蓝与白都不见了，取而代之的是一种浓烈的红。天和地都烧透了，纳木措也在燃烧，那些暗色的云就是灰烬。

等那一场火焰熄灭，墨一样的黑夜晕开，孤独的月亮爬上山巅，那一天的星光散落，晶莹得就好像泪珠一样。

拍摄结束，众人渐渐散去。

楚岙一直没有离开，他不远不近地站着，目不转睛地看着袁泽。

"你能原谅我吗？我错了，好不好。"

袁泽笑眯眯地不说话。

"袁阿姨，我有没有说过，过犹不及？你总想追求极致的洒脱，可你不知道，过于洒脱的本身就是种矫情。你不用抗拒我，真的。"

袁泽笑了，她伸手向他勾了勾手指，"你过来。"

楚岙难得听话，缓步靠近。袁泽将下巴压在了他肩上，"我就是矫情了，怎样？"

他的肩膀宽厚，气息干净，怀抱温暖。

迟疑了一瞬，他立刻回手抱了袁泽，"很好。你可以，你怎样都可以。袁泽，只要你接受，不苛责自己，怎样都可以。"

他似乎一直在反复地讲接受。接受什么？接受自己的失败、失去、一无所有？接受自己的孤独、无措和无可奈何？接受自己过错、苛求和手足无措？

"袁泽，别生气……我不是调查你。我只是习惯了，你说过的一切，我都想去了解。"楚岙的声音极轻，暖暖地在她耳边缠绕，带着一点撒娇的甜腻，"我以后绝对不会窥测你，好不好。"

"那行，我不生气了。你陪我矫情一回？"

"好。"

"陪我坐会儿。"也不知道为什么，这青年说出"好"的时候，袁泽莫名有点鼻酸。

四野安静，但袁泽很难感受到安静。头痛带来耳鸣，让她分不清哪里是风声，哪里是水声，哪里是自己叫嚣的疼痛声。

天黑得很快，月亮也不见了。袁泽冷眼看着一切，侧头问楚岙："你说，爱是什么？为什么我们不自由？"

楚岙沉默一瞬，伸手慢慢揉搓她后脑。那些疼痛便顺着他的指尖散开凝聚，又散开又凝聚，潮汐一般。

袁泽侧头靠在他肩上，听见他沙哑的声线在耳边响起，他说："袁泽，爱是羁绊，所以我们都不自由。"

"是吗？"

"是。有爱才有顾忌，才会瞻前顾后、小心翼翼，才会如履薄冰、举步维艰。"

"或许吧。"袁泽眯着双眼，试图去听温润水声，忽然想起多年之前喜欢着曲家帜的自己。那么诚惶诚恐地观望，那么小心翼翼地跟随，生怕被他发现，又生怕他一直不发现。

"年轻多好啊，你看你。"

她也曾这样年轻，生动而又鲜活。

第一次见曲家帜的时候，不就这样吗？那时候的袁泽，才不过是十八九岁，刚刚大一而已。

因为一场叛逆，她冲动报读警校，及臀的长发被一刀剪断，细瘦的身体藏进警服，肩章闪亮，仿佛一个不小心就会把肩膀压碎。生活枯燥重复，没有古琴，没有绘画，没有茶，没有书，没有时间——只有无休止的队列、体能、散打、擒敌、游泳、驾驶、稽查、训练……

还好，还有个傻呵呵的陆仲祈，跟着她一路冲到警校。

他们那么狼狈。

而曲家帜，是载誉归校的英雄。

陆仲祈大概到现在还在后悔,后悔当初因为学生会需要一篇采访稿,就让袁泽遇见了曲家帜。

他一意孤行央求袁泽救命,以校报记者的身份采访曲家帜。

难得周末,她穿雪白的羽绒服外套,绒线的帽子衬着莹润的一张脸,何等动人。那人却一身秋冬制服正装出现。

他个子很高,又瘦,制服帽的边缘压下来,几乎盖着眉脚。或者是因为伤病初愈,他面色苍白,更显得那一双眼灿若寒星。

他腰杆笔直,眉目清冷,微笑的一瞬,袁泽彻底沦陷。

"你相信一见钟情吗?"袁泽闭着眼睛,侧头靠在楚呑肩上。

"相信。"他回答得一本正经,"那种感觉很奇怪。当你爱上一个人,看见她,你就能清楚地知道,就是她。即便是偶然相遇,也会像神预谋已久的指引。"

他这回答若放在平时,必定让袁泽嗤之以鼻,尽情嘲笑,此时此刻,却又觉得他说得很对,非常对。

神的指引。

袁泽第一眼看见曲家帜的时候就是这样的感觉。

他五官深邃,样子冷峻,偏偏笑起来的时候孩子一样真诚。

事实上,他的事迹人尽皆知:在实习期间,拼着性命从冰窟里救起三个落水儿童,捧回了个人二等功的功勋。

原本不以为然,这会儿却又紧张。

他不肯说话,就那么坐着看她。袁泽急得面红耳赤,他就笑了,双手撑在膝上,十指交叉,极安静地说:"其实,你问了也白问。我也不知道我为什么要救人，我没想过。我只是觉得，不管肩上扛着什么警衔，只要穿上这身警服，我们就是人民警察，肩上就担着老百姓的信任，就得为老百姓谋福祉、护平安……这一点，我想，你是不会懂的。"

他笑了笑，继续说："我见过你。上学期你们公开课在我们楼上。瘦，巴掌脸儿，满脸就剩下一双惊慌失措的眼，每次把帽子摘下来，头发都乱蓬蓬的，像只兔子一样。"

袁泽愣着，他又说："我那时候就跟陆仲祈说了，像你这样的女孩儿，不该读警校。温室里的娇弱花朵，读也读不出结果。"

他戴好帽子往外走，临出门又说："上回三队驾驶训练，哭鼻子的是你吧？上学期擒敌考试，唯一一个没及格的也是你吧？"

袁泽清楚地记得，那时候他正走到门口。傍晚璀璨的阳光落在他身上，将他整个人都笼在光晕里，那面容就看不清了。她隐约记得他笑了，那笑容是怎么样的，却又记不得。

到最后，袁泽哭了，任性地将采访笔记撕得粉碎，站在昏暗的会议室发疯。

"他以为他是谁？他以为他救了人立了功就了不起吗？他凭什么笑话我？凭什么看不起我？狗屁英雄！狗熊！"

她打电话给陆仲祈耍威风，又哭又闹。陆仲祈外套都没穿便急匆匆跑来，直嚷着要跟曲家帜拼命。

袁泽可怜兮兮地攥着他袖子，哭得双眼通红，"陆仲祈，我是不是特别特别差劲？"可不过委屈了一瞬，又哭着闹，"可我根本就不该来？可我不甘心，凭什么我的一生就要被她肆意摆弄着操控？可我是不是错了？我是不是一开始就不该反抗？"

"乖，乖，哥知道你委屈，别哭啊别哭啊，曲家帜就是个混蛋，哥打他。"

袁泽甩开陆仲祈，蹲在地上呜咽，哭得无比委屈，"不许打，你打人干什么啊……"

很久很久之后，陆仲祈说，就是那个时候，他知道，他捧在手心里的那个小妹妹——长大了。

夜深了，年轻的小火炉身边却并不怎么冷。

"你知道吗？我一直以为我走了很远，远得我都找不到以前的路了。现在才知道，我不过是在原地打转，根本还在那个路口。"

她是真的不喜欢肖梦兰，不喜欢。

说起来，肖梦兰曾经是个了不起的女强人，铁面无私的检察官。那年她十二岁，正过年呢，附近有家小工厂发生事故，死了十几个人。也不知因此牵出了什么事件，忙得马不停蹄，每次过家门而不入。

那天，袁泽一个人在家。袁海山带毕业班，轮岗，盯晚自习，三次查寝，要到十二点之后才能回家。凌晨时分，有人敲门，袁泽正睡得迷糊，开门一看，明晃晃的匕首插在门上，红油漆泼得到处都是，晃得人眼疼。

她独自在家，吓得几乎昏过去。

到如今，袁泽见着大片胶黏的红色仍然忍不住反胃。

可即便这样，肖梦兰还是没有回家。她责怪袁泽没出息，恨袁海山没出息。可那时候袁泽还小，被骂了，伤心了，也盼着肖梦兰回家，盼着她一个拥抱。

可等她真回来，早累得倒头大睡。饶是袁海山那么好的脾气,也忍不住与她吵得天翻地覆。

撕衣服、扯头发、砸家具,无所不用其极。

袁泽印象里,那是父母最狰狞的样子。

她那么儒雅从容的父亲,她那么知性要强的母亲,都面目全非。

袁泽蜷缩在窗户底下,哭都不敢哭,那时候还小,带着中二少女的通病,就想着,不如离家出走吧,走了他们就不吵了。

袁泽到现在都记得,那天是正月十六,元宵节的灯会正热闹。天上有一轮明晃晃的月亮,圆得很,看得久了,就会觉得,这天底下,除了那轮月,什么都是不圆满的。

她站在一个很大的丁字路口彷徨得不知所措。街上人来人往,四处笑语欢歌,行人三五成群往市里走,好一派热闹景象。

也不知什么时候,头顶上烟花蓦然炸开,各样的色彩争先恐后地呐喊,引得一处又一处的欢呼笑闹。

那么好。

可这好与她有什么相干?

顺着街道往下走,她找到一个人少的地方,站在台阶上观望。低头的时候,恍然发现脚下一片片的红色印记,回头一看,那紧锁的大门,分明印着某某厂。

"作孽哦,死了人了……"

"十几个呢……"

"血淋淋地躺在厂门口,那么大一排……"

也不知什么时候入耳的三言两语,倏忽钻进脑海。她吓得尖叫,疯了样往家跑。

拖鞋也丢了，就赤着脚，她一边走一边哭。

还在担心，如果父母已经出门找她，那可要怎么好。

可事实上，家里的战争已经持续升级，谁还有工夫发现她这矫情的小心思。

嗯，中二是种病。

第二天醒来时，袁泽蜷缩在楚岙怀里。

见她醒来，楚岙低声抱怨："快起来，我手都断了。"

她茫然四顾，爬起来扶着脑袋，舔了舔干涩的唇角，感觉像宿醉未醒一样，"什么情况？"

"嗯，恭喜您重回人间。"楚岙伸手去揉自己手臂，面上没有分毫表情，"你知道在西藏感冒发烧能要人命吗？"

袁泽一脸茫然，抬手抓了满头乱发，"给我杯水？我昨晚说了什么？"

"烧得迷迷糊糊，满嘴胡话，听不懂。"

袁泽试图从他话音里分辨真假，却又无能为力。他的表情太过单一，又隐藏着焦躁，分辨不出丝毫隐瞒。

袁泽便想：或者只是做了一个梦，或者真的什么都没说过。

她沉默，长长地吐出一口气。

敖杰来送早餐，顺便通知回程。

楚岙竟闹起脾气，脸儿拉得老长，不高兴，也不肯跟袁泽说话，冷着一张脸跟敖杰换位子，一路伴睡。

袁泽忍不住看他，反复思量昨天的倒霉经历。有时视线遇见，楚岙就愤恨转头躲闪，躲到最后，两人就哈哈大笑起来。

敖杰夹在中间，号称"闪瞎了钛合金双眼"，终于急不可耐地换回位置。

他做出一副冷艳高贵的嫌弃模样,不怀好意地叫她袁阿姨,又大方地施舍自己的肩膀给她小憩。袁泽笑眯眯全然接受,夸奖大外甥漂亮又懂事。

回到拉萨,楚岙还是不放心,将袁泽带去医院。

袁泽心知她不过是犯了旧疾,低烧什么的,最多是个应激反应,并无大碍。但她不好说,楚岙就更加不放心,执意就医,最后她不得不被按在观察室挂水。

两人又说起南山下。

楚岙用掌心帮她暖着输液管子,指尖慢慢抚弄她针孔上方的皮肤。

后来,袁泽靠在他肩上,昏昏欲睡。

醒来时,阳光一如既往地明丽,安静地透过医院不算高大的玻璃窗慢慢照进来,有些阴影落在他们身上,有些阳光洒在他们脚下。

袁泽几乎整个儿靠在楚岙怀里,好像刚刚从一场繁复的梦境中转醒。有那么一点儿恍惚,又有那么一点儿庆幸。谁都没说话,时间就一点点拉长了身影。

也不知哪里的音乐,唱得隐约又缠绵。

他笑了,跟着那调子低声哼唱:

> 你说是我们相见恨晚
> 我说为爱你不够勇敢
> 我不奢求永远
> 永远太遥远
> 却陷在爱的深渊

你说是我们相见恨晚
我说为爱你不够勇敢
在爱与不爱间来回千万遍
哪怕已伤痕累累
我也不管

是《相见恨晚》。

他声音低沉，隐约带着沙哑，带着阳光划过沙粒般华丽的质感。

之后，他们漫无目的地在拉萨游荡。

布达拉宫在不远处。

楚岙把他的外套给了袁泽，好心将她打过点滴的手藏在他的衣兜里。

天色已晚。

暮色从四野苍茫的雪山顶上泛滥而出，是一片沉默的帷幕。路灯亮起的时候，楚岙回过头来看她，他说："袁阿姨，我真想一直这么牵着你走下去，走很远，不离开，不分手。"

第九章　她若少一根寒毛，我让你赔命

这是最后的拉萨。

分别在即，袁泽却被楚岙那几句别有深意的话吓到。

她忽然意识到，她跟这个孩子有点过从甚密。

这突如其来的警醒，让她出了一身冷汗：她怎么可以在这里，跟一个相识才半年的孩子过从甚密？她与他闲谈嬉闹，把他当孩子，当兄弟，当伙伴，当依靠，却独独没把他当异性！怎么就能堂而皇之地跟他出入成双达半月之久？

她急得头疼。

着急搬出套间的时候，楚岙懒散地倚在沙发上调笑，"袁阿姨，要不我追你吧？我真挺喜欢你，亲亲抱抱那种喜欢。"

他笑着，那些鲜活的笑意堆积在眼角，是桃花开满枝的招摇样子。

袁泽几乎瞬间就怒了，"别跟我开玩笑！别跟我开这种玩笑！别在这里跟我开这种玩笑！行吗？"

"谁说我开玩笑了？"

她有一瞬的慌乱。

这青年跟她打架时的样子，冷着脸卖萌；野山搜救的时候，他递过来的手；那些煎熬着毫无睡意的夜晚，隔着十二个

小时的时差和一万五千公里的距离，他给出的零散而又专注的陪伴；最孤立无援时，他执意合作的坚持；最悲伤无措时，他温暖坚定的怀抱。

这个孩子，或者说，这个青年。

他说："袁泽，你这人还挺有意思。"

他说："我真是喜欢你，你的一切我都想知道。"

他说："爱是羁绊，所以我们都不自由。"

他说："袁泽，我真想一直这么牵着你。"

她甚至想起，他曾在一个极深的夜里问她："袁阿姨，我想了好久了。你想不想去看他？看看他曾经工作过的地方？或者看看他父母。如果那样你能好受一点，我们去，还来得及。我陪你。"

他说，他陪她。

就好像此时此刻，那青年眉目舒展，笑意从容，神情中一丝疏朗坦然，就这么坐在安暖的一盏灯下，抱着一本书，懒散翻看。偶尔抬头的时候，她能遇见他的目光，安和地像拉萨初冬里正午的太阳。

暖得一塌糊涂。

"楚岙，你还小，还年轻。我把你当家人，当自己家里的人，你懂吗？咱们不是只从西藏走了就再无交际的路人，咱们还得合作，还有很长的路一起走。"

她说得苦口婆心。

"嗯。"

那一刻，袁泽真是怒火攻心，偏又一个字都说不出来。

袁泽觉得自己一头短发都要全部竖起来了。

她很生气，却又很无奈。

这是在拉萨，在离曲家帜很近的拉萨。

怎么能这样？

最终还是得跟众人一一话别，一行十六人只剩他俩时，这突如其来的轻松反而令人空落落的，无所适从。

心境越发难言。

对于这片土地，袁泽也不知是不舍和眷恋多些，还是抗拒和挣扎多些。缓步游荡在拉萨街头的时候，她不止一次想着，就这么待在拉萨的艳阳里，也很好。可一旦想起那个人，却又觉得这周遭陌生的一切都猛然伸出手来撕扯她的内心。

纠缠得厉害。

这几乎是一场耗尽体力、耗尽心力的旅行，有难得在疲惫的尽头享受到了一点自虐似的放松。很奇怪！来，没觉得是亲近，走，也没觉得是离别。或者她早就该来这里，响应内心里纠缠的号召。

而他们也将面临分别。

飞机即将飞抵重庆，然后袁泽回东泉，楚吞回海市。这样的分别很好，至少袁泽觉得，她需要一场这样的分别，以供休憩和冷静。

临上飞机的时候，有东泉的陌生号码打电话过来，袁泽没接，等着安顿好行李，想要回以短信，空姐已经在提醒关机。

在重庆转机那天晚上，深夜，袁泽被一阵急促的手机铃声吵醒。陌生号码锲而不舍地一遍遍拨打，她正预备关机，楚吞已经取了她手机接听。

眼看他脸色瞬间凝重，袁泽翻身坐起，"什么事儿？"

楚吞挂断电话，弯腰抱住袁泽，"你别急，我们马上回去。"

"出事了？是谁？"她有些醉氧，睡意一瞬间消失不见了，她抬头看着楚忞，脊背慢慢绷紧。她可供失去的人已不多，要紧到会半夜连环打电话的人寥寥无几。

"是苏小满。你别急，听我慢慢说。只是刘弩的一面之词，不足信。"

"她怎么了？"

"刘弩说……她自杀了。"

"不可能！"袁泽下意识否定，她起得急，脑子里嗡的一声，眼前漆黑一片，好半晌才缓过神来，冷汗已经顺着额角留下，"你把机票改签了，我收拾行李。不对，手机，手机呢？"

楚忞很少见她这样慌乱，她指尖明显在颤抖，手上一件衣服紧紧握着，却不知该放在哪里。原地转了半圈，她忽然跪坐在地上将头深深埋在被子里。楚忞吓了一跳，用力握住她细瘦的肩膀，袁泽没动，"我没事儿，你让我冷静下。"

她这样说着，面上却又现出颓然，"怎么这么多事儿，怎么就这么多事儿。"

她声音颤抖，隐约带着一点哭腔。

楚忞心里狠狠地疼，他甚至有点后悔自己那趁火打劫的表白。他舍不得松手，指尖一次又一次轻柔略过她脑后极短的头发，"别着急，我来想办法。我陪你回去好不好，袁阿姨，我陪你。"

"我不着急。"袁泽这么说着，伸手拿过手机打给刘弩。她极慢地挪动自己，缓缓坐在地上，后背挺得笔直，略微昂着头的样子单薄又坚定，"刘弩，跟我说清楚，前因后果，细枝末节，全都跟我说清楚。我开录音，你若有一个字说谎，我一定会让你后悔。"

"袁……袁泽……"

"说。"

"她不见了。我……我跟她求婚,她答应了,也见过双方父母,只等着订婚期了,但是她忽然反悔,说不想结婚了……然后,那个,那个,她就一直很激动,情绪很激动。"

"继续。"

"刚才……我回家,她不见了。地上有很多酒瓶,有血迹……"

"你做了什么?"

"我什么都没做,我真的什么都没做。袁泽,我爱她,我爱她啊,身家性命,什么都可以给她……我只想让她过得更好……"

"你凭什么说她自杀?"

刘弩又愣住,"那个……家里,没有……门反锁着,没有外人、外人进来的痕迹,除了血迹,很整洁。"

"说实话。"

"她……她给我发过短信……说,死生不见。"

"死生不见就是自杀?刘弩你的脸还真大!我还想跟你死生不见呢!"

"可是……"

"报警了吗?"

"袁泽!这种事怎么能报警?人家会怎么看我?怎么看小满?我们还要做人的呀!还是先自己找……先自己找,好吗……袁泽,你了解她,你说她会去哪儿……"

"这种事怎么能不报警!刘弩你是不是人?你也说怀疑她

自杀了,好,人命关天,你还满脑子是你的脸!我人在重庆,鞭长莫及!我让我怎么办!"袁泽被他气得头疼,一口气灌了两杯冰水才勉强冷静下来,"苏小满没事也就罢了,她若少一根寒毛,我让你赔命!"

袁泽实在恨极了,这话说完,便把手机狠狠甩了出去。

她面色不好,苍白又浮着汗,只有唇上被自己咬出一片鲜亮的红,整个人都显出一种鲜明的病态来。

楚吞那边已经改签了最近的航班,转而去收拾行李。袁泽坐在地毯上深呼吸,好半天才抖着手将手机捡回来,打给陆仲祈。

电话接通的时候,楚吞清楚地看到袁泽目光中显出脆弱,这一瞬间的依赖和脆弱简直扎眼。

她头埋在膝上,极快地将事情交代清楚,"对。宁肯信其有,不可信其无,我给陈靳打电话,麻烦你俩帮帮忙,能想的办法都想,能用的资源都用,别怕花钱,算我的。我尽快往回赶……我,陆仲祈,我……"

那边不知说了什么,袁泽紧紧咬着手背用力点了点头,她甚至忘记通话中的对方看不到她点头。

等她忙完,楚吞已经穿好衣服出来。他小心将她咬在齿间的手解救出来,拿热毛巾擦干净,"六点的飞机,你要再睡会儿吗?你自己也知道,鞭长莫及。"

"走吧,我睡不着。我不该挂断她电话,她不是那种偏激的孩子,可我还是害怕。"

"袁泽,我在,我陪你回去,好吗?"

袁泽不说话,重整了精神起身提起自己的背包,低头一个字不说。楚吞便叹了口气,牵住了她冰凉的手,"我来。"

袁泽没动,她低着头,说:"我妈说我是天煞孤星,凡在我身边的人,都捞不着好。我爸是,她是,下一个还指不定是谁。你信吗?"

楚岙两手拎着包,与她一起站在门口。几乎是下意识地,他倾身向前,特虔诚地在她低垂的眼角落吻,"我不信。袁泽,你也不许信。"

"可……我是真累啊。"

"我陪你。"

那注定是个不能成眠的夜晚。

陆仲祈撒出去不少人,能找的地方都依次找了一遍,医院、老城区、清溪南山下、教师公寓,甚至行行摄摄那群驴友那里。

到最后,就不得不兴师动众地四处托关系,查酒店入住记录、各交通路口出入情况、医院就诊记录,不肯放过一丝蛛丝马迹。陈靳带人去刘弩那边勘察,所谓血迹早让刘弩清理干净,家里纤尘不染。陆仲祈甚至找了出租车公司的老总,动员满城出租车司机提供讯息。

实在是多事之秋。

按照刘弩的说法,苏小满是六点左右离家出走的,身上还有伤。可陆仲祈目不转睛地盯了三个小时监控,熬得两眼通红,硬是把他家周围所有监控都仔仔细细看了一遍,就是没任何收获。

"她是飞出去的吗?"

袁泽与陆仲祈的视频通话一直开着,袁泽到这会儿才发现,过气小网红的微博、朋友圈已经多日没有更新,这让她心中一冷。

时间越是推移,她就越难过。

"苏小满不是那种爱钻牛角尖、会想不开的人,她不是。"

楚岙便一直安慰她,"没消息就是好消息。"

袁泽点头,抱着暖热的咖啡一言不发,一面说着"没事儿",一面面无人色地煎熬。登机时候,楚岙帮她关闭手机,将她拢在怀里小憩。

那边陆仲祈彻底怒了,"刘弩,人到底几点失踪的?"

刘弩大约没想到会惊动陆仲祈,会引发这么大动静,冷汗早浸得头发湿透了,"不,不知道……不是说失踪不超过四十八小时不予立案吗?我们还是不……不打扰陆总……我自己找找……自己找找。"

他支支吾吾,左顾而言他,神态越发可疑。

"刘总,您不会因爱生恨,做了什么违法犯罪的事儿,然后自导自演了这场戏吧?"

"不敢!我不敢!我就是爱她,想让她过好日子……"

陆仲祈冷眼看他,刘弩满眼慌乱。

就在这时,陆仲祈接到电话,有消息说苏小满可能入住了郊区一家小旅馆。他顾不上收拾刘弩,开车直奔目的地。

好巧不巧,就遇上了一场雨。

找到苏小满的时候,她正狼狈不堪地和衣小憩。陆仲祈心急火燎,三两下敲门无人应答,直接上脚把门踹烂了。

苏小满被惊醒,整个人高度戒备,手边茶杯披头就砸过来,"你给我滚!"

"滚?滚哪儿啊,苏小满。"直到陆仲祈捏着她肩膀将她上上下下打量了个遍，苏小满这才讷讷地问："小陆总，你怎么来了？"

苏小满这会儿实在狼狈，她一头及腰长发被剪得乱七八糟，湿漉漉地贴在头上，身上穿了一件过时又不合身的黑色T恤，牛仔裤破了洞，手臂上、腿上、脸上都有伤。

"怎么搞成这样？"

苏小满愣了一瞬，抱着陆仲祈号啕大哭。

陆仲祈更加着急，手足无措地任她抱着，好半天才压制着怒气低吼："怎么了这是？闹自杀都闹到荒郊野外来了？老子收尸都找不着地儿！快把东泉翻两遍了！哭……哭什么哭？"

他被苏小满抱着，紧张得两只手都不知该往哪里放，好不容易小心翼翼挣脱了，就忙着翻手机准备通知陈靳和袁泽，才发现手机早黑屏没电了，"你手机呢！"

"没……没带出来。"苏小满哭得直抽气，委屈得不得了。

"你还委屈，天塌下来有我有袁泽，你就这么想不开要自杀？为了找你，交通、公安、全东泉的出租，能动的资源都动了，兴师动众地满城找！自杀，你脑子呢！你是嫌日子过得太安逸，不够上社会新闻是吧？袁泽那边刚到重庆，被你吓得面无人色！你怎么忍心啊你！"

"自杀？谁自杀？陆仲祈，你胡说什么？"苏小满还一脸的泪，红着眼抬头看陆仲祈，还不忘吐槽，"你……你这都什么人啊，怪不得你万年单身。"

"你！"陆仲祈简直要被气笑了，干脆拖着苏小满往外走，把人甩进车里，锁好车门，这才回小旅馆结账、借电话通知。

"我们这是去哪儿啊?"苏小满穿着陆仲祈的衬衣,好好一件衬衫被她揉得乱七八糟,偏偏这会儿她得到拯救又满血复活。

"我没话跟自杀鬼说。"陆仲祈累得要死了,哪儿还有精气神儿跟她扯闲篇,"你老实待着。"

"不对,你停车,停车!"

陆仲祈一个急刹,汽车利落停在路边,"苏小满,你跟我吼?"

"我哪敢跟您吼,谁说我要自杀?我这充其量就是自救兼回家!"

到这会儿陆仲祈才冷静下来。两人相视一眼,异口同声说了个"刘弩"。

"卑鄙小人!"苏小满气得满面通红,"人渣!"

袁泽下飞机便看见了活蹦乱跳的苏小满。

起初她恨不能一巴掌把苏小满打死,之后她恨不能把刘弩千刀万剐。

"之前他求复合,纠缠了我小半年,我都一直没理他。后来回家那趟,我爸妈说这两年刘弩没少照顾家里,逢年过节都往家寄保养品。我妈身体不好,前阵子胃病犯了,他还帮着托人请专家。这些我都不知道,然后我就挺感动的,回来还请他吃了个饭。那会儿我还挺高兴的啊,觉得,至少当年我没看错人吧,没爱错人啊。"

"无事献殷勤,非奸即盗。"陆仲祈喝咖啡提神,将这话说得极淡,"苏小满,刘弩可是个地地道道的商人。"

苏小满就只有傻眼的份儿。

刘弩是个怎样的人,其实苏小满一直没弄明白过。她的一生过得太顺遂了,家庭安和、父母宠爱、才貌双全,不缺朋友也不乏追求者,她的天真是多年娇养出的,她活该不懂人心与变故。

就好像当年遇到刘弩,众多的追求者中,他样貌出挑、才华出众,待她又温柔细致体贴入微,她就动了心,心安理得地被他宠成小公主。后来知晓刘弩是北方山村来的孩子,家境堪忧,日后生活负累极重,人人劝她"凤凰男"难相处,她也不觉得怎样,照旧与他同甘共苦一起创业。再等着她被刘弩单方面分手,她也不觉得刘弩消费了她的才华又卸磨杀驴,应给她什么补偿。她心安理得地为失恋伤心难过,也心安理得地满血复活。

她活得简单,而大多数时候,也活得漂亮。

她没脑子去想刘弩这样费心地讨好自己的父母到底有什么企图。

果不其然,苏小满感动了没两天,刘弩就求到门上来,说母亲病了,来东泉治病,心心念念地盼着儿子有个家,想看看自己的儿媳妇。他一脸犹豫,带着悲伤,求苏小满陪自己演场戏,哄着老人家安安生生把手术做了,好好养着病。

苏小满吃人嘴短,想着刘弩常年如一日照顾自己父母,这点儿小事儿怎么好意思推托,就这么稀里糊涂见了人家家长。又没过几日,她父母忽然造访,双方家长喜滋滋地坐一起把酒言欢,刚一见面,这厢夸刘弩年轻有为又孝顺,那边夸小满活泼漂亮又懂事,大有彼此满意喜事将近的滋味。苏小满到这会儿才回过味儿来,扯着刘弩要一个说法。

好,刘弩就在大庭广众之下跪地求婚了,那架势,鲜花、气球、人群、音乐大作,兴隆广场最大的LED大屏开始大肆播放两人昔日相爱时的视频……苏小满当时就傻了,眼前是刘弩屈膝跪地求婚,身后是双方父母兴高采烈,也不知道从哪里涌出来的老同学老朋友,高喊"嫁给他"……

"我的妈,袁泽,我当时真心吓毁了,一点儿没觉得惊喜。我说刘弩你先起来,我们稍后再说。刘弩说,我不答应他就不起来。再回头一看,两位妈妈都高兴得泪眼蒙眬的,只差没当场给红包。"

"你就答应了?"

"我没答应,但他的确把戒指戴我手上了,然后就哄我呗,各种表白,各种深情,各种爱我永不悔……我爸妈也找我。老太太一本正经地跟我说,虽然不喜欢大张旗鼓的阵势,可一个男人肯对一个女人这样不管不顾地用心,真的不容易了。我就犹豫了,想着,我长这么大,除了他也真的没爱过别人……"

"呵呵。苏小满,你要是我亲妹,我真的打死你。"

苏小满可怜兮兮地抬头看袁泽,"亲姐,你可以。我现在也想打死我自己。"

"然后呢?"

"哪儿还有什么然后。我还忙着南山下的事儿,他天天跑清溪接送,人前体贴入微,又一直跟我商量早点儿结婚生子,长大了,该安定下来好好生活。我越听越烦,越听越犹豫。凭什么啊?我凭什么就这么被人绑架着结婚啊,这是葬送我一辈子啊!"

"还成,你还没糊涂死。"

"我还挺聪明的。后来我就问刘弩,为什么当年忽然要分手,为什么现在一定要复合。他就说爱我,分手是为了不想让我受累，复合是因为终于能给我更好的。"

可苏小满还是接受不了，她还是想把当初那场逼婚掰扯清楚。

她就是不想结婚了，曾经相爱的感觉找不回来，勉强捆绑在一起只有疲惫。

"刘弩，咱俩不合适。这么多年了，你功成名就，已经是商界精英。你看我，我还是当年那个象牙塔里的小女孩。你想要的任何东西，我都给不了你。"

"我不需要你给我任何，我只需要你做我妻子。"

"然后呢？"

刘弩沉默下来不说话。

"然后待在家里给你生儿育女，相夫教子？最多是在你需要我的时候出门给你充当花瓶？刘弩，你知道的，我做不到。"

刘弩有些急眼，"你做到也好，做不到也好，我们已经订婚了，苏小满你跑不掉的。"

"结婚了都能离，订婚了为什么不能退？腿在我身上，跑不跑是我的事儿。"

"苏小满，我辛辛苦苦费了这么大劲儿，找父母，找同学，就是为了给你一个惊喜，那么多人看着我们相亲相爱，还不够吗？我只是想让你过得更好。我养你，许你衣食无忧，一生安顺，不好吗？"

"不好。刘弩，相比金屋藏娇，我更喜欢外头的大好河山。"

刘弩怒目看着她，"苏小满，你简直不可理喻！你这么大了，什么是好、什么是坏，难道自己还不能分辨？即便我会害你,你父母还会害你吗?"

这一瞬,苏小满忽然觉得眼前这个人变得那么不可理喻,什么彬彬有礼、温文尔雅,不过都是一个面具。他始终以他的评判标准衡量苏小满,还不许她有丝毫反叛。

"刘弩,你不觉得你很像绑架吗?"

刘弩忽然疯了,"对,我就是绑,也要把你留在我身边,你别不识好歹!"

苏小满长这么大从来没见过这种架势,她一巴掌拍开刘弩转头就往外跑,刘弩也是心狠,伸手将她一头长发打圈握在手里,屈膝将她压在地上,用地毯上柔软的抱枕整个儿堵着她的口鼻,她连呼救都不能。

刘弩拿起桌上水果刀的时候,苏小满甚至觉得自己活不到明天了。

她拼命挣扎,刘弩一时不慎,刀尖误伤自己肩胛,血液渗出鲜明的痕迹。

"太可怕了,我真以为我活不出来了。"

袁泽一张脸黑得吓人,"禽兽。"

"然后呢?"

苏小满摘了帽子,指了指自己乱七八糟的头发,"就这样了。"

刘弩很快地醒了神,他迅速扔了水果刀,仔细确认有没有误伤苏小满。

"对不起小满,对不起,我只是太爱你了。我不想失去你。"

所幸她还不傻,她智商勉强在线,还知道这时候绝对不能再刺激他,太危险,她抖着手不动神色地慢慢往后退,说:"没关系,没关系,刘弩,我知道你爱我。我不闹了,我相信你。"

"你不走了是吗?"

"不走,你看我都什么样了,我怎么走?"

刘弩偃旗息鼓,满脸疲惫地坐在沙发上抽烟。苏小满帮他把肩胛上的伤口处理好,客厅里收拾干净。

"我去理个发好不好,太难看了。"

"不行,小满……"刘弩立刻否定,旋即一脸温柔地抱着苏小满,"没关系,小满,你怎样都好看。我帮你约十月的发型师,我们明天去好好打理头发,好吗?别离开我。"

苏小满点头,煎熬着被他抱在怀里,就这么跟他熬了一天一夜。

第二天下午,他反锁房门离开,苏小满才想着赶紧自救逃离。但刘弩不傻,他带走了苏小满的手机、钱包、证件,他甚至把苏小满的鞋子都拿出去扔了。

"太可怕了这人。"

苏小满是天黑之后跳窗逃走的,得亏刘弩发家致富,开始住别墅公寓。

她费了九牛二虎之力,才砸了一扇玻璃窗,落荒而逃。

她逃出来的时候,穿着刘弩的T恤,不合脚的拖鞋,戴着硕大的棒球帽,没钱、没手机,不敢投奔朋友。她不知道刘弩那边安保做到什么程度,有没有远程监控,不敢走小区大门,只能顺着公园小路偷溜。

"太狼狈了,简直。不过回头想想,也挺好玩。哎,你说我当时要开个直播,是不是我就又红了啊?"

袁泽真想一巴掌拍死这个心大的蠢货。

"开玩笑开玩笑,哈哈哈,"苏小满小心拖过陆仲祈面前没吃完的意面,"可以吗?"

陆仲祈扭头不理她,她就像仓鼠一样埋头吃起来。

"我有联系过你啊,袁泽,刚开始没人接,后来就关机关机关机。太绝望了。"

从东泉到清溪,她是预备走过去的。

只要到了清溪,她就到家了,安全了。

袁泽心疼得要命,死死抿着唇一言不发。

陆仲祈那边倒是漫不经心地将咖啡杯放下了。

"走。"

"干吗去?"

"干吗?报仇啊。"

"好啊!小陆总,你想怎么做!"苏小满跳起来,那神态里倒真有那么一点雀跃。

"你是有多么心大啊,苏小满。"陆仲祈一脸冷笑地看着她,伸手将她头上那顶属于刘鸳的帽子摘下来扔进垃圾桶,"戴我的。"

他拎了车钥匙,扣着袁泽的肩膀走人。

"走吧,约十月的发型师给你做头发。"

第十章　渣到家了

陆仲祈果然把车开到了十月。

袁泽陪苏小满做头发的时候，陆仲祈跟楚岙坐在贵宾区聊天。

"楚先生怎么想起去西藏了？"

"陆总客气，叫我楚岙就好。西藏之行算是机缘巧合吧，谈不上我想去。不过，也的确不虚此行。"

"袁泽还好吗？"

"挺好。"

这两人寒暄着，都转头去看袁泽的方向。好半天陆仲祈才微笑着开口，"你也不必叫我陆总，陆仲祈。我跟袁泽算是青梅竹马，虚长你几岁，你要不介意，可以叫我一声陆大哥。"

"跟袁泽一起长大的？真好！"他这么说着，眯着狭长的眼睛微笑，"我叫您陆大哥，会不会太唐突？"

陆仲祈大笑，"哪儿的话，挺好。西藏之行，你们一去半月有余，袁泽那边全靠你在照顾，我真是感激不尽。晚上找地儿坐坐，一起喝一杯？你能喝酒，是吗？"

楚岙不笑，认认真真地看着他，"今天苏小满的事儿，您跑前跑后，也是为着能让袁泽安心，我也打心眼儿里感动，挺感激您的，要好好敬您一杯。"

"好说。反正刘弩的事儿也不急于一时，你觉得呢？"

"恶人自有恶人磨，那位刘总把事情做得这样绝，总是要遭报应的。"楚岙端着咖啡杯，将这话说得一本正经，"只可惜，这些事儿上，我帮不上忙。"

"哈哈哈，楚先生真是谦虚。听闻萱堂在海市也是商场上举足轻重的人物，耳濡目染，总不会一无所知。"

"我大学主修文学，辅修心理学。"

"那还真是少年风流。那，怎么就想起跑到荒山野外搞什么民宿？"

"陆总有所不知，这'绿阴茅屋两三间，院后溪流门外山，山桃野杏开无限。怕春光虚过眼，得浮生半日清闲'，也算一种情怀吧。钱财算是身外之物，我还年轻，总得折腾这么一两下。"

陆仲祈一口气没上来，差点憋死，偏偏对方还一脸真诚，半字不虚。他面不改色地微笑，"瞧你这话，说得老气横秋，我还以为是谁要择地养老。自古英雄出少年，你还年轻，不正是应该百舸争流大显身手的时候嘛。"

"您说得对，也不说不争……"楚岙很淡定，自始至终都是乖宝宝认真思考的模样，"就是，偷闲吧。大概袁泽、小满姐也喜欢那种生活，挺好的。陆总有时间也可以来感受下。"

陆仲祈脑门儿上就冒了汗，他起身缓步踱到袁泽身边去，扶着她肩膀，低头在她耳边参谋发型。

楚岙也跟过来，规规矩矩地站在苏小满身后，"小满姐。"

陆仲祈笑得开怀，"袁泽，你哪儿逮了这么只小白兔？赤子之心,坦率又真诚,实在挺可爱的。"

袁泽瞧着镜子里两个人的身影,盯着沉默到底的楚岙哈哈大笑,"嗯,赤子之心,可遇不可求。"

陆仲祈两手一摊,"你看,我就没这个命,缺少这样奇葩的际遇。好啦,你俩慢慢折腾,我还有个会,再翘班,孟礼哥可是要打断我的腿了。楚岙,你来拿行李,一会儿司机来接你们,可能不开这辆车了。"

"小陆总,我们打车走。"苏小满正手舞足蹈地跟发型师交流心得,这会儿也不忘接话。她唇角一小块瘀青还在,陆仲祈看着都疼。

"你可少说两句吧,长点儿心!"

苏小满哈哈大笑,"我做好头发发照片给你看呀!不能白花小陆总的钱,得有个响儿不是。"

陆仲祈抿着唇冷笑,"谁说我要买单?我只买袁泽的。"

"哼,小陆总你怎么可以这样?谁还不是小公主呀。"

刘弩这边无比煎熬起来,简直辗转反侧、度日如年。他甚至觉得自己被监视了,一举一动都暴露在危险之中。

昨夜下了雨,被砸破的窗边凌乱一片。

送给苏小满的钻戒还在桌上扔着,人却不会再回来了。他烦躁地点了根烟,颓废地窝在沙发里一动不动。

他联系不上苏小满,又得罪了陆氏的小公子。他临走时候冷笑看他的样子,像极了一片细薄的刀刃,刮得他骨头疼。

识途敌不过陆氏。

陆氏要碾压识途,比碾死一只蚂蚁都容易。

但他奋斗了多年,挣扎得心力交瘁,才在这瞬息万变的市场上站稳脚跟。

"有些人天生就站在你一辈子都到不了的终点上。"刘弩不记得是谁说过这样的话,可此时此刻,这句话一个字一个字地打着他的脸,啪啪作响。

那种急恨交织的滋味,令他如坐针毡。

"苏小满啊……我就想好好跟你过日子,怎么就这么难?"

他肩上自己作的伤口淋了雨,炎症作祟,低烧让他头昏脑涨,想发泄下满腔愤恨都做不到。

是因为爱着苏小满,自始至终爱着苏小满,这么多年来只爱苏小满。这种坚持,几乎成了一种执念,烧得他五脏六腑都要化成一股金红的会流淌的岩浆。

"我没错,我没错,我没错。"他伸手搭在自己额前,无比焦灼地呢喃,痛苦得无以复加。

刘弩将苏小满堵在了清溪南山下时,样子十分狼狈,面色憔悴,眼底瘀青,胡子邋遢,衣装不整。

苏小满不想见他,仍旧和袁泽、楚岙在妆楼上喝茶。这清末的小楼原汁原味地保留着,细节上装点得古朴大方。这会儿茶香氤氲,墨香飘摇,苏小满缠着袁泽窝在床边软榻上商量着隔壁老宅的装修方案。原子百无聊赖地睡在大把的花枝底下。楚岙听着她俩争论,站在案边玩弄那套文房四宝,捡了一只顺手的毛笔,反复写了"绿肥红瘦"。

刘弩等得心焦,终于忍不住在楼下大喊:"苏小满!"

这一声喊出来的时候,刘弩自己都感动了。

他觉得仿佛又回到了昔日的大学时光,他无数次在宿舍楼下等她,只为给她送一杯奶茶、咖啡或者冰激凌,明明可以电联,却总喜欢在楼下这样地喊她一声,有一种嚣张的幸福感在作祟。

"苏小满!苏小满!"刘驽站在楼下一声声地这样喊,喊得他自己都想哭了。

苏小满始终没下楼。

妆楼上的小窗打开,她顶着一头蓬松的短发伏在窗边看他,旁边是袁泽的脸,她笑的模样很刺眼。

刘驽往清溪跑了一周。卖惨完毕,他温文尔雅的人物设定又咬定不放松,每次都将车停在南山下门口,对袁泽楚岙不打扰,偶尔见了面,还要温和问候,只一味地等着苏小满。

袁泽一肚子火发不出来,毕竟伸手难打笑脸人,"就不见他,急不死他也拖死他,跟个人渣有什么好谈的。看见他那张不笑不说话的脸,我就想揍得他满地找牙。"

"为什么不见?吊足了胃口,就去把话说明白,这样躲着,倒好像小满姐姐理亏。"楚岙换了身劳保店的迷彩,这样的装扮,在他身上也鲜活动人,这会儿刚跟着人搬砖回来,汗津津的模样仿佛都会闪光。

他搬着茶案,请人喝了一壶茶。

"小时候,父亲总是跟我说:'男子汉大丈夫,拿得起放得下,方能显出风采气度。'刘先生这样抵死纠缠,一点儿都不深情,倒让人觉得吃相很难看。"

"你看起来很年轻。"刘驽说这话的时候满脸笑意,仍旧努力维持着形象,"不如叫苏小满来?"

"你应该知道,她不想见你。"

刘驽努力保持微笑,嘴角的弧度与眼底的戾气混合成一种很诡异的气度,"那么,你以什么身份来跟我谈呢?"

楚呑尚未开头，已经有人拍在刘弩肩膀上，"这不是刘总？您也喜欢上小楚先生这一亩三分地儿了？回头他们开业做庆典，您可不能惜力，要贡献识途最精锐的力量才行。"

刘弩吓了一跳，险些从椅子上弹起来，但他很快就稳着精神起身与陆仲祈握手。

"陆总。"

话他是不敢多说，试探他还是会的。

陆仲祈哈哈笑着制止他的寒暄，自顾拉了张椅子擦干净，"我也是路过。说起来，那天的事儿啊，我得跟刘总道歉，你看，你们小两口吵架，倒是我莽撞了。你也知道的，袁泽是我的眼珠子，比亲妹子还要亲的。苏小满跟袁泽这样要好，我总是要顾着，要不然袁泽跟我闹的话，那么彪悍的女人，吃不消啊。"

刘弩打着哈哈未敢接腔。陆仲祈抬头看了楚呑一眼，示意楚呑给自己来杯茶，"那天我把话说得那么重，刘总千万别在意。心上人闹个别扭，离家出走什么的，难免会关心则乱，想多了、担忧过了，都是情理之中。反倒是我，不识趣儿得很。"

"是，不是。"刘弩笑着，脑子却飞速转动，他跟苏小满闹成那样，苏小满总不会只字未提。

"那个……那天晚上，多亏了您。小满孩子心性，不懂事，我呢，关心则乱，反应过激，真是吓坏了，慌不择路，才求到袁泽那里。没承想倒扰得陆总彻夜不眠，兴师动众，是我的不是。"

"这个苏小满，是挺能闹腾。不过，说起来，看惯了那些中规中矩的职场佳丽，打眼瞅瞅苏小满这样的女孩儿……脑子活、胆子大、会玩儿，真是……别有味道。"他这句话说得极慢，言语间眯着双眼往妆楼挑了一眼，意味深长地笑着。

刘弩几乎一个激灵，下意识看了陆仲祈一眼。

"哈哈哈，刘总别误会，我陆仲祈也做不来夺人所好的事儿，不说我父亲，便是我哥，也要打断我的腿。刘总有所不知，前几日兴师动众地找这个苏小满，很是动用了一番人力物力财力，就这，老爷子都要亲自过问。你说……"他呵呵笑着，没把话说完，就漫不经心地在掌心摩挲着车钥匙，"呵呵，我这腿啊，一天要断好几回。"

"都是我错的，是我的问题。麻烦陆总费这样的精神，刘某实在惭愧。人脉上，我是无能为力，物力、财力上，却不能让陆总吃亏的，都算我的。"

"哈哈，刘总哪里的话，陆某也不是在乎这几个钱的人。只是……这个苏小满啊……"

"陆总，您不是……"刘弩的神色变了几变，到底将"喜欢袁泽"这半截话音咽下去了，"我跟苏小满，虽然是过去式，但该负的责任还是要负。时间不能倒流，我们也都回不去。"刘弩这么说着，情绪低落，话音低迷，简直就要低到尘埃里。

"哦，原来是这样。刘总有这样的气度情怀，可见是有大智慧。"陆仲祈这话说得十分轻佻，"想来，也不会被亏待。"

刘弩一听这话音，立刻顺竿儿爬，"那天的事儿，还没好好谢谢陆总，今晚上我做东，您赏光？叫上袁泽、小满……"

"不必，你我来日方长呢。"

刘弩端着茶杯的手略微一动，转而道："说起来……苏小满真不是能安稳过日子的人,她到底年轻,贪玩……"

"刘总觉得仲祈是想安稳过日子的吗?"陆仲祈凑近刘弩,将这话低声说出,转而哈哈大笑。

楚岙不动声色地坐着,权当什么都没看见、没听见,只一心安静地分茶。

等着那边刘弩起身走了,陆仲祈脸上笑意就退得一干二净了。

"苏小满是蠢,得亏还没蠢得不可救药。这要真稀里糊涂嫁了,可真是天大的笑话。这个刘弩,简直渣到家了。"他将杯中茶饮尽了,起身要上楼,"你说,他会拿苏小满跟我换什么?"

楚岙抬头看着他,不答反问:"我给小满姐买了机票,让她去趟大理呢。开业前考察下大理的民宿,您觉得怎么样?"

"出公差吗?"

"对。"

陆仲祈眯眼看了楚岙一样,"行啊,有你的,那就让苏小满好好干呗。"

等着陆仲祈半真不假地把这话跟袁泽苏小满重复一遍,袁泽就恨不能冲出去把刘弩碎尸万段。苏小满窝在椅子上不说话,眼巴巴地看着陆仲祈。

"你这是把我卖了呀?"

"蠢得你,我是把你买了。"

袁泽看着他俩,莫名想起那只红遍网络、三观离奇、卖身葬父入王府的白狐以及与她李代桃僵、陪她出生入死的咆哮帝,便非常不给面子地笑喷了。

"不是,我是笑刘弩,这人还真挺奇葩的,三观不正。"

"自私，他心里没别人。你别看追求、分手、求复合、逼婚、囚禁，这一桩桩一件件他闹得这么离谱，可在他心里，照旧都是苏小满的错。他会说：'我爱你，我要娶你，我想给你好生活，我都是为了你，你还害我丢这么大面儿……这些事儿，他都没有错的。'"

苏小满抬头看陆仲祈，"小陆总真是一针见血，可不就是这样呗，在他心里，都是我的错。我也是怕了他。"

楚吞把机票递了过来，"小满姐，除了往返机票，我能报销的日消费可有限的，还请您手下留情。"

苏小满疑惑地接了机票看看，立刻喜得眉开眼笑，开开心心地抱着袁泽撒娇，"谁说这是只小白兔？这么温柔可人英俊帅气聪明感人，明明就是童话里的小王子呀！就这样的小王子，快来给我一打！"

陆仲祈看着她胡闹，视线从楚吞身上转一圈，若无其事地问："楚吞，你最近住哪？"

楚吞答得十分坦然，"跟着袁泽啊。"

陆仲祈就笑，"瞅瞅，还真不是小白兔，尾巴都露出来了。"

也不知为何，袁泽心里就咯噔一声，也就苏小满那傻蛋还真当听了个笑话，喜不自禁。

刘驽倒也不是真傻。他出门不多久便把事儿想得清楚了，他知道他是着了陆仲祈的道。

刚才还以为拿了陆仲祈的短处，马上就能换来陆氏的提携支持，这会儿兴奋劲消失殆尽，却是满满的透心凉了。

他恶狠狠地砸了方向盘，气急败坏地爆粗口，骂得极端低劣。可手机铃声唱响的瞬间，他接通电话，便立刻谈笑风生，八面玲珑,俨然又成了那个道貌岸然、儒雅亲切的识途的刘总了。

帮苏小满收拾行李的时候,袁泽莫名想到那青年曾经半真不假的表白。

"袁阿姨!"楚否在开玩笑的时候很喜欢叫她袁阿姨。每每他这样叫,她便会自然而然地当他是个大外甥,将包容的尺度放得宽而又宽。

可他二十二岁,不是十二岁。

袁泽长叹,迟疑再三没能开口。那边苏小满早忍不住了,"你这一晚上神魂颠倒的,想什么呢?"

袁泽安稳坐下,抱着原子把苏小满盯得毛骨悚然,"苏小满,你觉得楚否……怎样?"

"挺好的啊!比一般孩子成熟,长得又漂亮,气度也不错,办的事儿别提多漂亮!"她扬扬手中机票,笑嘻嘻地塞进钱包收好。

"刘弩比你大几岁?"袁泽停了一会儿,又问。

"你问这个干什么?他应该和小陆总……啊!啊啊啊!袁泽你……"

"啊什么你啊,踩尾巴了?"

苏小满凑到袁泽面前,瞪大了一双妖娆的杏眼,"你爱上楚否了,还是楚否爱上你?"

袁泽被她气笑了,拎起抱枕砸她脑袋,"怎么满脑子情情爱爱!"

其实那一刻,袁泽是真的想问问苏小满,你觉得楚否喜欢我吗?

可这话又怎么说得出口。她这样的人,心里再坦荡,口中再坚强，好听的话说了万遍，到底是爱不起的。

苏小满仍旧后知后觉，顺势歪在软榻上，"我跟你说，你可别犯糊涂呀。爱情这东西，可遇不可求。但是，男人比女人大个三五岁七八岁，哪怕十来岁，那都不是事儿。但是女人若比男人大个三五岁，那就完了。绝对不可能！"

"哦。你什么时候变身恋爱专家了？"袁泽笑着，心底里却有些说不清的滋味。这么回头一看，他们在西藏，在那片陌生的净土，真是无比亲近与贴心，在她内心无比张皇的时候，那些未曾觉察的亲密，是隐约有着那么一点胶黏的质感。

她是有一点贪心的，贪这个大男孩身上通透的暖。

可真要说是真，她那样义正词严、恼羞成怒地拒绝了，那青年也是不以为意，如今与她相处又是多么自然而然，勤劳也好、体贴也罢，没有丝毫让她觉得多心不适。

可若是假……

是陆仲祈想多了。

就在袁泽这么笃定想的时候，楚岙赤着脚端了一壶茶来，笑眯眯地招呼小满和袁泽过来喝茶。他手边有一沓稿纸，是她和苏小满手绘的南山下的效果图。

外间山风清冽、虫鸣声声，月色拢着山间繁复的枝丫，落在山的那头。一盏灯笼发出朦胧的光，透过分明的窗，清晰地落在他的肩头。

那棵海棠树正在这盏灯笼的下头，到来年春日，便也是"只恐夜深花睡去，故烧高烛照红妆"的模样。

她回头看苏小满和楚岙趴在一盏灯下改一张图，忽然觉得：年轻，可真是美好。

那么好！

刘弩反复约见陆仲祈，都被刘助挡回来了。

他清楚地知道，自己在陆仲祈那里是真的讨不到好了，非但讨不着好，还让陆仲祈以找苏小满为由，敲诈了一笔工作费。钱不算多，可对于刘弩来说，也算是雪上加霜了。

刘弩是真不甘心。识途发展到今天，刘弩自己努力不假，与东泉嘉龙地产的扶持也不无关系，每年嘉龙的广告投放就撑起了识途的半壁江山。而毫无疑问，这支持来源于嘉龙大小姐程昱的高抬贵手。可如今程大小姐年纪越大、野心越强，眼见东泉房地产市场已经趋于饱和，公司又被父兄紧紧控制，她是彻底无利可图，干脆转战青城，准备与当地富商联姻，图谋东山再起。

她这一走，嘉龙马上调整，作为合作公司，识途很快便被三振出局了。他生意急转直下，也私下找过程家大小姐，但一朝天子一朝臣，人都走了，怎么还顾得过来？刘弩又含蓄地表示想去青城投资，可别人只回他一句，"做事还是要踏实。投资，你准备投什么资？"

识途不过是个空架子了，他却不得不打肿脸充胖子。这样的落差实在令他焦灼，越是焦灼，他就越是怀念从前，怀念以前与苏小满一起闯荡商场互相扶持的日子，千金难换的始终是那段初恋的情怀。

自然，情怀是一方面，生活是另一方面。苏小满有才，苏小满在老城区有房产，苏小满与小陆总交情甚笃。

他从未这样庆幸过，庆幸当年为自己留着后路，还存着一个重新追求苏小满的可能。

可现在，一切都完了。他的爱情和事业一起都毁了，毁在苏小满不知好歹的一场闹剧上。直到现在，他回想起自己割断苏小满长发的举动还觉得无比正确，正确且过瘾。

苏小满走后，楚岙拉着袁泽在山里疯了整天。

这山间一片红叶，色彩斑斓，漫山遍野。

“你看，这是我们的小花山，就咱俩的。”楚岙这么说的时候，笑得十分真诚而稚气，仿佛一个等待着肯定与表扬的孩童。

袁泽看着他，忽然觉得心口生疼。

“你就是个蠢货，亏你比人家大那么多，你就没看出他在扮猪吃老虎，跟你玩暧昧？”

陆仲祈在微信里留下的这句话，几乎每天都在敲打着袁泽。

“楚岙。你有没有想过，我们不可能。我不想伤害你，而你，也别跟我暧昧。行吗？”袁泽说这话的时候，带着一种她自己都厌恶的刻薄和恶毒。

楚岙看着袁泽，微笑着，一言未发。那时候，他站在一片红叶中间，那远山和山上层层叠叠的红，交织成一片特别璀璨的背景，看在袁泽眼里，好像烧了一片无边无际的心魔。

也就是在那天晚上，楚岙接了个电话，然后急匆匆飞去海市了。

行李都没带。

袁泽没送他。

那青年走后，山间的岁月一下子就悠长起来。南山下房屋的建设、装修等大事儿基本都已完成，细节的雕琢拖长进度。也不知为何，夜深人静的时候，袁泽就常常想起曲家帜。那种想，胶黏着爱恨，贴着皮肉，洗不去、刮不掉。

跟苏小满不同。

袁泽是那个先动了心的人。

警校是个很神奇的地方，至少袁泽这样觉得。那些从前被她引以为荣的东西，都变得微不足道，她自以为是的叛逆其实不过是吓唬了她自己而已。可真要说后悔嘛，她虽有一个学期仓皇着难以适应，仔细想起来，却并没有什么悔意。

这是不一样的经历，不一样的青春。

而且，还好，上天让她遇见了曲家帜。

那次采访之后，袁泽很是灰心，却没想到曲家帜主动联系了她。他说："如果可以，采访的稿子就不必发了吧，你为难，我也为难。我真的只是做觉得该做的事儿，我得对得起我身上穿的这身衣服。"

在他之前，类似这样的话，袁泽实在是听了很多。毕竟，肖梦兰也是这样的人，也会为了她穿的那身衣裳付出一切，包括她的童年、她的幸福。

她不理解。

在袁泽的心里，从来没什么英雄情怀。她沉迷于她的小世界，喜欢看父亲舞文弄墨，诗书文章天下书，把日子酿得儒雅素淡，浓稠如酒。

眼前这人，明明古板又沉默，就偏偏扰了她的心神。他淡漠、单薄，干净得像张纸。他个子很高，结实而坚韧。他不笑的时候，面色冷峻得骇人，可一笑起来，又带着孩子似的天真。有时候，袁泽看着他，觉得，这世间上什么都敌不过他眉间寻常的一点笑。

袁泽将他的专访压下来了，替之为校领导学英模的即兴讲话，她熬了半夜，跟着收录机，一个字一个字将那即兴演讲分毫不差地整理下来。

后来，曲家帜请袁泽吃饭，一来道歉，二来致谢。他面上仍有疏离之色，干净的笑容却慢慢飘荡起来，他说："你怕什么？我还吃了你不成？"

袁泽笑了，自此她与陆仲祈的厮混，便添了他这么一个朋友。

可烟火世俗，尘世男女哪里来那么多纯真的友谊呢。那些个友谊，走着走着，要么相爱，要么相恨。

袁泽喜欢他，喜欢得费劲心神。

那是一个冬天，冷得出奇。为了备战校区赛，大雪纷飞的清晨，他们被队长扔在操场练体能。冷的雪、热的汗，交织欺压。谁不是父母手心里宠爱长大的小公主？谁不想捧着热茶看着雪，吟一首"晨起开门雪满山，雪晴云淡日光寒"？为什么非要在这大雪里摸爬滚打，狼狈不堪。

她是真想哭，矫情地趴在地上，痛快地哭个够本，坚决不起来。可不行，哭都不能哭，因为眼泪也会结冰啊。

就是那会儿，袁泽都觉得快要绝望的时候，曲家帜来了。

那么冷的天！他如她一般，穿着最简单的藏蓝色作训服，就这么以一个标准军姿专注站在操场边。他不说话，只是站着。

很多年过去了，袁泽还记得那个身影。漫天飞雪也好，过往行人也罢，不过是一场苍白的背景，独他一人桀骜的身影映衬着身后寝室里一窗又一窗暖融融的橘色的光，站成一种分外伟岸的姿态。

真美。

似乎是因为他，那次体能训练，袁泽到底坚持下来。训练结束时，袁泽趴在那，几乎累卒，就这么半死不活地挂在操场的栅栏上喘息。冷空气刀子似的搅着她的肺管，疼得说不出一个字。曲家帜伸手拍了拍她头上的积雪，拖着她继续跑下去，"不要立刻停下。"

就是那天，曲家帜说："袁泽，你不觉得吗？只有在这些肆无忌惮挥洒出的汗水里，才能品尝到警营里青春的滋味。这是我们选择的青春，既然开始了，就要一路走到底。"

他说："袁泽，如果我陪你，你能坚持吗？"

她能！那一刻，袁泽狼狈无比，却心花怒放。她忽然觉得，无论如何都要努力，要追上他的脚步，赴汤蹈火、在所不辞。

曲家帜陪着她，一起吃饭，一起散步，一起读书，一起听音乐……他没收她乱七八糟的杂志手办，陪她晨练晚跑加训，做她的人肉靶子，逼她练散打擒敌。

直到如今想起来，袁泽还觉得自己傻。

不过是爱情而已，就因为曲家帜看了她一眼，她所有的坚持就变得有意义。她固执地觉得，爱是什么呢？爱是再素淡如水的日子都会因为他漂亮精彩，再艰难险峻的考验都因为他勇敢应对。这世界上，没有什么能阻止爱发芽。

那是他们拘束在一片藏蓝里璀璨的青春，因为爱，欣欣向荣。

她哭过，闹过，却最终被他手把手地带着成长。

他改变了她。

最后，袁泽学会奋进，学会坚强，学会拼搏，学会坚守，学会咬紧牙根再多撑一秒。等着曲家帜带领校队拿到全国院校技能大赛冠军时，袁泽已经可以骄傲站在他身边，组成一个心照不宣的学霸二人组，自带光环。

这是她的青春，属于她和曲家帜的独一无二的青春。

没有鲜花，没有烛光晚餐，没有鲜亮的裙子、口红和包包，那是她摒弃了过去，放弃了曾经，将血肉打破了混入他的追求，竭尽全力，营造出的独一无二、绝无仅有、包裹着血与泪、沾染着泥与汗的闪闪发光的爱情。

那是她的曲家帜。

她引以为豪，且心满意足。

可是能想到呢，最炽热的爱，往往会遇见最冰冷的结局。

最终的最终，她到底被放弃了。

第十一章　我就是想追你

他们说一个人真正的死亡,并不是从灵魂离开肉体开始的,而是始于这世界上最后一个爱你的人放弃了记着你。

初冬的寒意仿佛是一日之间抵临的,满山烂漫的红叶她还未看清楚,便在一夕之间全部凋落成泥。

楚吞走后,袁泽恍然大悟。

她忽然明白,她与楚吞,他爱或不爱的态度并不重要,重要的是她自己只能坚定不移地拒绝。这种认知也终于让她的心得到了一点暂时的安宁。她终于知道,这么多年了,她可以面对死别,可以面对生离,可以面对孤独,可以面对一切挫折,唯独不能面对爱情。

在爱情面前,她始终还是维持着那种小心翼翼。多年以来,伤口依旧只是伤口,结得了疤,开不了花。

她不想也不敢就这么莫名其妙地遇见一个人,开启一段情,凭着一段空空的诺言,去往一个一无所知的未来。

这太可怕。

更何况,那人不对。

楚吞走后,袁泽再也没有更新过朋友圈,她关闭了一切社交通讯软件,鼓足干劲开启新生活。

陆子兮终于舍得露面，她自然不肯屈尊往这大山里来落脚，便约着袁泽去某高端美容院做Spa。依她所言，不坦诚相待两回，怎么有脸互称闺密。

袁泽被她抢白得十分无奈，直呼"请收下我的下巴"。

陆子兮笑得嚣张，"下巴算什么，朕要你的膝盖。"

等着两人见了面，陆子兮便又把袁泽嫌弃得要死，"想当年，你多么女神！从小学到高中，每次你往那儿一站，别人那都是凡夫俗子啊、丑小鸭啊，你看看你现在，还有点人样没？这头发，头发！"

"十月的老板亲自做的，花了陆仲祈不少钱，你可别气他了。"

陆子兮略略变了脸，拖着袁泽去"坦诚相待"。

这边按摩师都请好了，陆子兮却又反悔，披着浴巾坐沙发上与她闲聊："你慢慢来，我看着你就好。"

那瞬间，袁泽被她唇角略带着温柔的笑意唬得毛骨悚然。

陆子兮一直在忙着画廊的事儿。裴政东沉寂了几年，回国后的第一次画展总要有点动静。陆子兮说："我要的是轰动，不仅仅是轰动东泉和东省，也不仅仅是轰动全国而已。"

袁泽就只有咂舌的份儿。

这样庞大的野心，势必跟随着无数的操心劳神和心力交瘁。她一个女人，到底应付不来，"最近身体不是很好，你就来帮我做大内总管好了。"

她说，她是个生意人，是个专注于艺术品投资的俗人，但裴政东是个画家，专注的是艺术，这有本质区别，故而万事辛苦也自己扛。

袁泽细瘦的背在技师的按揉下现出一种浅淡的红。她是瘦，但骨骼均匀，肌肉紧致，身姿又是一般女人不能比的利落和窈窕。

"你也不用急着拒绝，咱俩没外人，楚昂都不会亏待你，我还会亏待你不成？你那边民宿需要什么风格的画，都交给我来打点。别的不敢保证，正东的作品压场子还是做得到的。"

"这么大手笔？借我还是送我？"

陆子兮精致的眼梢挑出一种毫不收敛的骄傲和嚣张，趾高气扬里又夹杂着一种骄纵的轻蔑，"自然是送你。"

袁泽直呼不敢，陆子兮倒是缓步凑到她跟前来，"你当初……缺钱也好，有困难也好，为什么不找我找楚昂呢？你知道他的底细？"

"并不是我找他，机缘巧合吧。不找你是因为你刚回国，正是万事开头的时候。你起步高，我帮不上你，怎么能再给你拖后腿？"

陆子兮站直了身子看她，袁泽趴着身子，看不清她的神情，可这种被居高临下的滋味，就让她有点不适，"怎么了？"

"没什么。袁泽，你觉不觉得这世道变了，好多事儿都变了。特别是咱俩，际遇天差地别。"她这话说得很别扭，冷、伤感，又或者是傲，袁泽抬头看了她一眼。

陆子兮表情收敛得很快，转而又笑着，"没事儿，你要不忙，明儿就来画廊找我吧，没大事儿，就是帮我跑跑腿什么的，别人我不放心。"

她要走，又顿住脚回头微笑，"那个楚昂，怎么样？"

"嗯？"袁泽一时不明，"挺好的呀。"

"这人年轻，却不简单，裴先生是有意栽培他的。"

没等袁泽再说话，陆子兮已经离开了。

回程的车上，陆子兮认真且又温柔地抚摸自己平坦的小腹。她渴望有一个自己的孩子，无比地渴望。故而，哪怕只有一点微渺的希望，她也要做好万全的准备。

透过汽车的后视镜，她清楚地看到自己精致的妆容，那举手投足中的精致，那眉间眼上的风情，悉数是今时今日的袁泽所不能比的。可谁能想到呢，在属于她的那个童年，梳着黄毛小辫子的她，有多少次躲在胡同的转角，偷听着袁泽家里的琴音，奢求着袁泽裙角的蕾丝，觊觎着袁泽父亲温柔的微笑，甚至袁泽母亲霸道的管束——那再寻常不过的一切，悉数是她的求不得。

她亦是陆家的孩子，偏偏这一"陆"偏远，天壤之别。

她没有陆孟礼的好运，亦缺少陆仲祈的好命。

乃至于，当那个粉雕玉琢的穿三件套西装的孩子站在她面前，笑眯眯叫她姐姐的时候，她一张冻红的小脸火辣辣地疼。

可是陆孟礼怎么说？陆孟礼说："别再让姥姥去找父亲了，我们总不能一家老小都靠着父亲。我很快就长大了，暖馨，我很快就长大了。"

那一年，陆子兮九岁。她冷冷又愣愣地看着这个衣装华美、样貌俊秀的少年，几乎移不开眼。这是她血脉相连的亲哥哥，可是他所言所说的一切，她一个字都听不懂。

后来的后来，很久之后，陆子兮意识到，她并非是听不懂，她是等不起。

亦得不到。

外婆过世时，陆子兮十一岁。

就是在那一年，陆子兮第一次走进陆家，第一次见到儒雅宽和的陆域。也是在那一年，她不再是外婆的暖馨，她是陆家的陆子兮。

她至今还记得陆域高大的身子在她身边蹲跪下来，他微笑着，小心翼翼地牵着她的手，就好像她是失落的公主。

"今夕何夕，见此良人。子兮子兮，如此良人何！以后你就叫子兮，好吗？"

她脸上露出羞赧而又疑惑的神情，那边陆仲祈就漫不经心地开口："今天是什么日子呀，让我遇见这么好的你？你呀你，你这么好，让我怎么办呀！"

"那是弟弟，陆仲祈，他比你小两岁。那是哥哥，陆孟礼……"

那是梦一般的一天。

可后来的后来，她终于还是明白了，她从来不是什么"那么好的你"，所谓"子兮"，不过是一个毫无意义的嗟叹。

而她偏偏就信了，信她是陆家遗落的小公主。

陆子兮一声长叹，将腹中浊气缓缓吐出，眉目间便显出清朗。如今，到底一切都不一样了，不倚靠陆域、陆孟礼，她照旧能站在这东泉市的巅峰，不容小觑。

南山下已经一切就绪，只等开业。苏小满大理归来，回老家去协调之前的订婚闹剧，袁泽就放心跟着陆子兮帮忙。

一转眼，日子过得飞快。等她想起打开微信的时候，各种轮番轰炸的消息几乎将她淹没。

意外的是，胖子发了讯息来报平安。他还那样，说话颠三倒四、絮絮叨叨、没完没了。袁泽一面笑，一面看，一面自行提炼重点。

胖子离开了东泉，在橙子的老家打工挣钱，供橙子吃喝、陪橙子复健。倒不是因为法律责任，胖子说，这样的话，他心里能少些煎熬，毕竟橙子太年轻了。

他又说橙子很乖，知道帮他攒钱，知道催他回家娶老婆。也许过不多久，他就能在小城里开一个小店，也算是给橙子一个安顿。

他还发来一张照片，是跟橙子的合影。胖子瘦了，橙子站起来了。

多好！

将消息翻完之后，楚呑的头像就被压在了最底下，埋得极深，几乎要挖不出来。

而南山下的私群里，也只剩下苏小满得瑟过的痕迹。

袁泽看着，笑眯眯，却又忍不住胡乱起了调子哼唱："哎哟，这真是……江山笑，烟雨遥，涛浪汹尽红尘俗世几多角……何等寂寥。"

她抬头，看见她那把古琴还在窗下，是楚呑亲自选的。

好巧不巧，第二天早上，袁泽收到楚呑的消息，言简意赅的八个字，一招中的，激得袁泽毫无招架之力。

他说："袁泽，我就是想追你。"

她看着这句话，哭笑不得，忽然觉得这几日忙碌也好，挣扎也罢，都毫无意义。

"你就是个小屁孩。"这句话，袁泽打出来、消掉，消掉又打出来，始终没有发出去。

楚呑却没有停歇，一条条讯息慢慢地扔过来。袁泽的心就跟着屏幕的闪动上来下去，犹如坐着过山车，往往觉得这心跳已经不能更猛烈了，下一刻，又跳得惊心动魄。

她甚至觉得心疼，疼得她喘不过气来。

楚岙说:"这些天,我认认真真地想了很多。我想,我还是不能放手,怕今时今日一个错误,会一辈子追悔莫及。"

他从来没爱过什么人,运气使然,这第一次交付的爱情,难度系数居然如此爆棚。

他说:"袁泽,我自己也知道困难,可你真的不必急着拒绝,也不必急着给我一个说法和理由。年龄差、距离远等等,全部都不是问题。哪怕你现在不爱我,那都不可怕。

"有很多次,我甚至都觉得,我生来就是为了遇见你的。只可惜,我来得晚了。袁泽,先爱的人输。我已经毫无保留地将你立于不败之地,你还在害怕什么呢?你说你不想伤害我,可我明明不脆弱,你又能怎么伤?

"最怕你连伤我的机会都不肯施舍。

"袁泽,你能拒绝接受我的爱,却不能强迫我不爱你。"

这些字,袁泽看了很多遍。分明每个字她都认识,偏偏当它们这么缠绵悱恻地罗列在一起,"舞蹈"在楚岙的名字下面,她就一个字都读不懂了。

最后,夜很深的时候,楚岙发了最后一条讯息过来,他说:"以后的日子还长,你别着急,也别焦虑,更不用为我做出任何决定。袁泽,我们有很长很长的时间,可以用来想清楚。"

袁泽一直没说话。

南山下这边暂时没什么大的事务,悉数进入了最后的细节收尾阶段。苏小满从大理回来,便直接回了老家平江镇,小心翼翼地谋划着怎样与父母解释清楚分手的事儿。

苏小满倒是体贴,她原本想着,事情的起因经过是绝对不能对父母全盘托出的。多可怜啊!自己宝贝得小公主一样如花似玉的小女儿，被那人渣设计坑骗，还拘禁在家里拿刀子断了一头秀发，风狂雨急，深更半夜，独自跋涉在荒郊野外寻找那个家，比白雪公主还可怜，父母还指不定要多么心疼！戏精苏小满全心全意以为自己会得到无数的心疼安慰，运气好的话还可以抱着母亲撒娇耍赖怒骂渣男，痛陈反抗史换来礼物无数。

却不料，苏小满刚刚做好思想准备，琢磨好措辞，父母那边已经心照不宣地互视一眼，情不自禁地长叹一声，无比悲伤又自责地说："小满啊，我们真是不想说你，刘驽不让我们说，怕你为难……可是，小满啊，你这事儿办得，实在不漂亮，我们苏家就是这么教你的吗？"

苏小满就彻底蒙了。

她打电话给袁泽的时候，整个人还陷在极大的震惊之中，刘驽的存在彻彻底底刷新了她对人渣的定义，三观尽碎。

当着苏小满父母的面儿，刘驽一身颓废、满脸憔悴，虽努力维持着儒雅大方的姿态，颤抖的指尖却将他出卖了。

"装得太像了，连我这个当事人都感动了。"

刘驽到淮市，找到平江苏家，也是实在沉不住气了。他不止一次预约拜访陆仲祈，可陆仲祈根本没打算见他。他围追堵截多日，偶尔见到，陆仲祈又是一副熟识热情的样子打哈哈，却始终连一粒芝麻都不肯露给刘驽——不是不露，陆仲祈分明在趁火打劫。

可是刘驽没办法。

他又找过苏小满几次，次次无果。苏小满根本就不在东泉。

他百般无奈，在班级群、同学间都十分含蓄地表示过，是苏小满背叛了他，嫌贫爱富、赶尽杀绝。

这会儿，不等苏小满开口，刘弩忽然半跪在苏小满身边，"别说话小满，求求你别说话。我知道是我不好，我不该来打扰叔叔阿姨，可是小满，我不能失去你，求求你给我个机会。"

苏小满瞬间暴怒，"刘弩你的脸呢？你有什么资格人五人六地站在我面前装情圣？"

"小满我错了，我错了小满。我知道我一开始就错了，当初我就不该跟你分手。可我心疼啊，我舍不得你跟着我受罪。"

他絮絮叨叨，喋喋不休，说创业那会儿何等难。他跑业务，苏小满做设计。他一个大男人，眼睁睁地看着自己心尖子上的爱人劳心劳力，不过才二十出头的小姑娘，天天绞尽脑汁地煎熬，有时候一个设计稿百八十遍地改。

"小满，我忘不了，那会儿你又瘦又小，早起我给你带一碗瘦肉粥，你都舍不得吃完了，得留一半给我……我是个男人，我这心里疼啊！我就想着，你还年轻，就狠狠心让你自由几年，轻省几天。等你毕业了、长大了，我若事业有成，就再回来娶你。若不成……不是，小满，这么多年了，我真是打着破釜沉舟的心，就没想过不成。"

不可否认，如果这件事发生在几天前，苏小满很可能被他这深情款款的样子震撼感动，这是何等的情深似海、用心良苦！可如今，她却觉得这场戏腻歪得吓人。

"真挺深情的，我特感动，刘弩，那么然后呢？你想怎样？"

"我知道这不是你的错，留不住你，是我没本事。可是那天……你不是答应我求婚了吗？小满，那戒指你戴着多好看……"

"好。刘弩,那戒指我戴过吗?"

"是,苏小满,你觉得我不真心,可陆仲祈他就真心吗?他家大业大,偌大个东泉谁不知道他小陆总?他自己都说他不是个居家过日子的人,你怎么就肯定他是真心的?就因为咱俩闹别扭他乘虚而入?还是他对你说了什么?苏小满,我不甘心啊!"

苏小满真是气急败坏。她明知道刘弩在演戏,可父母眼中全是愧疚自责之色,苏小满有满腹的委屈却一个字都说不出来。她哽了半天,才恨恨开口:"好,你好,刘弩,关陆仲祈什么事儿?我为什么答应你求婚,你自己不知道吗?你那是求婚吗?你搞了那么大个阵仗,不答应你就不起来,几百只眼睛盯着我,双方父母看着我,你那是逼婚!我是不是当时就跟你说了,从长计议!刘弩,我跟你分手,跟陆仲祈半毛钱的关系都没有!"苏小满一把推开刘弩,抓起包来要走,"你这个人渣!"

"小满,你干什么去!坐下,有话好好说!"苏母先入为主地接受了刘弩的故事,这会儿满心里觉得是自己女儿嫌贫爱富、背弃婚约,哪能再纵容她任性胡闹。

"妈,你怎么不问问他是怎么对我的?他识途是怎么兴起的?谁扶植的?我说结婚的事儿我没想清楚,他是怎么对我的?"

刘弩被苏小满推了个趔趄,他缓缓站起来,满面悲戚,"小满,我对不起你,我喝了酒,被满脑子的嫉妒逼疯了。我亲耳听见陆仲祈说,苏小满实在很好玩……小满,我就是怕你犯糊涂,怕你被人骗了,我给不了你大富大贵,也能保你一辈子小富即安,我会爱你一辈子……"

"你够了……"

"不够小满,求求你让我把话说完。你为了分手,削发明志,好好的一头秀发扔得满地都是,我怕你伤着自己,拼命抢你刀子,小满,你就顾着跑了,你知不知道,你那一刀子下去,差一点就划到我颈动脉?你怪我不找你,可是……"

"你……"苏小满气得头疼,骂人的话在脑子里转了八十圈,愣是没想出一句,她抓着包的手指节都泛白,恶狠狠拎着包往刘弩头上砸,"你指鹿为马,颠倒黑白!你这么说谎不怕遭雷劈吗?"

刘弩一时只剩招架,唯唯诺诺地闪躲,还生怕苏小满磕着自己。苏父眉端紧蹙,一巴掌拍在桌上,"够了!闹成这样,成什么体统,你俩都给我停下。事已至此,刘弩你也别着急,苏小满是我的女儿,我不能听你的一面之词,我得听听我闺女怎么说。你们都坐下。"

苏父这一句话,说得苏小满眼泪哗一下就掉了下来。

"苏叔叔,我来平江原本无所求,只是想想看看你和阿姨,没想到遇见了小满,我……就有些激动了。"

"刘弩,你做过什么你心里清楚,我头发是自己割的吗?你肩上的伤是我划的吗?你说这样的谎话不怕雷劈吗?"

"小满。"刘弩一脸震惊和不可置信,他低下头沉默一会儿,缓声说,"是陆仲祈教你的是吗?你从前不会这样的,不会说谎,也不会仗势欺人。小满,识途已经做不下去了,陆仲祈他处处压制,所有流向识途的资源基本都被他截断了……小满,他这是为了什么,你还不明白吗?"

"呵呵,刘弩,你自己心里明白。"

"我不明白！苏小满我不明白！我刘弩为了你，尽心竭力，丹心可照！苏小满，你必须跟我道歉！"刘弩面上表情很狰狞，是那种苦苦压制之后的爆发，压抑得无以复加，暴怒后却又悔恨交织，"小满，你要跟我道歉，只要你道歉，我就原谅你。"

"好啊，刘弩，你要我怎么道歉？"

"我什么都不要，赔上识途我也认了。你跟我分手没关系，这一场感情八年之久，无果而终我也认了。我只要你一句道歉。你不得不承认，你是为了陆仲祈，伤害了我。"

苏小满直接被气笑了，"刘弩，你能不这么自我感觉良好道德绑架吗？别说这里面没陆仲祈什么事儿，就算我是为了陆仲祈，我们俩男未婚女未嫁，就爱了，能怎样？"

"能怎样？能让他为了你毁了识途！"

"说到底还是为了识途！"

"你说到底还是为了陆仲祈啊……苏小满，你怎么能这么狠心。"一番暴怒之后，他又恢复那种叫天不应叫地不灵的颓废与懊恼，"你要跟我道歉，必须跟我道歉！我刘弩……"

"你要拍视频，还是书面道歉？"苏小满难得智商高起来，她十分冷静地坐下，也不看自家父母，只顾低头掏出了手机。

她这个电话打得艰难。四周没一点声音，刘弩不说了，她父母也不说话，就苏小满低着头，红着眼，默不作声地拨打电话。

"对不起，您拨打的电话暂时无法接通。"

这样的提示说了三遍之后，那边终于接通。

"你好，我是陆仲祈。"

苏小满听见这句话的瞬间,泪水就掉下来了,她原本只是瞪大了双眼掉眼泪,进而号啕大哭。

"陆仲祈,你怎么才接电话啊。"

陆仲祈那边刚刚散会,就被苏小满这一声痛哭吓出了一身冷汗,"苏小满?出什么事儿了?你哭什么!不许哭。"

"我在老家平江这边,陆仲祈,你能来接我吗?刘弩,他要我给他道歉,还说我跟你不清不楚,你来,我们当面说清楚。我……"

"你这是又让人怼得没话说了?又被人指鹿为马解释不清了?你怎么没笨死啊苏小满?你就跟我陆仲祈不清不楚了,用得着他管!让他去死!简直了……养着你简直浪费粮食!"

苏小满被骂得一愣一愣的,反倒瞪着大眼不哭了,"我……我……我费你家粮食了?你就骂我。"

"行行行,别哭了,发地址给我,老实等着,我这就出门!"陆仲祈看了看手表,"不堵车的话,两个多小时能到。"

瞬间,刘弩面上冷汗涔涔,"你看,你还不承认……你还不承认……"

苏小满不理他,挂了电话,坐到妈妈身边,低头蹭在妈妈肩膀上流眼泪,"妈妈,我说不过他,我委屈。小陆总说他下午来,他跟你们说。"

苏妈妈到这会儿才琢磨出点味道来。

刘弩没想到陆仲祈会为了苏小满会做到这一步,从东泉到淮市平江镇,两三个小时高速,说来就来。

刘弩想走,但是很明显已经晚了。

"刘总,没想到在平江也能遇见您,实在是缘分使然。不管怎么说，您对陆某还有个割爱之恩，陆某做东，咱们找地儿坐一会儿，小酌几杯。感谢也好，道歉也罢，赔偿也可，咱们一块儿说个清楚。您看，我律师都带着呢。"

刘弩真心不是陆仲祈的对手。这青年虽比自己小两岁，他自幼养成的气度却远非刘弩所能比。

刘弩秒怂，一秒钟就偃旗息鼓。

"不必，陆总客气……我只是，只是，来看看伯父伯母。"

"既然如此，那咱们就有一说一，把话说个清楚得了。那么，咱们出去说，不要打扰伯父伯母休息，如何？刘总，您打着探望的幌子，可是扰得人不轻呢。"陆仲祈这么说着，语气无比真诚，眼底却全是讥讽。

等着避开苏小满的父母，小陆总更是一句废话没有，气场全开直接碾杀，"废话不说。需要界定的事情也无外乎那几个：第一，你跟苏小满早在四年前就已经分手；第二，你重新追求苏小满多日，苏小满均未接受；第三，你设计逼婚在前，拒绝退婚在后；第四，为逼迫苏小满跟你结婚，你非法拘禁苏小满，并做出了伤害她的行径。还有，至于你怎么谎称苏小满自杀，搞得兴师动众，又怎么把苏小满卖给我，咱们就不说了。如果您承认这些，那么咱们就请律师起草协议，请您书面阐述清楚与苏小满的婚约原本一场闹剧，今后亦不纠缠苏小满和苏小满的家人。当然，如果您有什么其他请求，也可以提出来，我们详谈慢议。"

"你这是胡说！"刘弩看了陆仲祈递过来的文件，瞬间变了脸，"我不签！你说得不对！不是这样的！"

"可是刘弩，不管你心里怎么想的，这就是我们看到的真相。你如意算盘打得很好,把先机占尽,把话题夯实在,咬定是苏小满对不起你,既全了名声,又树了形象,说不定还能从我这儿榨一点儿损失费?刘弩,你想得未免太天真。"

刘弩吓得面无人色,哪里还肯签字,转身落荒而逃。

"陆仲祈你太厉害了,你怎么还带了律师?刘弩都要吓尿了。"

"走吧,笨蛋,我也没指望他签。"陆仲祈伸手捏了捏苏小满的后颈,"陆一,我的司机兼陆氏的安保负责人,哈哈哈。"

苏小满瞪着眼睛看了他半天,"好吧,陆仲祈,你太坏了。不过,安保负责人,是保镖吗?实在太帅了。"

陆仲祈眯着眼睛回头看苏小满,忽然笑了。

第十二章　一切都是最好的安排

苏小满在老家好生陪了老人家一阵，把那些个撒娇卖萌的手段依次使了个遍，这才将二老好好安抚得当，得以回程。

苏母说："我看着那个陆仲祈不错，就是，听刘弩的意思，那是豪门大户？"

苏小满大笑，"谈不上豪门大户，就是有点根基。东泉陆氏的小陆总，他有个哥哥，但他是陆家唯一的嫡子。"

苏母就有点迟疑，"人是好人。妈妈就怕这门不当户不对的，日子不容易安生。你……"

苏小满毫不在意地挥手，"妈妈，你想什么呢……人家小陆总心里……"

话说到这里的时候，苏小满十分意外地觉察到了一种心酸，酸得她眼圈儿都红了，一瞬间红了。

陆仲祈心里有人，那个人是她最好的朋友，她嫡亲的闺密，她打断骨头连着筋的好姐妹。陆仲祈从来没说过，但是多年来，这个秘密人尽皆知，那是他放在心尖子上宝贝得如眼珠子一样，死着心守护了十几年的人——那是袁泽。

小网红因此很是委屈了一番。

她说：有一种恋爱，还未开始就已结束。难过得好像饥饿了很久很久的人看到了猪妈妈抱着烤乳猪,你非但不能说饿,还要狠狠鄙视自己,检讨过错并敞开怀抱忏悔自己祈求原谅。即便那小乳猪不是为了你牺牲的,你也不得不说:"对不起,我错了。"

她这样写完,心里那一点点不满的小委屈就彻底没了,想着陆仲祈就是那只被自己暗中觊觎了一秒的油光水亮的烤乳猪,就高兴得眉眼不见,恨不能甩甩尾巴……

评论里炸了。哈哈狂魔刷了有好几页,另外怜花惜玉的、嘲讽全开的、插科打诨的并列排开,比听相声有意思多了。

等着她自个儿辗转到了南山下时刚好周末,难得陆仲祈和陈靳有空,三人弃了精致美好的妆楼,霸占了老屋,早早生了火炕,凑在一起嗑瓜子、吃花生、烤地瓜、斗地主。苏小满拎着箱子站在院子叉腰大喊:"尔等狂徒,还不速速接驾!"

那口气又傲娇又爱娇,忙着过冬轻易不肯动弹的原子都一激灵跳起来,蹿出去给她扑了个满怀。

苏小满立刻就心满意足了,抱着原子好一顿亲昵。

"哎哟,我还当是谁呢,苏小满,你不是把南山下搬大理去了吗?你还回来呀。"

苏小满连人带猫一起冲过来,只差没挂在袁泽身上,抱着她直叫唤,"想死我了,想死我了,想死我了呀!"

袁泽没好气地拍她脑袋,"甭管楚岙先前说什么,我这里是不通过的,报销的事儿,你掂量好了再来找我,多一分都没有。"

苏小满跟在她屁股后面叫唤,"奸商!无良奸商,你们知道我经历了什么吗?那是多么惨无人道的精神虐待啊!"

袁泽立刻想起来她之前说了一半儿的人渣事件,马上来了兴致，秒秒钟招呼陈靳摆桌子，上炕拿花生瓜子，准备"好好听戏"。

就在这会儿，她听到门口有人很轻地叫了一声："袁泽。"

是楚岙，他回来了。

那是个很寻常的初冬的午后。山野间的风景已经全无了，只有阳光是透亮的暖，天在触手可及的地方，不言不语，偶有鸟鸣犬吠，都那么清晰可闻。那青年站在光影里，笑得单纯而又可亲。

袁泽曾经以为，在那样的一番表白和拒绝之后，她跟楚岙见面会十分尴尬，甚至会影响合作。但是，没有，完全没有。楚岙仍旧保持着一种年轻人独有的天真，他眯着眼，笑容里有些剔透的孩子气，看不出丝毫刻意。他说："袁阿姨，我回来啦。"

戏谑的样子与以前一般无二。

一群人就围坐在火炕上闲聊。苏小满的倾诉堪比郭德纲的相声，那个绘声绘色、惟妙惟肖，把袁泽逗得前仰后合。

"本公主受了天大的委屈，尔等刁民竟然敢笑，敢笑，敢笑！"

也不知道为什么，故事临近尾声的时候，苏小满忽然停下，她暗自看了陆仲祈一眼，英雄救美的那一段，愣是咽下去没讲。

"然后呢？"

"哪里还有然后？本公主虽然有点嘴笨，可是咱们父皇和母后不是凡人啊！就这样了呗。"

"苏小满，你那是有点儿嘴笨吗？哈哈，你怎么不说实话？怎么不说……"陆仲祈始终低垂着头，漫不经心地喝着茶。

"陆仲祈，你不说话没人把你当哑巴！我就不说，哼！打死不说！"苏小满面上泛着一点儿红，陆仲祈只是低着眉笑。

陈靳那愣小子一无所知，楚呑仍旧习惯地保持着恰到好处的距离，"那么，咱们什么时候开业呢？"

"冬季里的确不是什么好时候，不如先搞几个小活动试营业吧。"这事儿袁泽也想了好久，冬天本身就是乡村游的淡季，纯住宿的话更是难以吸引游客，但对于摄影爱好者来说，东南部山区的星空景致堪称一绝，是少有能拍到星轨的地方之一，绝不能否定其吸引力，"先去找摄协挂户外摄影基地也可以。"

"晚来天欲雪，能饮一杯无。这意境多好！真要等到开春，那不是要急死了？不如到初雪那日，咱们大张旗鼓地搞个开业活动好了。"

苏小满这样的提议，立刻引来袁泽的不屑一顾，"这也太不靠谱了，你知道老天爷哪天下雪？咱们难道要靠天吃饭吗，苏小满？"

楚呑不说话，微笑着看她俩笑闹。

冬日暖暖的阳光照下来，隔着朱红的小窗，打下一片明暗交织的光影，是一种缠绵又温暖的姿态，一切都暖得恰到好处。

自从楚呑回来，陆仲祈倒忽然得闲，常常借故上山，要么带袁泽、苏小满出去，或者约着陈靳等人来打牌，甚至带着生意伙伴来喝茶谈生意。

初冬时节，清静的山头上被几人闹得活色生香。

楚岙特别乖，任他们打也好，闹也好，喝酒也好，游戏也有，始终笑眯眯地坐在属于他的位置上看着。他话不多，又每每将距离保持得恰到好处，不疏离，也不过分亲昵。不光一无所知的陈靳，就连陆仲祈都要对楚岙改观。

"这孩子，要么是顶单纯良善，要么是顶腹黑难缠。"

袁泽亦无数次观察过楚岙，可他的目光太坦诚了，态度太坦荡，仿佛他们之间根本就没有过那些贴近爱情的陈述，也没有那些涉及浪漫的靠近。

于是，袁泽越发觉得，原来，三十岁真的挺老了。年轻多好。

楚岙在山上待了几日，便被裴政东叫回东泉帮工，说是陆子兮最近身体不太好，不好过于劳累，画廊开业的事儿紧锣密鼓，只好交给他来担当。

他很少回来，袁泽便将教师公寓那边的钥匙给了他，要他去住。

每当夜深，袁泽与苏小满依靠在大山深处的黑夜，闲谈那些过去和将来。楚岙不动声色地发来讯息，有时给她看一碗热气腾腾的清汤面，有时给她看刚刚打扫一新的客厅。他买大束的海芋百合插瓶，拍照发给袁泽，又自作主张折腾了一个偌大的生态鱼缸，小心翼翼地养着一对亲嘴鱼。

有时候袁泽与他闲聊几句，有时候不理。可不知为何，她渐渐习惯了在这无比寂静的深夜里等他发来讯息的那一声轻微的震动。

那日周末，行行摄摄一群人过来吃饭，大伙儿兴致勃勃地商量开摄影派对，江闲带来了两坛子十年的玫瑰陈酿，葱葱和哈娜又叫着众人动手包水饺，很是热闹。时近中午的时候，苏小满闹着要约小陆总跟楚岙。

小陆总的时间哪是这么好约的,却扛不住苏小满胡搅蛮缠,便订好了晚上继续,倒是陈靳跟楚岙很利落地上了山。

袁泽厨艺上并不甚精通,面食一类更是全然不会,葱葱笑眯眯地教袁泽包水饺。不管怎么努力,袁泽包出的水饺仍旧一副顾头不顾尾歪七扭八的可笑模样,楚岙干脆扔了手里纸牌,凑过来一起学习,却是上手极快。

冬日里的阳光暖得很,那青年亦笑得那么暖。她就不由得常常转头去看那棵海棠树,一时觉得暖,一时又觉得不爽。

他情书里热情洋溢的句子都还历历在目,他微信里那些小心翼翼的接近也清晰可见,可偏偏每每见面,他又淡定得再寻常不过,这巨大的差异忽然让袁泽陷入一种莫名其妙的焦躁。

她讨厌一切暧昧不明,不清不楚。

刘弩到南山下的时候是下午四点,行行摄摄那群人刚走不久,一杯倒的陈靳还在蒙头大睡。

"你怎么还有脸来?"苏小满看见刘弩的一瞬间就变了脸色。袁泽下意识挡在苏小满面前,看他的时候一脸防备。

刘弩仍旧笑着。也不知为何,不过短短几日的光景,他便明显衰老、委顿下去。这会儿说话的时候,虽然还竭力保持着一种温文尔雅的姿态,可笑意不过清浅地浮在唇角,眉目间的苦相却是挥之不去——这样矛盾的两种情绪在他脸上碰撞,十分违和,十分诡异。

"怎么?你们不是开始营业了?我不能来?"

"您还就真不能来,南山下限量招待,只接受预约服务。刘总有预约吗?要是没有的话,还是尽早下山吧,省得天黑路滑出意外。"

"我没有预约。"刘弩笑得很和气,"难得袁泽肯关心我,担忧着我的安危,不如收容我一晚?也让我体会一下苏小满心心念念的山间岁月。"

"刘弩,你不要胡搅蛮缠,还要不要脸了,还不快走!"

"哦,哈哈,小满,你看你,还是这么沉不住气。说实在的,我今儿还真不是来找你的,我是想着碰碰运气,看看能不能见见陆总。实在见不到他,我倒也不在意跟你谈谈,小满。"

"我跟你没什么好谈的。"

"那么我等等陆总。说起来,他对你可真是用心良苦,跋山涉水都在所不辞,可见是训练有素、随叫随到啊。实在不行,还得麻烦你,小满。你也知道,咱们之间,总还有点未竟之事。"

苏小满一脸震惊,刘弩已经毫不见外地坐下喝茶,"合同。苏小满,我愿意跟你们签订合同。按照陆总的意思,条件我提。"

"你无耻!"

"小满,你还是太单纯,生意场上的事儿,你不懂。乖,我暂且不跟你谈这个,好吗?你们忙,我借贵宝地,等等小陆总。"苏小满气得小脸儿通红,刘弩却仍旧微微笑着,跷着脚斟茶自饮。这在他想象中风流倜傥的动作,看在外人眼中,怎么看都有些贪婪猥琐。

"刘弩,你是个聪明人,凡事适可而止。坦白说,我真心没有苏小满那么好的脾气。我告诉你,这是我们的地盘儿,这里不欢迎你。"袁泽亦被这家伙恶心得不行,在座的诸位谁还不知道他是什么货色嘛,他就能自顾加戏,这敬业的劲头,奥斯卡都欠他个小金人。

"别这样，袁泽，你这样，咱们脸上都不好看，有话好说。"

楚忞不远不近地看着他们，他心中隐约明白，刘弩这是打算撕破脸皮来闹事了，只是他素来极要脸，再掉身价的事儿，也得端得平整漂亮、不失风度。

"不好看？呵呵。"袁泽这话说完，动作迅雷不及掩耳，刘弩还没反应过来，就已经被袁泽一个过肩摔扔在地上了。

那动作行云流水得一点折扣都不打。

刘弩懵了一瞬，狼狈爬起来，"泼妇，你简直是个泼妇！难怪陆仲祈要移情别恋爱上苏小满……"

袁泽并不接茬，亦不在乎他喋喋不休的挑拨，一脚踹上他小腹，将人踹出去半人之远，然后她死死控制住了那个口是心非的刘弩，"坦白说，我早就想打你了。"

那边楚忞忽然明白过来，他一把拉住袁泽，"刘总是干大事儿的人，为了点儿儿女情长，跑来挑衅女人，说出去总归不好听。"

"我认认真真来谈合同，有什么不好听的？袁泽，你到底还是个女人，总还要顾及点脸面。"

"你还知道脸面？行吧，你想谈，就好好跟我谈吧。看你的骨头硬还是我的拳头硬。"也不知为何，楚忞未曾拉她的时候，她尚不觉得气愤冲动，等着这青年温暖的手握上她冰凉的手腕，她忽然就恼了。

那种恼，汹涌澎湃、势不可挡。

"别冲动，袁泽，别冲动。"楚忞几乎从未见袁泽这样恼怒过，那些激烈的情绪令她眼角眉梢都泛出一种奇异的红。楚舀有一瞬的失神，下意识将她拉起来往怀里拢。

刘弩笑了，他起身理了衣角，嘴上却毫不积德，"你们啊，关系可真够复杂的……不过，也挺好，我听苏小满说，你为了个死人守了五六年，这会儿一口吃下块小鲜肉，也不错。"

"你住嘴！袁泽，我没说过……"

"小满姐，你回屋，去叫陈靳。"楚舀清楚地感到就在刘弩提及那个死人的时候，袁泽不可遏制地颤抖了一下，楚舀心中狠厉地疼过，热油浇过一般，只管将人拢在怀里抱着，"袁泽，你冷静，他是故意的。我在这里，我在这里。"

那边刘弩仍旧含笑站着，一副道貌岸然的样子。

楚舀没想到，陈靳一杯酒能醉一天。当他拎着棍子醉醺醺出来的时候，楚舀简直要被他蠢哭了。

那娃娃脸的小子愣愣怔怔就出来了，"谁欺负我师姐了？我看你是活腻了！我曲师兄的坏话你也敢说！"

刘弩嚣张大笑，楚舀眼看着陈靳一棍子砸过去了。

"你还不快走，在这儿等死啊！"楚舀都不知道自己是怎么扛下那一棍子的。醉汉的力气有多大，他算是明白了。

他几乎都听见自己骨头断了的声音，转瞬就疼出一头冷汗。

"滚！再让我看见你，不用他们动手，我第一个弄死你！"

袁泽足足愣了好几秒才反应过来，"你疯了吗，你替他挡什么，这要是把刀子你也挡？"

"没事，先回屋，回去我慢慢跟你说。"到这会儿，楚舀脸都已经白了，苏小满也紧跟着过来，眼看着这一出闹剧愈演愈烈,杀了刘弩的心都有了,就弯腰去捡那棍子。

"小满姐,让他走,跟小陆总说,这人不必留活路了,碾死了算。"到这会儿,楚岙视线中就全然一色冷硬。

那边陈靳也吓了一激灵,酒意去了大半,忙扶着楚岙进屋。

袁泽黑着一张脸,恨恨地盯着外头阴霾的天。

楚岙只说没事,并不许别人看他伤处,"皮肉伤,没啥事。那个刘弩,他今儿是来讹人的。"

"他就是个人渣,你管他干吗,被打死都活该。"

"可小陈哥是公职人员,一旦伤了他,百口莫辩,就不光是赔钱的事儿了。"

袁泽一句话都说不出,转身走了。

陆仲祈到清溪的时候,已经是晚上八点半,好不容易把事情的来龙去脉弄得清楚,便也禁不住冷笑,"得,我原本还想着给他留一线生机呢。主意打到我陆仲祈头上,想着反咬一口倒打一耙吗?这自己找死,可就怪不得我了。"

"这人,蠢得很。"陆仲祈这么说着,还是忍不住去关心一下楚岙,"多亏了你。今儿要是袁泽或者陈靳伤了他,事情就麻烦了。"

"他这是狗急跳墙吗?可是他以前真的不这样,他以前挺好。"苏小满哭丧着脸,"我又惹事了,对吧。"

难得陆仲祈没有骂她,"不是你的错。"

"嗯,不是你的错。我倒是觉得刘弩这人心理有点问题,大概是那种全能自恋者。他会下意识把一切的人和事当作满足他自己的棋子。在他看来,世界必须按照他的意志来运转,分手也好、复合也好、追求也好、结婚也好,小满姐就是配合他的一个棋子罢了。一旦这种全能感被打破，他就会陷入极大的焦虑之中，然后做出些令人费解的举动。"楚岙把这话说得又低又慢。

他伤在左臂，直到这会儿，袁泽都没见他活动过这手臂。

"行了，你别说了。我们去医院。"袁泽到底是沉不住气，她伸手托住楚岙的右手想要拉他起来，楚岙抬头看着她，带着笑又有些无辜的样子。

"你最好别惹我，我现在很生气。你必须跟我去医院。"

袁泽这么说着的时候，楚岙慢慢牵住了她的手，"你别生气，我这不是挺好的。"

他手上冰凉的温度让袁泽有些心惊，抬手覆上他额头才觉出这人烧得滚烫。"你……我……"她暴躁得想骂人，"找死也给我死山下去，少在这儿气我。"

一行人就这么轰轰烈烈地下山。出门的时候，趁无人注意，楚岙干热的唇角很慢很慢地划过了袁泽汗湿的额头。

袁泽心上猛然一颤，她低头一言未发。

楚岙的左臂有些骨裂，安顿好留院观察的时候已经是下半夜。病房里安静得很，只剩下袁泽陪着楚岙。

楚岙一直没睡，倒是袁泽低头趴在病床边一动不动。

楚岙未受伤的右手慢慢拂过袁泽脑后极短的头发，"袁阿姨，我都快忍不住了，怎么办呢？从海市回来的时候，我就跟自己说，一定要好好跟你相处，如果哪天我让你觉得别扭不舒服了，我就先离开。我觉得，这些天……我做得还不错，是不是？可真是好难啊。你说，我为什么会这么喜欢你呢？我真的特别特别特别喜欢你啊。

"我也恨我年纪比你小。可是袁泽，你未婚，我未嫁，年龄不同而已,为什么就不能爱?我也常常觉得很懊恼。可我能怪谁呢?是我自己来得晚了,可我还是很感激……感激上天还肯让我遇见你。即便你心里还有一千一万个放不下,那又如何呢……袁泽,我就在这里啊。

"袁泽。

"袁泽。

"袁泽。

"我真喜欢你啊。"

外面很黑。病房里的光很白,白得刺眼。楚乔靠在床头,高昂着头,声线里有轻微颤抖的泪意。

他说:"我真喜欢你啊。"

那一刻,袁泽的心软得一塌糊涂。她忽然很想哭,想抱着这个年轻的孩子放肆地落下泪来,不再顾忌。

可是她不能。

她不能纵容这爱情的发生。她趴在那里,竭力忍着一动不动,不心疼,不流泪,不回应,想象自己是一块坚硬的磐石。

也不知过了多久,许是药剂发挥作用,她听见他的呼吸渐渐绵长。她慢慢起身,抬头看着那青年的脸。

喜欢还是不喜欢呢?

她也曾这样苦心地追求过,也这样痴心地爱过。她也曾亲身体会了怕他知道,又怕他不知道,最怕他知道了假装不知道的辗转纠结和痛苦慌张。

她知道,在爱情乍一开始、深情托付如泥沉大海的时候,没有回应没有承诺,是多么无措和慌张,坚持是多么不容易,自律又是多么艰难,要用多少心思,才能将对方的一举一动刻画成自己的行动标准。

这样不动声色地讨好,这样尽心竭力地压制。

可感情怎么可能是一个人的事情?你给我要,永远伸着手的姿态总有一天会成为一种惨不忍睹的两败俱伤。那些不可言传的被掩埋和压制的不安和恐慌、小心和隐忍,总有一天会反噬,然后一念爱、一念恨,一念成佛、一念成魔。

求不得到底是求不得。

袁泽是楚忞的求不得,楚忞何尝不是袁泽的求不得呢。

她清楚地知道,她是不能爱的,是失去了爱的能力的。于是,他如今所有的用心良苦,到最后都会成为摧毁这段感情的利刃。当感情的天平一再失衡,不甘和愤怒必定会彻底折断他们之间所有的信任和微薄的感情,就像苏小满与刘弩。

袁泽缓了好久,才起身离开病房。她腿有些麻,每一步踏出去,脚底都针扎样疼,但她没停。

很久之后,她在医院的停车场上吸了她人生第一根烟。

她发信息给楚忞,她说:"别再为难自己,亦不必再为我顾惜。我已经想不出有什么理由,要让你为了我弯腰折骨。永远不要为难自己,也不要讨好我。你要知道,你已经足够好,只是我不会爱你而已。楚忞,总会有一个很好的姑娘,爱上你此时此刻刚刚好的模样。可惜,那个人永远不会是我。楚忞,你还年轻,这世界之于你,是无限广阔的一片。属于你的时光不会有一时一刻的停驻。我在这里,而你,始终自由。"

她在黑暗里独自静默站立了很久很久,那小小烟头的明灭之间,烟草被燃烧、烟雾被弥漫。她这样看着自己脚下漆黑的影,忽然想起当年父亲吸烟时的模样。他似乎极爱香烟燃烧的热烈,却又极少吸烟。印象中,他每次吸烟时总是无比专注而认真。他说,烟不过就是烟而已,不期以解忧,亦不因其娱乐，让吸烟只是吸烟就好。

袁泽一直相信这样的纯粹。

可直到这一刻，她才忽然明白，伴随香烟流淌的，绝不是烟气而已。那些浓重的却是化不开的情绪，或悲或喜，无从逃避。

也就是这个时候，楚岙的消息传来。

他说："我一直都觉得这一切都是最好的安排。遇见你也好、爱上你也好，包括你拒绝我、疏远我，无不是最好的安排。我想，总有一天我们回忆，会觉察此时此刻单纯又美好，这爱纯粹又深情。

"袁泽，我爱你。

"这不是表白，这是我给你的承诺。"

第十三章　等你回来

袁泽再也没回过教师公寓。

她长久地蜗居在南山下。在此之前,她一直不明白苏小满干吗要急不可耐地买这巴掌大的一寸地方,还要被房贷逼得"月光"又辛苦。如今她手中可供失去的东西越来越少,却忽然明白,倘若有钱或者付出辛苦就能换来一个安心之所,那简直是天底下最大的便宜。

念及这小一年来的际遇,袁泽莫名生出些灰心,不得不在健身房挥汗如雨才能缓解些许。

南山下开始接待客人,小范围组织的一次星空摄影活动效果不错,响应者不在少数。可不知为什么,当她背着相机跟众人一起走向山顶的时候,思绪就不可遏制地回到了西藏。那时,她也曾这样,穿着厚重的衣裳,背着沉重的相机,举步维艰地行走。

可那时,她身边有他,有他微笑的模样。

这么想着,袁泽傻愣愣地站在了山腰上。她抬头去看那暮色里蜿蜒的山路,那些漆黑的山与树胶黏在一起,只有头顶墨蓝的天空中保留着清晰的星子。那个瞬间,那青年微笑的模样无比分明起来,她几乎又清楚地看见了当初相识时,他们一起在风雨中夜闯野山，青年也曾与她一起走过一段艰难的跋涉，也曾半跪在地上为她穿一双温暖的鞋袜。

那个人是楚岙，是二十二岁的楚岙。

那又怎样呢？

"没事儿。明明就没关系。"

她这样想着的时候，忽然心里柳暗花明般豁然开朗，她热烈地笑起来，回首将背上旅行包扔给苏小满，"你拿着，我走了！"

"你去哪？"

袁泽不回答，只微笑着大力跟她挥手，一路跑回南山下，又一路开车回了东泉。

可当她站在病房门口的时候，开门的那个瞬间，竟莫名有了一丝胆怯：就这样冲动地跑来了，可真若见着他，又要说什么呢？说："嗨，你好呀，原来你在这里。"

她哑然失笑，伸手打开了病房门。

那病房却空空如也。

袁泽愣了一瞬，微信发过去，"楚岙，你人呢？"

"在海市。"

他这条消息回得并不快，大抵有一刻钟的工夫。也就这样一个等待的时候，袁泽一腔莫名其妙的冲动就流失殆尽了。

她可以不怕输，也可以付出爱，只是她真的不年轻了，到底还能不能赌得起这一场冲动？

就在那天，离开医院的时候，袁泽远远看见了肖梦兰。她仍旧瘦削，脊背挺直，踩着小高跟一路行色匆匆。袁泽忽然觉得疑惑，岁月分明已经爬上她的眼角眉梢，工作的压力也渐渐离她远去，可为何她生活的姿态仍旧那么匆忙，没有一丝淡定从容的姿态。或者这就是偏见的力量也不一定。

袁泽从小不喜欢肖梦兰。她甚至觉得，一个女人活得如此行色匆匆，是一件很悲哀的事情，仿佛她一生都在追逐。功、名、利、禄都没有尽头，偏偏她看不穿，凡事要出头、样样要拔尖，非但自己停不下来，还不许别人停下来。挺悲哀的！

袁泽看惯了她一路辛苦追逐的姿态，从来不觉得肖梦兰多么努力上进或者事业有成，即便她从一位普通的乡村教师做到检察长，即便她从没有放弃过学习和进取，袁泽始终觉得，当目标不同的时候，同一件事都会显现出两种截然不同的姿态。同样是不间断地读书学习，当你放下利益，不求目的，时日渐久，自然会邂逅一种淡定从容的"腹有诗书气自华"。可一旦这读书学习只成了一种手段，被认为定义了某种明确的与世俗乃至与金钱挂钩的目标，便会显出一种急功近利的尖锐和紧张。

袁泽看惯了肖梦兰每天目标明确、行色匆匆的样子。在袁泽成长的那个青春期，袁泽极深地厌恶着她的高高在上、咄咄逼人。她常常觉得，肖梦兰的人生就像一道紧绷的弓弦，而那些满含着嫌弃的目光，便是最锐利、最伤人的箭。偏偏，那些伤害无不以爱的名义、好的敦促，强行加在最亲近的人身上，又每日重复，连一点痊愈的可供喘息的机会都不肯给予。

她习惯了敦促和责骂，嫌弃袁海山不思进取，责怪袁泽不够争气，时时委屈着这个家只能依靠她一个人的力量挣扎着拖累着往前。

袁泽记不清有多少次被她逼迫着去往学琴的路上。很多时候，她觉得难的不是学琴，难的是被逼迫。在那种虎视眈眈的威逼之下，所有的兴趣和爱好都会成为成绩的俘虏，最终死无全尸。

她还是喜欢在那些或晴或雨的周末、假期里,与父亲一起读琴谱,研究那些奇异的符号并一次次试探着将其化成琴弦上一抹古朴又漂亮的音色。袁泽觉得,那才是学琴的意义所在,那才是生活的根本。

袁泽一早就认定,肖梦兰根本实现不了她所谓的"抱负",她所苦苦追求的一切,事业有成、家庭幸福、孩子争气,都势必难以得到。这种倔强的认知,是一种带着鲜明恶意的揣测,可后来,时日渐长,袁泽开始相信自己当初的笃定必有缘由,那是因为格局。肖梦兰一生追求,不过一个"赢"字罢了。

肖梦兰曾骄傲地说起:"所谓的青春期叛逆不过是做家长的没有教育好罢了,我们袁泽就很听话,从来不会叛逆。"她从来都不知道,那些在她逼迫下塑造出的永远没有尽头的优秀,让袁泽陷入了怎样的焦虑。整个青春期,她都挣扎在极端的灰色之中,她甚至无数次地想过,要怎样才能摆脱这无边无际的束缚?是不是只有死?

所幸,在肖梦兰快马加鞭的仓皇里,还有父亲值得她依靠。袁泽常常觉得,只有父亲醇厚的微笑是她的归宿,是她所有幸福和平和的源泉。父亲说:"袁泽啊,我跟你同命相怜呀。"

明明是一句玩笑话,她却觉得那么温暖。是的,他们同样生活在肖梦兰的威压之下,这个小个子女人擎天的掌控欲已经完全覆盖了这个家,不是吗?可幸运的是,袁泽还有父亲可供依靠。在无数次被责骂督促的时候,她与父亲彼此心照不宣地相视而笑,又无数次以学习培训之名偷偷跑去看山看水泡图书馆甚至游乐园。

那是属于她最快乐的时光。可是，她大概再也不会去什么游乐园，毕竟，被肖梦兰当场抓住实在太尴尬了，她至今都还记得，肖梦兰笑容定格在脸上时肌肉僵硬的样子。

"补习班老师说你已经好几天没去上课了，你必须给我一个合理解释。"

袁泽下意识往后退了一步，袁海山就向前来错身挡着她，"你别着急，孩子整天学习也是累，适当放松下不是挺好？"

"挺好？她马上高三了还想怎么放松？学习如逆水行舟，不进则退。这道理老师天天说，还用我重复？她玩的时候别人在拼命往前赶，等她玩够了，一本的线都摸不着了！更别说什么211、985院校！"

袁泽只觉得脑子里迅速吹起一只气球，涨得随时可以爆开，可肖梦兰的指责还在无孔不入地继续，"她自己成绩什么样她不清楚吗？还有脸逃课？"

"妈，我觉得我成绩挺好。"

"你闭嘴！我和你爸说话，你插什么嘴？我就这么教你的？挺好？来，你跟我说下挺好是什么概念？班级前三？那年级排名呢？全区排名呢？全市排名呢？全省排名呢……你知不知道东泉一年有几个清华北大的名额？这样激烈的竞争下，你还敢掉以轻心？"

"我为什么就非要抢破头地去争这个名额？不读清华北大就没出息了吗？"她反驳的话说得极小声，唇线抿得极紧，一副赌气却又难以反抗的模样。

肖梦兰手里正拎着一卷练习题，袁泽话音未落，她就已经毫不犹豫地反手打来。袁泽甚至觉得，她的动作像极了"十步杀一人"的剑客，下一瞬，自己就要血溅当场。

那成卷的复习资料打在她脸上，装订的铁钉自耳际划到眼角，袁泽下意识捂着脸，然后看到指尖模糊的血渍，她看着肖梦兰，忽然肆无忌惮地尖叫。

这是第一次，她卸下自己的伪装，如此直接地宣泄自己的情绪。肖梦兰显然是吓到了，她眼神里闪过一丝惊慌，却迅速地说："袁海山！你瞧你干的好事儿！你闺女这是疯了吗？"

袁海山紧紧揽着袁泽，"袁泽，冷静，冷静一点！"

袁泽不理他，就这么死死盯着肖梦兰尖叫，直到她第二个、第三个耳光，接二连三地、疯狂地打下来。

"我叫你疯！你竟然跟我装疯卖傻了！你……"

"肖梦兰！你够了！"袁海山彻底怒了，暴怒。这是袁泽印象中袁海山唯一一次对肖梦兰动手。他狠狠推了肖梦兰一个趔趄，抱着袁泽就走。

那天深夜，袁泽长久地睡不着。她累得要死，好像透支了生命，却又亢奋得无以复加。肖梦兰脾气急，爱动手，但她的动手又不是殴打或者责骂，更像是暴怒下的条件反射。有无数次，袁泽觉得真正疼的都不是挨打的那段皮肉，而是异常焦灼的内心，那些被撕裂的亲情、被无视的自尊以及永远无法沟通的惆怅。她与母亲本该是血脉相连的存在，却又时刻这样水火不容。那些源自肖梦兰的压制真的要将她逼疯了，她已经没办法喘息，完全！

可就在她开始反抗的这一刻，她忽然明白，当肖梦兰的颐指气使得不到响应，当她理想中优秀的一切被人为打破，当她无能为力，只能以打骂的形式发泄情绪从而压制别人——这挫败是肖梦兰的，不是袁泽的。肖梦兰输了，她没招了，她说服不了自己，不是吗？

她仍清楚地记得，那天之后，袁海山与肖梦兰陷入了冷战。肖梦兰脸上满是暗淡的挫败，她不许袁海山回家，整天压低了气压与袁泽对峙，"我拼了一条命生你，我辛辛苦苦养你，含辛茹苦教育你，你就这么回报我吗？"袁泽不说话，就这么无比冷静地看着她。袁海山不在的那几天，她忽然找到了与肖梦兰对抗的方法。她忽然爱上了看肖梦兰气愤、抓狂或者失望、伤心的样子，一旦她无计可施，袁泽就宛若胜利。

可她的喜悦终究无人分享。她做梦都没想到，袁海山这一走，就再也没机会回来。

他死了，死在袁泽与肖梦兰的对峙中，死在袁泽高二那年的暑假。那个最热的天气里，袁泽遇见了最冷的绝望。

袁海山死了，死在回家的路上。

他曾经说过："袁泽，我没有协调好跟你妈妈的关系，是我的错，你别恨她。"

可她做不到。

"或者还是自私，我若不恨她，大概会狠狠地恨我自己，然后生不如死。归根到底，是我舍不得死。"

袁泽说这话的时候，苏小满紧紧地抱着她，仍旧一派软糯的口气，"不怪你，袁泽，不怪你。"

袁泽笑了，她把手里的啤酒大口饮尽。寒冬里，那些凉彻心彻骨。

"苏小满，其实我知道肖梦兰不坏。我也知道她不容易，她爱我。可是我们娘儿俩，应该是找不到回头路了。

"有时候，我会觉得，我爸走后，我越活越像我妈了，那种心急火燎、行色匆匆的姿态。"

苏小满沉默起来,她将袁泽手里的啤酒瓶拿开,低着头一个字一个字地说:"袁泽,其实在我们看来,肖阿姨很棒。"她飞快地看了袁泽一眼,又极快地低下头来,"你不能不承认,她独立,骄傲,又自立自强,没什么事儿能打倒她,她永远都是生机勃勃地一路向前。她的经历说出来真挺励志的。我听说,她在东大开法学课,很受追捧。这……你不知道吧。"

袁泽无比自嘲地一笑,"我不知道。你看,这就是偏见的力量。在外人眼里,她很好,我也很好,但我们彼此眼里,不行。"

"那,我陪你去看看她,行吗?"

"不,不行。"袁泽微笑着说出这话的时候,目光安静得犹如外头黝黑的山色,沉重得挪不动,浓重得化不开。

这一遭,楚吞走了很久,临近新年,似乎大家都忙碌起来,便也没有很刻意地联络。

袁泽正式邀请胖子和橙子开春后回来,一来胖子可以继续打工,二来山里空气好,也利于橙子疗养康复。虽然一时之间不能决定,但胖子真的很高兴,激动得眼泪直流,哭得像个二百斤的孩子。

小年那天,陆子兮打电话来,说她怀孕了,已经两个多月。

袁泽乐得几乎要跳起来,"这是我干儿子,听到没?谁都不能阻止我认干儿子,听到没!"

陆子兮难得笑得温和,"这还有跑?你就是他袁妈妈!还不快去挣钱攒红包!"

袁泽第二天就大包小包地跑去了山阴别墅。陆子兮正小憩,袁泽不舍得打扰她,就坐在楼下等。也巧,客厅的沙发旁放了一沓人像画稿,是裴政东的手笔,画稿大多画的陆子兮,她微笑或恼怒或哭泣的样子,十分传神,倒是最下面压了一张青年的肖像。

是楚乔。

那画并未完成,却看得出细致与功底。画面用了大范围的暖色,似乎是夕阳晚照时的光景,青年站在大片的花草前,身侧被一丛白的百合包围。他双手插兜站着的样子十分漠然,不笑,眸光很凉,以一副防备的姿态,静静地遗世独立。

袁泽从未见过这样的楚乔。她见过他无理取闹、温柔体贴、深情款款、伤感无奈,独独没见过这样清冷地拒人千里。

陆子兮下楼的时候,袁泽正捏着画发呆,"喜欢吗?可惜裴先生不想画了。"

"为什么?"

"这哪有为什么,感觉不对呗。"

袁泽就笑起来,"那我就不客气了,拿走了。"

陆子兮毫不客气地嘲笑她没水平,又说等楚乔回来一起去画廊挑画。

"为什么等他回来?"

陆子兮笑得无奈,"我这样子,肚子很快大起来,还怎么打理画廊?哪里就有什么人什么事在原地等着我?楚乔去打理也好,难得裴先生信得着他。"

袁泽顿了下,若无其事地问:"那么,他什么时候回?"

"呦?"陆子兮笑得不怀好意。

袁泽倒是坦诚,就坦荡荡又问一遍:"楚乔,他什么时候回来?"

"总要过了年,他母亲那性子怎么会独自在海市过年?"

袁泽不说话，笑眯眯地上下打量陆子兮，"不都说怀孕的女人都具有母性光辉？快，辉一个给我看。"

陆子兮伸手推开袁泽，"哪里还有精神辉呢，一天天吐到死。"

话虽这样说着，她表情倒还是一派温润和煦，难得不趾高气扬的模样。袁泽有些心疼地握了握她的手，一点点地按摩她葱白的手指，跟小时候外婆的动作一般无二，"做人家母亲哪里就这么容易？女子本弱，为母则刚，你呀，要加油。"

陆子兮慢悠悠抚摸自己仍旧平坦的小腹，"只要他好好的，怎么折腾我都无妨。"她就这样半躺着看天，"你看，我跟裴先生在一起怎么说都有个六七年。我啊，总是没有做人母亲的福气。"

袁泽被她这样略带丧气的话吓了一跳，"你这话是怎么说的？可别胡思乱想！"

陆子兮扭头看她，眉梢蹙着，视线清冷无情，"我倒是不想乱说什么，我是真的想有个孩子，男孩也好，女孩也罢，要长得像我，要跟裴先生学画。"

"你会有的。"

袁泽离开山阴别墅的时候已经是下午五点，天色阴沉得厉害，天空整个空落落地挂着，好像随时都要压下来一样。山野之间，层层的山叠加，枯枝连着枯枝，偶尔遇见一片苍松，也透着沉默压抑的色彩。

一直到汽车驶进了清溪，她才依稀见着些灯火。足下轻薄的积雪仍有些未化，沾染着小年夜通红的爆竹的碎屑。

远远地，她看见南山下一串灯笼静静地挂着，忽然就想起那个青年的脸，她掏出手机，写："等你回来。"

写了删,删了写,到最后愣愣看着那一行字哑然失笑。倒是楚岙忽然发了一条消息,说:"帮我喂喂鱼,可好?"

袁泽很快地回复:"好。"

是的,好,这一刻她内心那么柔软,只要关于这个青年,就什么都好。

想到此,她到底忍不住,说:"等你回来。"

她这话刚发过去,楚岙一口应下来,秒回,说:"好。"

天地都那么安静,只有山村中偶尔传来一两声犬吠,映衬着一天的星子。

眼看着到了过年。如今,城市中的年味越发淡了,反倒是农村里还保持着传统的年俗。到了年二十五,苏小满一早收拾行李回了老家。

山村里日渐热闹起来,外地打工的、上学的青年逐渐归来,日里也常有人在南山下闲坐长聊。

早起村头的山泉边村民络绎不绝,家家户户都忙着蒸馒头、煮肉、做豆腐。左右相邻的婶子大妈们从不吝啬物事,谁家有着热气腾腾的年食,总要端一碗给袁泽。到年二十七,李大爷一家也回了,袁泽主动开了民宿给他家年轻人住宿,不要钱。

年二十八,行行摄摄一群人过来打糕蒸馍贴花花。这古色古香的小院,被装点得安定漂亮。也有舍不得走的,就留宿在南山下,热热闹闹地等着年关到来。

年二十九下午,众人陆续下山。葱葱和哈娜最是有趣,赶巧遇着了村里一位精通剪纸的聋哑青年,便突发奇想地去求人家剪什么小像,也一本正经地挂在海棠树下,拉着袁泽来许愿。

袁泽哪里肯陪他们丢人，早早地有多远跑多远了。

年三十，南山下只剩了袁泽。清早的时候，山野里披了一层薄雪，浅淡得好似一层不化的霜。她不远不近地这么看着，瞅着家家户户不断的炊烟，进进出出不绝的村民，忽然觉出了寂寥。

这是袁泽第一次自己过年。

即便是袁海山过世那年，她那般怨恨着肖梦兰，也没能离开她的视线。

袁海山死后，袁泽沉默了很久很久。

她至今还记得，她被通知到医院的时候，是直接去了太平间的。市立二院的太平间拥挤在层叠的高楼后面，转角，转角，再转角。她浑浑噩噩一路跟在肖梦兰身后，不知要往哪里。肖梦兰不说话，她身上制服未换，深色的制服西装将她细瘦的身影拉得如铁棍一样尖锐，她走得不快，每一步踏出去都十分用力。袁泽跟着她，不敢开口。

直到她听见灵车上哀婉的音乐，肖梦兰将她放在太平间的门口，一言未发，以冰冷尖锐的眼神制止她的一切问询和行动。

那扇门被推开，又关闭，隔绝了一切。

艳阳高照，八月里最热的时候，蝉疯狂地鸣叫。

可袁泽只觉得冷，手足冰凉，冷得瑟瑟发抖。

袁海山被装在一个不大的袋子里，由一辆小车拖出来。袁泽傻愣愣地看着，看着一群白衣白褂的人将他拖上车，车上突如其来发出的声音划得人耳膜生疼，然后，那门嘭的一声关上，车子随之启动了。

哀乐的声音更甚，铺天盖地地，俗不可耐。

袁泽双唇不停地颤抖，茫然四顾，竟无一人认识。

眼看那灵车缓缓要开过转角，她身后肖梦兰轻声道："走吧。"

袁泽被冻坏了，她下意识地问："去哪？"

"回家。"

"我爸呢？我爸呢？我爸……呢？"

她看着肖梦兰，胸腔里疼得无以复加，她甚至站不直，脚下一堆水渍竟是她无意识落下的冷汗。

没有泪。

她固执地问："我爸呢？"

肖梦兰看不出什么表情，只抬了抬下巴。

袁泽茫然回头，那灵车正消失在转角。

那瞬间，她忽然反应过来——那车里，那袋子里，是她高大、儒雅、出口成章、字句皆工、能弹擅画的父亲。

那是袁海山。

袁泽茫然极了，莫名尖叫起来，她狠狠推开肖梦兰，猛地转身狂奔。

然后恶狠狠、毫无缓冲地摔在地上，嘭的一声响，仿佛她的腿脚都被钉在地上，她动不了。

"爸——爸——"

她挣扎着想要站起来，疯狂地喊，但事实上，她半点声音未曾发出。

她有很多年想不明白。

怎么会这样呢？为什么这么仓促呢？

她甚至来不及看他最后一眼，他就变成一个被人肆意拖拉的布袋子。她甚至未及跪下给他磕一个头，他就这么被无情地带走了。

肖梦兰真狠啊，真无情。

是她让人带走了爸爸吧？一定是！

可是爸爸去哪了呢？袁海山他去哪儿了？

袁海山走后，袁泽失声了，整整一个月，她一个字说不出来，开不来口。肖梦兰带她看了好多大夫，始终查不出缘由，便也随她去了。

她不说话，那就不说话吧。

肖梦兰说："泽泽，你还有妈妈，妈妈一样爱你，给你最好的。"

袁泽看着她，却下意识地摇头。不是的，谁爱她都不一样的，那不是袁海山，不是她父亲。

那个暑假结束后，袁泽开始住校。肖梦兰三天两头来看她，每天下午亲自做了晚餐来送。

但袁泽还是不说话。

袁海山走后，袁泽第一次开口跟肖梦兰说话，是在半年之后。

肖梦兰说："泽泽，妈妈要搬家了。"

袁泽看着她，瞬间明白了这句话背后的含义。她忽然笑了，她说："好。"

于是，那个春节，袁泽就跟着肖梦兰搬进了滨江别墅，跟一个叫范洪军的陌生男子坐在一起，过年。

袁泽觉得，她这辈子都不可能比那一刻更伤心了，虽然她脸上淡定得毫无情绪。

什么叫物是人非事事休？那一刻，袁泽全懂了。

第十四章　你赢了

　　回忆不过是回忆而已，时至如今，她怎么可能还会让自己深陷其中，不得安宁呢？只是这样万家团圆的时候，她孤家寡人，很难不想起从前。

　　想起当初憋着股劲儿拿着小命冲成绩，次次年级里名列前茅。肖梦兰每次拿着成绩单都忍不住眉开眼笑，"泽泽，真争气。你准备上清华还是北大？还是北大好，妈妈喜欢北大。学期末咱们争取评上省三好，好吗？"

　　她这么说着，袁泽也不过微笑。

　　高考过后，当肖梦兰拿着袁泽异常精彩的成绩单兴致勃勃憧憬着北大通知书的时候，袁泽面无表情地将提前批次某警校的录取通知书推到了她面前。

　　肖梦兰仿佛见鬼了一样的表情，袁泽一辈子都不会忘。

　　真过瘾！

　　那一刻，看着她从愕然不可置信到懊恼、失望、狂怒、暴躁，她脸上异彩纷呈的表情，一一全成了袁泽复仇成功的证据。

　　太过瘾了！

　　她从未如此狠厉地打击过肖梦兰。

"怎么回事，袁泽，这是怎么回事？你在开玩笑对不对？"

袁泽笑眯眯地看着她，不说话。

她狂怒的表情真精彩啊。

"没开玩笑啊，我走提前批，读警校。"

"你……你……你这是能读北大的成绩啊……你……我琴棋书画地教了你十多年，你要……要读警校？"

"是啊，有什么问题吗？"袁泽回答得异常轻松，声调平稳又隐约带着挑衅的笑意。

"你故意的？"

"对啊，我故意的。"

肖梦兰崩溃的怒号分外刺耳，她扑过来想动手打人，形象全无，像个泼妇。袁泽丝毫不觉得惧怕，那一巴掌携着风扇来的时候，袁泽狠狠地喊了一声："痛快！"

"你怎么能这样啊，袁泽，你怎么能拿你的未来跟我置气？袁泽啊袁泽！"

"我怎么不能？你知道我盼这一天盼了多久？你知不知道无数次熬夜苦读学不下去的时候，我是凭什么坚持？"

肖梦兰一脸不可置信，狼狈得犹如困兽。

"我真的是故意的啊。我就是想骗你，我就是想看看你此时此刻这失望又暴怒的脸。哈哈，痛快！"

"你疯了！"

"对，我疯了，我爸死的时候我就疯了，你才知道吗？"

"你就这么跟我赌气？"

"对啊，妈妈，对啊。"袁泽嘴角有明显的伤，脸上鲜明的指痕肿起，但她始终笑着，眼底眸光璀璨。

肖梦兰还是打了她。她没还手,甚至没反抗。她不屑,又仿佛觉得自己罪有应得。如果当初不贪玩,是不是肖梦兰就不会借题发挥?如果当初不反抗,是不是肖梦兰就不会跟袁海山冷战?如果当初反应快,袁海山是不是就不会在眼皮子底下被装进袋子里带走……

这是她应得的惩罚,是她亏欠了父亲。

肖梦兰被气急了,大病一场,三天没起床。她扣押了袁泽的证件,逼袁泽复读。袁泽抵死不肯,到最后,还是范洪军送她入学的。

范洪军说:"你们娘儿俩的事儿,我原本不该多嘴。我知道你内心里不认,但是在法律上,袁泽,你是我继女,我是你继父,在你成年之前,我对你有监护权。所以,如果你遇到解决不了的困难,不要强撑硬抗,你必须知道,你是有父母可以依靠的。"

因为这句话,袁泽看了范洪军很久。

范洪军表情严肃,他说:"我跟你妈妈的观点一致,觉得你放弃北大读警校真是大材小用过于冲动了。但是,这是你自己选的路,是你自己坚持要走的路,我不能拦你,我觉得你妈妈也不该拦你,她应该学会尊重你。但是,袁泽,如果有一天你真的后悔了,你还有我们,还可以回头。懂吗?

"好孩子,我会好好做你妈妈的思想工作。她很爱你,只是她惯于强势,忘记了怎么去爱。你能学着理解她吗?"

袁泽看了这人半天,说:"她永远学不会尊重我,我也永远没办法理解她,我甚至不理解您这样的男人怎么会爱上她,怎么会受得了她。范叔叔,您需要我告诉您吗?我爸,袁海山,是被她逼死的。您信吗?"

范洪军哑然失笑,"我很欣赏你妈妈。等你长大了就会明白,当你的强势有处安放的时候,自然就不那么尖锐了。"

这样的话,在当年那样的语境下,袁泽肯定是不懂的。但范洪军一直笑着,宽厚又包容,"袁泽,其实你很像你妈妈。你很棒,她也很棒,只是你们都没好好去发现彼此罢了。"

回忆至此,袁泽踯躅了很久,又想起苏小满曾经说过,在外人眼里,肖梦兰也是一枚老女神呢。

她拇指反复地划过手机屏幕,考虑着到底要不要给肖梦兰打个电话,却始终没有动作。

她们绝了彼此回头的路,只当死了。

何等决绝!

苏小满的电话打进来,那孩子还是一贯爱闹的样子,"出大事了!袁泽!你快看我们微博!南山下那个!"

"怎么了你这是,大过年的。"

"哎呀,我不要压岁钱,微博!你快去看看!"

天渐渐黑了,到处都是灯火通明的,不见一点夜色。爆竹声已经响起来了,此起彼伏的。袁泽起身烧了一壶老酒,然后将南山下里里外外所有的灯都打开。

雪还在下,一点一点地。门前有孩子们奔跑的声音。

烟花不停地炸响。

"你这个蠢货!快去看呀!南山下官微,咱们小老板搞了个大动作!"

袁泽还真吓了一跳。

艾特南山下的人,头像空白,资料空白,ID俗不可耐:情话一百天。他说:"我从没想过让她看见,却怕我会成为全世界第一个被爱情憋死的男人。那得有多惨。"

他艾特南山下，说："此时新春，到处是灯火辉煌的模样。我知道你也在南山下那一片灯影的辉煌里。可我却怕，如果我不亲自为你点一盏灯，你会不会觉得了无归所？我是真的怕你会哭泣，却又怕你连哭泣也强忍。我的Queen，今时今刻，请你在我怀里哭。我爱你，不是表白，是承诺。"

袁泽情不自禁地笑了，耐着性子翻他微博。

他说："你是当之无愧的Queen，你是我心上盛开的伤，我有一万次想要紧紧拥抱你亲吻，却又一万零一次坚守在原地，多一个字都不能开口。"

他说："你说没事儿没关系的样子，让我想把全世界给你。"

他说："如果我不能成为你的盔甲，那么我宁肯你始终背负着心防。我不会让你受伤，而我爱你，从来不怕伤。"

他说："你的泪是我心上的血，无论它有没有落下。"

他说："爱是认可、尊重，是彼此成全。我常常想着，也许我爱的正是你原原本本的样子，从不希望你会有一丝一毫的改变，一心一意想拼尽全力，给你守护，你爱自己多一点，我才安心多一点。"

他说："我是真的爱上你了，回不了头。"

他说："我想陪着你，在下雪的时候把你搂在怀里，一起喝酒，一起唱歌，然后一不小心就白头。"

这显然是个新号，以一天一条的频率每天更新，往往就是这样扔出一句话没头没尾的情话，连配图都没有。

没人回应，他也不回应任何人，就这么絮絮叨叨地演一场独角戏。

他说："想到我曾爱过你，顿时觉得人生都圆满了。"

袁泽笑了，她从前最鄙视这些网络上虚晃一枪的套路，可这会儿她遭遇了这样拙劣的表白，却什么都不愿想了。她捏着一壶酒，站在廊下那棵海棠树下，瞧着哈娜与葱葱挂在枝头的小像傻笑。

远远近近的烟花还未停歇，天空明明灭灭。

"朔风如解意，容易莫催残么？"

也就是这时候，她忽然听见有人喊她。

"袁泽。"

就在那一瞬间，有一束烟花从隔壁人家冲天而起，随着嘭的一声响，炸得漫天璀璨，那烟火的金丝银线纷纷坠落时，那青年又笑容清浅地缓缓喊了她一声：

"袁泽，我回来了。"

这人仿佛是一路跋涉而至，背硕大的旅行包，穿户外冲锋衣，发梢上挂着残雪，衣角上还沾着泥泞。

他们隔得并不远，又灯火通明，可袁泽觉得看不清，看不清那青年的表情和模样。又觉得这样也很好，似乎终此一生能如此半梦半醒地看上一眼，也不枉一番周折。

她笑眯眯地站在那棵海棠树下回头看他，她说："快开春了，你觉得，它能活吗？"

这话说完，袁泽自己就笑了，眼看楚呑近前走了一步，她就下意识向后退了一步，后背抵在了那棵海棠树上，心里莫名狂跳了一瞬，几乎是下意识，她飞快地说："你别过来，别说话。"

这是大年三十的晚上，这个青年从海市千里跋涉而至，只为给她点一盏灯而已。可是她心慌得很，从未像此刻这样不确定过。

袁泽觉得自己大概是疯了,但是她忍不住。就在那个飘着薄雪的年三十的夜里,爆竹声还未停歇呢,烟花也还在远处偶尔地划过,山下的灯火人家离得那么远,又那么近。

她调整呼吸,费劲地开口,说:"你等等。"

楚岙没动,也没开口,就等在了那里。他们隔着一段不长的空旷的小院,一道石子铺就的小路,在烟花的光影底下像一道沟通着银河的鹊桥。

他在这边,她在那边。

袁泽将自己的古琴抱了出来。

"楚岙,我快三十了。"

楚岙看着她,点了点头。

"你说过的话,都算数的,是吗?"

楚岙仍旧点头。

那一刻,她长长地吐了一口气,就这么慢慢地放下了她的琴。这是袁海山的琴,如今是她的了。

她已经很久没有好好的弹过,以至于手法都开始生疏。天气很冷,她费力搓热了手掌,抚琴试了一个音。

"我知道这不合时宜又不伦不类,但这会儿我实在想不起别的,就想送你个礼物,行吗?"

她不等楚岙回答,手下已经划出漂亮的琴音。

那是一首《秋风词》:秋风清,秋月明,落叶聚还散,寒鸦栖复惊。相思相见知何日?此时此夜难为情!入我相思门,知我相思苦,长相思兮长相忆,短相思兮无穷极,早知如此绊人心,何如当初莫相识。

她的声音沉沉地融入夜色,起手极其漂亮,就这么不急不缓地慢慢弹来。歌声吟和上的时候,声线融入夜色,缠绵得不知今夕何夕。

楚岙觉得整颗心都化了。

几乎就在一瞬间,他们一起回到了当初的西藏,他也曾在夜色阑珊的时候为她唱一首《相见恨晚》。

是的,相见恨晚。

可相思从不以早晚论短长。

这一曲听到最后的时候,楚岙的心险些跳出来。他低眉看着她,一双眼莹润极了,却仍旧没有开口说话。

"这曲子,最初还是我爸教我的,他说,什么时候遇到一个人,而我又想弹唱给他听的时候,我就长大了,而他就可以放手了。"袁泽看着他,"所以……你懂的。"

楚岙眼中闪过些浓郁的情绪,他看着她,双眼舍不得眨。他自然是懂的。他的袁泽,他的一把年纪的袁阿姨,守着内心里那个孤单的自己,跋涉了多年,如今,是终于肯放开了吗?

看他发愣,袁泽笑了,指尖在琴弦上拨了一个音,"再弹一遍?"

楚岙摇头。

袁泽伸手向他张开双臂,"欢迎你回来,小朋友。你有什么想说的,可以开口了。"

楚岙将她抱了满怀,"袁泽,袁泽,谢谢你在这里。"

袁泽抬手抚摸他的脑后短发,"不可否认,楚岙,你赢了。不可否认,我,很喜欢你。"

这句话说出口的时候,袁泽觉得如释重负,"我一直觉得不敢爱,怕伤人伤己,现在却忽然觉得,我总还是要相信爱的力量,即使世事浮沉,人心叵测,未来难知道,也要勇敢地往前走这一步。我既然不能恨这个世界,那不如干脆救赎我自己。你说呢？"

楚岙抱着她，竟不舍得用力，"以后有我，你什么都不必纠结，全都交给我。如果你还是觉得慌张，那就放纵慌张下去，你甚至不必逼迫自己去爱去相信，你只要在我怀里，安心就好了。袁泽，年龄真的不是问题，你有我，而我爱你，非常、非常爱你。"

他极慢极慢地垂手下去，颤抖的指尖摸到她，扣紧了相握。

"袁泽，我爱你，不死不休。我保证，我会好好活着，活得比你久，只久一点点。"

好半天，他忽然笑得狡黠，低头将鼻尖抵在她额头，"袁泽，我真幸福，我想艾特全世界。"

袁泽笑眯眯地咬他指尖，说："去吧，比卡丘。"

那时候，他们相视而笑，时间停在大年三十二十二点整。

然而，在这样幸福的时候，他们并未一起跨年。

"我们还有很长很长的路要一起走，不急于这一时。"楚岙说，"我说过，我是来为你点一盏灯的。"

他们一起走了长长的路，跋涉着下山，手牵着手的温度，鲜明得几乎要灼伤心脏。

汽车开到滨江别墅的时候，楚岙伸手扣住她后脑，温柔吻她额头，"去吧。我就在这里，一直在，一直在，一直在……"

袁泽失笑，伸手轻轻拍他头发，下车走出去几步，又回头。

楚岙忍不住追过去抱她，"我就在这里等你。她若请你进去，你回家了。她若将你赶出来，你同样也回家了。我在，袁泽，我在。"

没有一个孩子会不爱他的母亲。

倘若这爱被恨或者冷漠包围，也不过是一种自我保护的伪装罢了。

袁泽是知道的。她之所以恨肖梦兰，不过是因为那一腔沉重的爱没有被满足。从小到大，那么多年，肖梦兰是她的断舍离，是她的求不得。

故而，回家的每一步，袁泽都走得小心翼翼。甚至，她不得不努力克制着，才能不做出一步一回头的姿态。

她紧张，更多的是情怯。

楚岙说得没错，她还是要听从自己的心，还是要迈出这一步。

袁泽没想到，时间不过隔了半年，肖梦兰会完全变了个人。

"妈？"从小到大，袁泽从没见过肖梦兰这样失态。

肖梦兰整个愣住了，她穿居家的格子加棉睡衣，她面色惨黄，双眼浑浊，眼角皱纹凸显，头发花白凌乱。看见袁泽的一瞬，她眼中显出挣扎，她下意识地想去整整衣服，指尖握了一下，又抬起来整了整耳边的碎发。

"你来干什么。"

她用了陈述的句式，语气冷淡，却掩不住低沉的颤抖。

"肖，谁来了？"范洪军从厨房出来，看见袁泽的时候，面色明显变了一变，"回来好，回来好，我就知道袁泽得回来。饿了没？叔叔给你煮饺子？"

"谢谢叔叔。"

袁泽抬头跟他招呼，唇角笑意轻浅。肖梦兰还在盯着她看，袁泽下意识地抬手摸了摸自己头顶短发，"我留起来还不成吗？明明就很好看。"

肖梦兰脸上一点表情都没有，眼神里却有藏不住的触动，"随你！我怎么管得了你？"

袁泽进了家门，肖梦兰也不理她，径自去了厨房。袁泽的视线跟着她，隐约听见肖梦兰跟范洪军说话，她很固执地说："我来，你出去，我来。"

范洪军到客厅的时候，表情有些尴尬，他似乎想说点什么，可几次张嘴，到底一言未发。

那天的水饺是羊肉馅儿的。袁泽不喜欢羊肉，但是肖梦兰很固执地认为，年三十晚上必须要吃肉馅儿的饺子，而且必须是羊肉的。

就在袁泽要下筷的时候，肖梦兰忽然伸手把盘子撤回去了。

"快十二点了。我去下素馅儿的饺子。十二点要吃素饺子。"

范洪军起身迎了她一下，"肖，我去。"

肖梦兰没理他。

的确快十二点了。城市里禁止烟花爆竹，只有电视里一群主持人声嘶力竭地营造着节日气氛。

太安静了，安静得不像过年。

肖梦兰把素饺子端过来的时候，手一直抖，"吃吧，菠菜豆腐，吃完了，一年都素素静静的，不招灾，不招难。"

这一句话说完，她眼里的泪忽然掉下来了，她没掩饰，低头呜咽了一声,转身往卧室走。范洪军起了起身,肖梦兰却摆了摆手。

范洪军便又坐下来。他似乎想叹气,又似乎想说点什么,最后还是沉默了。电视里正欢歌笑语大团圆,喜庆的喧嚣声与这一室清冷形成异常鲜明的对比。

袁泽心里闷闷地疼,总觉得有什么地方不对,却又说不明白。

"叔叔……"

范洪军抬手制止她,他眼角泛红,又很快地掩饰过去,就弯腰摸出一瓶酒,笑呵呵地说:"来,陪叔叔喝一杯?过年了,咱们饺子就酒,越过越有。"

"行,我听叔叔的。"袁泽很想问问肖梦兰怎么了,可她不敢,她视线长久地盯在肖梦兰卧室的房门上,终于偃旗息鼓不再追问。

与范洪军的这场酒,事实上是喝不起来的。

他几次欲语还休,酒越喝越闷,到最后他忍无可忍,起身热了一杯牛奶,"还是睡吧,我去看看肖。"

袁泽看着她。这么多年了,她第一次明确地听到范洪军在她面前这样昵称肖梦兰。

"我这么叫了她半辈子,以后还得叫下去。"

袁泽心里酸得很,又想起当年范洪军跟她说起做人的格局。

客厅里安静下来的时候,袁泽也关了电视,静静坐在沙发里四处打量。这地方说陌生是真陌生,有好多年未曾用心踏足,要说不陌生,也的确是不陌生的。她跟着袁海山在老城区住了十六年,除了不曾记事的五年,可供回忆的不过十一年而已。自母亲改嫁,她住到滨江别墅也有十二三年了,以后,不出意外的话,还会有这么多年。

而属于她和袁海山的老房子,却已经不在了。

就在她陷入沉思的时候,手机上闪过某人的名字。袁泽了然一笑,转身到了窗边。

"你这是干吗?"

"陪你过年。我想给你放烟花,可是我不敢,有巡逻的保安叔叔和大妈团。他们问我在干什么,我说我陪我女朋友过年。大妈们马上自行脑补出了五十集的电视连续剧,非要带我去他们家,争着问我爱吃什么馅儿的水饺。我都完全不为所动,坚定不移地等我女朋友呢。"

袁泽不由得笑出来,抬手慢慢地咬了手指关节。

"你是不是特别感动?"

"可不是,相当感动。"

"那,妈妈有没有为难你?"

袁泽想了想,慢慢地说:"没有。"

"我没跟你讲过,我妈妈也是个特别强势的人,我也特别叛逆不听话,但是我从来不怀疑她爱我,她也不怀疑我爱她。袁泽,爱还是要说的,就好像我必须每天都重复跟你说,我爱你。我怕你忘记。"

"我能不能让你滚?"

"不能。"楚岙笑得甜蜜又无耻,"我在这里陪你。"

袁泽知道真相,是在年初二晚上。

范洪军专门把她约出来,在离家不远的一家咖啡馆。

肖梦兰病了。

查出来的时候，袁泽正准备去西藏。

肖梦兰想过给她打电话，始终没打。

"你妈妈说，这样也好，至少她死了，你不必那么难过。那孩子心软，难得情深，再也经不起折腾了。她不跟你和解，是怕她死了，你会难过。"

袁泽听着，好半天说不出话来。她想起当初决定去西藏的时候，肖梦兰真的打过电话，但是未及接通便挂断了。

她没回复。

那一刻袁泽的心狠狠地疼，她忽然在想，在接到死亡通知书的时候，肖梦兰被自己的女儿拒之千里，到底是一种怎样的疼痛。

肖梦兰是在单位例行查体的时候发现病灶的，体检而已，医院并未直接下诊断，而是建议复诊。

复诊是范洪军全程陪她去的。初诊的情况很不容乐观，怀疑是乳腺癌中晚期，转移肝癌。等待大判决的时候，肖梦兰跟范洪军说："你陪我上趟山吧。"

"袁泽，你妈妈想活着，不管多么艰难，她都想活下去。但是我知道，她不是为了自己……你能明白吗？"

袁泽不明白。

出诊断结果那天，范洪军陪着肖梦兰去东泉郊外的万佛山。她明明是个无神论者，此时却虔诚得逢佛必拜，几乎以三步一跪九步一叩的姿态缓慢前行。

"我跟她说，肖，我替你。但是她不肯，她怕上天嫌她不真诚。"

袁泽不明白，肖梦兰那样一生高傲精致勇往直前的女子，怎么会屈膝跪一尊石像，怎么会低头叩一间木屋？她那么瘦小的身体里永远有着用不尽的能量，怎么会如此卑微地去求上苍怜悯，施舍一段阳寿？

袁泽捧着杯子的手瑟瑟发抖，滚烫的热水烫得她掌心通红一片，她却没觉出任何疼痛。

"可能是皇天不负有心人，那天的结果并不像医生初期预料得那么复杂，但是医生说，她的乳房是保不住了。"

肖梦兰是多么要强的女人！精致到即便在家，也绝不能蓬头垢面、穿搭随意，即便是居家拖鞋，她都要讲究个搭配法则。可是，她就要失去她的乳房了。

"我本来以为，她是不肯的。但是她很冷静，她说可以。她甚至主动去问，是不是两侧都要切除。医生吓了一跳，怕她做出什么应激反应，连忙安抚，但是她说，没关系，她总要先活着。"

从医生办公室出来的时候，肖梦兰一如既往地高昂着头，脊背挺直，步态优雅。她走在医院病房楼长长的苍白的走廊上，每走一步，鞋跟都轻轻地扣着范洪军的心。

"少来夫妻老来伴，袁泽，我不知道你懂不懂得这句话的意思。也许你觉得，像我们这样的半路夫妻，又这么大一把年纪，不会有，也不该有什么深情厚谊。可是当你妈妈回过头来问我：'你会嫌弃我吗？'那时候，我是真忍不住了。叔叔不怕你笑话，叔叔一米八的老男人，蹲在医院的走廊上失声痛哭。我害怕，我舍不得。我想她要走了我该怎么活。你妈就抱着我，她跟我说，她想活着，但是她不怕，请我也不要怕。如果她还侥幸活着，而我又刚好不嫌弃，我们还一起过。如果我嫌弃，她就去找你。"

"我还有我女儿呢,是不是?老范啊,老范。

"但如果我死了,如果……我死了……你不必跟她说。倘若她知道了,来问……你就说,我这人固执小心眼又坏,到死也不愿说一句软话。既然是这样,那死就死了,也不必难过。还好,她跟我说,只当死了。

"我的袁泽,她还没嫁人呢,可她见了太多的生死,心都凉了,薄得跟一张纸一样。不能……不能再伤害她了。"

"这是你妈妈的原话。"范洪军说完这话的时候,眼中浑浊的泪便肆无忌惮地流下来了。

袁泽怔怔地坐着,她终于明白什么叫作老泪纵横。

她全身都疼,疼得刻骨,"我妈真狠啊,她怎么那么天真。"

"袁泽,天底下没有不爱孩子的父母。年初一晚上,是她手术后第一次下厨,虽然只是煮了几个饺子……但是袁泽,你得知道,你在她心里的分量……"

范洪军走后,袁泽独自在咖啡店坐到打烊。老板赶着去走亲戚,见袁泽一动不动地在那里发呆,亦不舍得催促,眼见着华灯初上,电话催了几遭,才亲自送来一杯外卖的热可可,请她明天再来。

袁泽这才恍惚觉察天色已晚。

说是过年,可年的味道却是越来越淡了,也就是路上那些异常璀璨的形形色色的灯,营造着新春的气氛。

袁泽站在街角,看着到处亮闪闪的一切。路的两侧,那些高大的法桐早已干枯,却又被那些闪烁的灯带人为束缚着,这样萧索的季节里,树明明是寂寞的,却要被强迫着凭借别人的光哗众取宠地取悦世人。袁泽忽然在想,这些树,它们这样被摆弄的时候,究竟痛不痛?难过不难过?

楚岙找到她的时候,她还站在那里。

他找了她很久,看见她的瞬间,心放回肚里,亦没有丝毫责备,他不远不近地站着,说:"原来你在这里。"

仿佛只是个贪玩的孩子在捉迷藏而已。袁泽转脸看着他,整个人都垮下来。那一瞬间,她忽然觉得累,"怎么办呢?"

她这话说得没头没脑的。

楚岙只是笑,牵着她的手,轻轻吻她额头,然后分享她一块甜蜜的糖。

当口腔里醇厚的水果的甜香化开,袁泽侧头聆听青年沉稳的心跳,"宝贝儿,我让你担心了?"

这样的称呼,让楚岙哑然失笑。

袁泽咧嘴,"哦,是小宝贝儿,我的小宝贝呀。"

楚岙帮她暖着手,抿唇看着她不说话。

"陪我去趟万佛山?"

"好。"

楚岙什么都没说,只管自顾暖着她。

一路辗转,他们到达山脚下的时候,已经快要凌晨。恰逢新年,周遭营业的旅馆几乎没有。

两人窝在车里大眼瞪小眼,"我傻了,你也跟着我傻吗?"

楚岙把大衣脱给她穿,一本正经地点头,"对,你说得对啊。你要去哪里我就陪你去,你要吃什么我就陪你吃,你疯我就陪你疯,你傻我就陪你傻。反正我会一直在,不死不休。"

第十五章　我不度你，我们同舟共济

天蒙蒙亮，袁泽和楚呑开始登山。

每一步，袁泽都走得十分用心，她试图想象自己就是肖梦兰，面对着未知的生死判决。

冬日的清晨何等清冷，青灰的石板上还背着隐约的霜，树木沉沉地睡在雾霭之中，不堪惊动。风很冷，一刀刀地近乎凌迟。

只有楚呑牵着她的那只手，一点点地传递暖意。

她走得专注而虔诚，学肖梦兰的样子，逢寺必进，逢佛必拜。这万佛山上种种石像众多，它们不言不语，各自承载着某种美好的希冀，静默了千年。

她在西藏见别人磕长头，转山转湖转寺。

如今，是她自己，三步一拜九步一叩。

袁泽不说话，楚呑便也不说话，一路跟着她保驾护航。她拜他便也拜，她叩首他便也叩首，未曾问过一句为什么，也没有一丝一毫质疑。

袁泽问他："你在求什么？"

楚呑不答，反问："你呢？"

袁泽说："我什么都不求，赎罪罢了。"

楚岙就笑,"那我就替你赎罪。"

到山顶的时候,天色仍旧阴霾。冬日不甚明朗的阳光死死压制在云层后面,山顶上人少、风急,寒风刺骨。楚岙小心翼翼地保护她,山顶曲折的小路上,一步一步牵着她的手,将山间油滑的台阶踩得稳当。

"你很好,善良,又正直,真的。"他这话,与其说是安慰,倒更像表白。

"表象罢了。"袁泽笑了。

楚岙转了转身子,将她整个护在自己高大身影之下,怕她被冷风吹。

他们乘缆车下山,那高高吊起的缆车行至半空中的时候,上未至蓝天,下不及黄土,不尴不尬地悬在山间林地的上头。

袁泽说:"我妈病了,刚做完手术,很严重。昨天……范叔叔跟我说了很多,可我还是不太明白。你说,我妈是有多爱我或者多恨我,才会在这样生死关头的时候,把我拒之门外。"

楚岙沉默很久,他说:"那你呢?爱她,还是恨她?"

"我不知道,谁说得清呢。"

袁泽跟肖梦兰别扭了整整一个暑假。她不回家,白天打工,晚上就睡在陆子兮那里。那时,陆子兮早已离开陆家。事实上,她在陆家总共也就两三年的时间,陆孟礼不喜欢她,女主人也不喜欢她,她从初中便开始读寄宿的贵族学校。

陆子兮去了东艺,陆仲祈却跟着袁泽踏入了警校。

范洪军走后,袁泽独自站在校园里。这是一所公安部直属的本科院校,与其他任何一所大学都不一样,这里处处都充斥着一种不同寻常的严肃。经过身边的身影千篇一律,深蓝色制服的包裹下，每个人的步幅和表情都那么相近，校园里不时响起些"一二三四"的口号声，又有嘹亮的军歌唱着撼动心神。

有那么一刻，袁泽也觉得心动。这是与她之前所有的想象都不一样的全新的生活，隔绝了那些自由、浪漫、优雅的憧憬，转而投入一种拘束、严整、规矩的现实。

截然不同，但谁说这样不可以呢？谁能说这样的生活就不对呢？

谁都不能！

然而，在迎来新生之前，袁泽碰到了致命的考验。长达一个月的持续军训，简直令人难以忍受。日子是每天和每天的重复，一切都按部就班地向前推进，没有一丝一毫可供商量的余地：五点起床洗漱，五点二十早操队列，七点早餐内务，八点集合军训，十一点半午休，两点钟继续军训，下午五点半到七点半还有两小时强化训练……袁泽觉得她快疯了。在最初军训的几天，每天长达十几个小时的训练，他们甚至只做一件事：站军姿。

"太要命了简直，不是一般意义上的站着，也不是其他学校军训时形式上的站。我到现在都记着，所谓的'五点一线、三正、三平、三挺、两平、两贴、一顶'。要站到什么程度呢？用力拽手臂，手不能离开体侧，背后蹬膝弯，关节不能弯……就这站法，少则一小时，多则不限。太崩溃了。"

军训开始三天之后，就在袁泽觉得自己快要坚持不下去的时候，陆仲祈姗姗来迟。

他笑嘻嘻地站在她面前，送水送饭，"嗨，小公主，我像不像你的龙骑士？"

袁泽累得说不出话，她满心里只想着，"你可快走吧，这简直是人间炼狱。"

但陆仲祈留下了，而且他极快地适应了警校的生活节奏，混得如鱼得水。而他的出现与陪伴，也给了袁泽一丝安慰。

而肖梦兰也渐渐偃旗息鼓。即便她有一万个不情愿，她仍旧不得不面对她臆想中北大梦的幻灭，她从不主动问及袁泽，袁泽也从不主动跟她联系。他们之间，除了往来的银行转账记录，交流少得惊人。

太累了！每天，袁泽躺在床上，连手指尖都不想动的时候，脑子里就只有这三个字。

太累了。

可是不能说。

要怎么说呢？她甚至连向妈妈哭诉的权利都没有，只能极快地消瘦下去，然后继续咬牙苦忍。

整整一个学期，袁泽愣是没有适应那种生活节奏。

肖梦兰曾经问过袁泽："你非要把自己过成孤家寡人吗？"

袁泽的回答令肖梦兰抓狂，她说："如果一定要被干涉，孤家寡人也未尝不可。"

"在警校处处受管理受约束，就没有干涉了吗？自由是相对的，你懂不懂？"

"对，自由是相对的，但遵守规矩不等于接受干涉。"

"袁泽，你这是不识好歹！"

"生命诚可贵，爱情价更高。若为自由故，两者皆可抛。为了自由，命都可以不要，别说好歹。"

肖梦兰后来干脆拒绝给袁泽支付生活费。学习训练之余，袁泽便不得不绞尽脑汁想着怎样养活自己。

警校并非寻常全日制大学，它是实行全日制军事化管理的。撇开平时的训练不提，作息时间、门禁甚至电子产品的使用都有着严格规定，除了拼奖学金，她似乎只能在食堂打工了，即便是这样勤工俭学的机会，还要陆仲祈帮忙走个后门——她是不符合勤工俭学资助范围的。

"何苦呢你，哥哥还能饿着你吗？"

陆仲祈这样说的时候，袁泽不置可否。她只能这样跌跌撞撞地往前走，不能依靠任何人。

所幸，范洪军还会常常看望和资助她。

楚岙打断了她，"你应该知道，是吗？"

"是，我自然是知道的。他是继父，如果没有我妈的默认或者授意，他不可能靠近我。"

可她和母亲，还是难以亲近。

"这世界上所有的爱都是为了在一起，只有父母对孩子的爱是为了分开。"袁泽不记得在哪里看过这样一句话，但是她清楚地记得，看见这句话的一瞬间，她流泪了。

爱是一条不归路，是理解，更是慈悲，慈悲得看透不说透，慈悲得尊重不苛责，慈悲得包容不逼迫。而这一点，肖梦兰做不到，袁泽也做不到。她们早忘记了求同存异，拼尽一生，执拗地为融合而抵死争斗。肖梦兰看不惯袁泽的叛逆选择，仿佛这一切都是对她过往十几年含辛茹苦培养和付出最深切的辜负。袁泽见不得她幸福恩爱，认定了原该属于父亲的一切怎能轻易被剥夺。他们彼此对峙，从不认输。

袁泽的生命经历过两次改写，每一次都鲜血淋漓、关乎生死。如果说袁海山的死成就了她一段成长，逼得她尖锐、防备，并逐步为自己筑牢了自卫的堡垒，那么曲家帜的死，对她而言，就是一场满目疮痍的灾难。即便在那之后，她终于学会了坚强、隐忍，但内心的荒芜从未远离。

"我也会相信命运。相信我妈说的，我命太硬，天煞孤星。"

袁海山死于车祸，一夕之间，意外身亡。

曲家帜则猝死在遥远的西藏。

原因不明。

上一刻，他还满怀憧憬地为她写下情书，下一刻，已经"上穷碧落下黄泉，两处茫茫皆不见"。

命运总是惊人的相似。

每一次都是骤然生死、仓促离别、意外知晓，然后无能为力。

袁海山去世的时候，她尚未成年，一切后事皆由肖梦兰一力决定一手操办，没人注意藏在她身后那个痛恨交织的袁泽。曲家帜牺牲的时候，英雄回归，哀荣无上，何等轰动，就连那封情书，都是在媒体曝光之后，才被她见了一个影像——是的，曲家帜那封绝笔的情书，每一个字她都倒背如流，每一个标点笔画她都能原样复制。但是，那封信，她始终没有见到。

作为一个年仅二十一岁的在校大学生，女友的身份，被肖梦兰一力掩埋。

可即便没人打扰，她仍然痛苦，那是毁灭性的打击，粉身碎骨地疼。

"我逃不脱，想过一万次怎么去死。"

楚吞将她抱得极紧，紧得她觉得自己骨头都要断了。

他的泪就沾在她唇边。

"袁泽，你知道上天为什么会让我们相爱吗？它在补偿你。你看，我比你小那么多，从此以后，你再也不会独自面对生离死别了，我会一直陪着你，到老、到死。我会活得比你久，会好好地把你送走，给你穿最美的衣服，画最美的妆，给你办婚礼一样的告别会，然后躺在你身边……袁泽，袁泽。"

青年这样絮絮叨叨地告白，让袁泽慢慢红了眼。

"你怎么这么傻？"

楚岙伸出手，与她十指交握，"我从来没这样爱过一个人，胜过生命。我有无数次觉得，我活着，就是为了你。"

"度我吗？"

"不，我不度你，我们同舟共济。"

回程的时候，楚岙把袁泽送到了滨江别墅。

夜色阑珊，车里暖风开得热，袁泽身上披着楚岙的风衣，已经安然睡着了。

那些层峦叠嶂的山远远抛在了身后，都市的流光溢彩侵袭而来，恍惚就有一种坠落凡间的错觉。

人生何等艰难，最难的，恐怕是找到自己。要经历多少艰难跋涉，要错过多少繁花似锦，才能寻到那一个真实的自己。然后，还要历练，还要打磨，还要与人生达成一个和解，友善地握手，温和地共存。

何其艰难啊！

可倘若真的无视自我，将自己活成流水线上的千篇一律，又怎能甘心？

不可以的，不可以呀！

楚岙这样想着的时候，就极尽温柔地吻了袁泽的唇角，"我真爱你。"

"不过，袁泽，当年你是真的应该去读北大。你得知道，只有积累了足够的力量，你的反击才会有效果。只有你自己强大起来，你才能真的拥有发言权。"

他说："我们要加油。我们也要跟生活和解。"

袁泽睡得迷蒙，下意识握住了他的手。

楚岙不舍得动，便以一种极其别扭的姿势，凑在了袁泽面前，又小心翼翼地不要影响她这一刻的安眠。

原来，爱就是不舍得。

袁泽醒来的时候，楚岙维持着那个姿势睡着了。她有一瞬心软，轻轻挪动他身体，让他靠在自己身上，想了想，又扯了他的大衣盖在两人身上，只露了相互依偎的两个脑袋，心满意足地又闭上了双眼。

这青年真是温暖啊。

她不是没有爱过。

她爱过，刻骨铭心，要死要活，却从来没有像现在一样安稳踏实，无怨无悔。

曲家帜是她用燃尽了青春煮沸的水，爱得何等辛苦又何等轰烈。楚岙却是一股温柔的泉，不管她是刚是柔，都给予温暖包容，偏那水质何等清澈柔软，那回味无限甘甜绵长。

"最好的爱，是在一起的时候不累。"原来父亲说的都是对的。爱不光是追逐，爱还是栖息。

曲家帜死后，袁泽万念俱灰，她连与有荣焉的机会都没有。

"你爱着的人是个英雄，你应该觉得骄傲和自豪。"

也有知情的人会这样安慰。

可是有谁知道，这骄傲和自豪是在用钝刀子剜肉啊，一刀刀地将胸口刨开，将心脏掏出，凌迟到只剩支离破碎的血脉的网，再残忍地安放回去，然后嘴上说着骄傲和自豪。

这是她猜不透的结局，连诉苦的权利都没有。

可她分明只想拥抱她爱的人，哪怕陪他追梦，为他付出辛苦，流血流汗，在所不惜。那是她人生中的一面旗帜，是她的信念，是她的安全感，是她的未来，是她的幸福，有他在，她就不会迷路。

他高大又挺拔的样子，他执着又坚定的眼神，他不苟言笑，事事要求完美，样样不肯放松，活得固执而疲累。就是这样一个人，从来不狭隘，从不藏私，坦然地与你惺惺相惜，他把这个世界都摊平了放在手心，好的坏的对的错的该坚持的要放弃的一一指点给你看，大到一个社会事件的分析，小到一个散打动作的分解，谈笑间就给你了。

袁泽甚至觉得，这个人在手把手地牵着她融入全新的生活，让她在父亲过世之后，看到了一种与未来相关的可能。

她和曲家帜是不同的，曲家帜的拼搏和努力是源于坚定不移的信念，为了这信念，他万死不辞。但是她不是，她是为了曲家帜。

何等的狭隘。

可是，现实就是这样荒唐啊，她就是活不下去了，怎么办呢？

无能为力，死生无计。

袁泽不肯回家，蜗居在陆子兮租住的筒子间里。肖梦兰寻来的时候，她室内不见一丝光，她藏在经由遮光窗帘营造的昏暗里反复读那封情书。

那情书上鲜血淋漓。

得知曲家帜过世那天,她从台阶上滚落,转角处废弃的木箱将她腿上割得血肉模糊。也不知道什么时候开始,她会下意识地一次次割开那些伤口,重复着,以利刃。

她怕那些鲜红的血,却眷恋那些深重的疼痛。

一个人疼到极致的时候,是会麻木的。

可她讨厌麻木,便只能让自己更痛,持续地一直痛下去。

太绝望了!

肖梦兰爱她,这毋庸置疑。肖梦兰不会爱,这也毋庸置疑。她的爱,刀刀见骨,痛快淋漓。

直到很多年之后的现在,袁泽陪苏小满追剧,看到一无所有的女儿在妈妈面前悲恸欲绝失声痛哭,那妈妈抱着女儿安慰,说:"宝贝,你是妈妈的宝,妈妈要你,妈妈爱你。"

那一刻袁泽十分吃惊,她说:"这也太假了。苏小满,你妈也这样吗?"

苏小满正看得泪眼滂沱,只管着先点头,"是啊,女儿这么伤心,妈妈要心疼的呀。"

那一刻袁泽沉默了,自言自语地呢喃,她说:"这不可能。"

"这有什么不可能呀。妈妈就是这样啊。那是我们最后一条退路啊。就是你站在悬崖边上跳下去,她也会在下面接着你啊。"

彼时,袁泽快三十了,可她真的一直以为,全天下的妈妈都只会恨铁不成钢。

"你有本事就给我死,现在就死!没本事就给我好好活,你要敢拿伤着自己不当回事儿,你看看我还要不要你!"

那一刻,袁泽狼狈万分地看着她,看着自己母亲,看着暴怒的肖梦兰，她说："你别不要我，别不要我。"

这话一遍遍重复的时候，她咬着窗帘号啕大哭。

肖梦兰站在原地看了她半天，忽然转身出门。许久，她听见肖梦兰暴躁的声音在门外声嘶力竭地响起。这是第一次，她见肖梦兰这样不顾脸面。

"我当初说过什么？我说他这样的人不能爱，你爱不起，你说我诅咒诋毁你见不得你好。现在怎么样？

"你有本事不顾一切地作，那你就拼了命地撑下来啊！你还是不是我肖梦兰的女儿？你就这点出息？你跟我怼的时候不是挺智勇双全吗？你现在怂什么？

"不过就谈了场恋爱，你就不活了？如果你觉得老天对你不公平，你觉得命运对你不应该，那你就斗！跟天斗！跟命斗！你就努力地活出个人样儿来，它剥夺了你这一时一刻的幸福，你就更幸福地活着给它看，狠狠地打它的脸！你看谁敢笑话你！"

袁泽就这样一声声地听着。

直到她再也哭不出来，她扔了手上的情书和刀片，跟跟跄跄地出门，蓬头垢面地站在了肖梦兰眼前。她说："我听话，你要我吗？"

肖梦兰眼神里的震动她不是看不见，但她真的没说话。

一言未发。

从那之后的很久，袁泽都很乖，让吃便吃，让睡就睡。肖梦兰的每一个指令，她都极好地完成着，但医生说："不行，再这样下去，这孩子就死了。"

肖梦兰不知道，袁泽吃完会吐，躺下会失眠，睡着会做噩梦。

当这一切被医生揭穿的时候,袁泽有些惊恐地看着肖梦兰,情不自禁地往后退了一步,她甚至想退到医生的白大褂后面。

肖梦兰没说话,低着头走了。

陆仲祈来接她,陪了她三天三夜,肖梦兰再回来的时候,就将她带走了。肖梦兰说:"早晚是个死,早死晚不死,至少死之前看看这个大千世界,你不亏,我也不亏。"

肖梦兰带她旅行,大江南北地看遍,即便那旅程中也不乏鸡飞狗跳的争斗,可她自始至终在她身边,寸步不离。

后来,袁泽认识了苏小满,范洪军教会了她摄影。再后来,肖梦兰回家,她复学,陆子兮一言不发离开东泉,与陆家决裂失联,陆仲祈退学出国。

一切都尘埃落定了。

而奇迹般的,她跟肖梦兰也回到了一种不尴不尬不冷不热的原点。她不再恨肖梦兰,她承认肖梦兰、感激肖梦兰、爱肖梦兰,却始终无法跟肖梦兰平和相处。

次次见,次次吵。次次和解,又次次重复。血脉相连,又彼此伤害。

这一连串的故事讲完时,袁泽小心翼翼地在楚岙脸上寻找那种习以为常的被嫌弃,但是没有。

楚岙牵着她的手,有汗水沾染,但他始终没放手,暖热的温度顺着那只手缓缓上涌,一直流到心脏里。他眼里有心疼,有肯定,有支持,独独没有嫌弃。

"回去了,别让她等你太久。"

袁泽点点头,身形却丝毫没动。楚岙抬起头,慢慢地亲吻她的下巴和唇角,"袁泽,我永远都在这里,在你身边。我承认我懦弱又无能，我依赖你，没有你不行。袁泽，求求你，求你让自己过得好一点，活得久一点，为了我。"

袁泽的心软得一塌糊涂。她不说话，静静地抬起头，露出精致的下巴任他虔诚地亲吻，伸手慢慢抚摸他的后脑。

"楚岙，你为什么爱我？"

"我不知道，我就是爱你。"

袁泽笑了，反手抱紧他，"那我去了？"

"嗯，去吧。我爱你。"

袁泽进家门的时候，肖梦兰正在泡脚。屋里有一种很鲜明的中药的味道，混杂着阿胶特有的气息。

室内仍然整洁，却总觉得缺少了鲜活的生气，大抵是因为肖梦兰病了，这屋子都显得颓唐。

袁泽站在玄关处，万分忐忑。肖梦兰坐在沙发上，始终没有抬头。范洪军正在小厨房熬药，露了露面，又把空间还给她俩。

袁泽是真忐忑，手心里都是汗。

"我等了你好久。"反倒是肖梦兰开了口。

袁泽一瞬间落下泪来。她忽然明白，肖梦兰不仅等了她今晚，还等了很多年。那一刻她顿悟，原来伤害的来源并非肖梦兰会不会爱，而是她自己的格局未曾打开，自我在世界上所占的比例太多了。

她只看见了自己。

"妈，我回来了。"

她盼着肖梦兰能说句什么，但是肖梦兰一言未发，她沉默着，肆虐的皱纹将她的眼角拉得下垂，花白的发垂在脸颊边。

袁泽忽然心疼。

袁泽拿了擦脚的毛巾过去，试图帮肖梦兰一把，她却忽然抬头，定定地看着袁泽，说："我老了。"

袁泽再也忍不住，跪在她脚边，俯在她膝盖上，热泪沾染她厚重的裤子。

肖梦兰过了很久才伸手抚摸袁泽的头发，她说："哭吧，妈欠你的，妈得还。"

袁泽失声痛哭。

她抱紧肖梦兰，一遍遍问她："妈妈，你还要不要我？你别不要我，别不要我。"

肖梦兰挺直的脊背慢慢垮下来，很久，她慢慢地俯身趴在袁泽背上，似乎忍了很久，亦渐渐哭出来，似乎是悲从中来。她不可遏制地痛哭出声，一面捶打袁泽的后背，一面控诉："我怎么不要你了？我什么时候不要你了？妈妈就你一个孩子，你是妈妈身上掉下来的肉啊……可你把妈妈扔了，你把妈妈扔了……我要是死了，怎么能安心啊……"

那一刻袁泽忽然觉察了自己的无情和自私。

她凭什么要求这世界上除了自己之外的人都那么细致入微地体察自己？

肖梦兰就是这样的人啊，她强势、上进，一辈子昂扬向上，不低头不认输。她凭什么要去强迫肖梦兰改变自己给予她温柔抚慰？她生死的哪一遭里不是肖梦兰给予陪伴？即便那陪伴充满了疼痛，可她错了吗？

她有什么资格去评判母亲的对错？

原来，她们从来没接收过彼此。

袁泽小心地帮肖梦兰洗脚，她十分羞赧，肖梦兰也十分不自在。

她们并排躺在床上的时候，清浅的月光透过窗帘洒进来，肖梦兰与她背对着背。她们谁都没说话，却谁都没睡着。

"你还是走吧，我还是会跟你发火的，我还是看不惯你不男不女的样儿。"

"我把头发留着，不剪了。"

肖梦兰沉默了，好久，她说："睡吧。"

她翻一个身，又翻一个身，说："我不需要你可怜，我也不指望你给我养老。我是病了，但手术很成功。我是老了，可我有退休金，拆迁的补偿款就够我用到死……"

"妈妈。"袁泽轻轻地叫了她一声。

肖梦兰闭嘴不言，翻了个身，又说："老范不嫌弃我。"

袁泽假装睡熟，翻了个身，将手搭在了肖梦兰的手臂上。

她还穿着厚厚的棉服，不肯脱。

可即便隔着掌衣服，袁泽也感觉出她不可抑制地抖了一下。她强忍了好久没动，最后沉沉吐出的那口气，隐约带着啜泣。

袁泽心里酸酸地疼，这是她母亲，生她养她却未曾教好她、爱好她的妈妈。

原来，对于一部分人，爱是天性。但对于另一部分人，爱是天堑。

第十六章　我爱你，不死不休

"只要你有心，天堑能变通途。"楚岙说，"就好像在你之前，我从来没想过爱情是什么样子。可遇见你，我就知道，我必须要竭尽全力把你想要的一切都给你。"

这话隐隐触动着袁泽的内心，有些微的暖在肺腑间很轻很轻地飘荡。她眯着双眼看向眼前"送外卖"的青年，朝阳下他鲜明的身形轮廓那么美，眉眼都似乎会发光。

许久，袁泽伸手抚摸他发青的眼眶，"回去休息吧。过完年，你也该忙了。"

楚岙面有疲色，仍恋恋不舍，羞赧地在晨光中红了脸，他伸出双手来，说："抱抱。"

袁泽失笑，"宝宝不开心，宝宝要抱抱呀。"

"是呀，抱抱就给宝宝买包包。"

袁泽假意被他恶心到，内心里却觉得像吃到了很甜很美味的糖果，甜得令人应接不暇。

楚岙已经接连几天没有休息好，三十晚上陪她整晚，初三晚上陪她蜗居车里，初四陪她爬山，晚上又陪她整夜。

"还不快走？你不是说我们有足够长的时间在一起嘛，这么分秒必争地陪在这里做什么，太矫情了。"

"可我害怕你会跟妈妈吵架。如果你们吵架了,不管什么时候,你出门就能看见我,那样你就不会伤心了。我答应过你的。"

袁泽心里又暖暖的,又感动,又舍不得,"我不需要,我自己可以的。"

楚岙笑起来,面上挂着些轻微的得意,"袁泽,你有没有发现,你明明在心疼我,可是你不说心疼的话,只说拒绝和责备的话。你跟肖妈妈一样,都是这样深情又别扭的人。"

袁泽一愣,楚岙低下头来抵着她的额头,若无其事地慢慢地摇晃,"袁泽,自从认识你,我常常翻来覆去地自省,忽然觉得,爱是没有是非对错之分的,但是爱的方式有。"

袁泽只觉得内心里泛起浅浅的酸涩,似乎是懂了,又似乎不想懂。

"语言的表里不一,你比我更看得明白。一个人让你去死的时候,可能是恨死了你,也有可能是爱惨了你。"

"哈哈,这太可怕了。我还一直觉得自己很坦诚,原来竟然不是?"

"你很坦诚,但你也很别扭,像一只笨拙的熊。可是,不管你怎么样,我都那么喜欢。我特别乐意看着别别扭扭的你别别扭扭地走到我怀里,幸福得简直要死掉了。你肯在我面前别扭,是我最大的幸福。"楚岙牵着她手抚摸她微凉的手腕,"你可以一如既往地坦诚,有什么说什么,你也可以一直别扭下去,正话反说,心口不一。我要你随心所欲,自由自在,只要别忘了我爱你。"

袁泽看着他,一时语塞。

"你多大?"

"二十三。"

"你是情话制造机吗?"

"我只是憋太久。这样的话,我还能不重复地说一百年。"

袁泽看着他,一时五味杂陈。她快三十岁了,走过那么多路,看过那么多云,喝过那么多酒。意外在这里莫名其妙地捡到了一个最好年纪的人,等着她来爱。

"你啊,你还是个小朋友呀。"她伸手扣住楚岙五指,低头亲吻他手背,"我要回去了,妈妈要醒了。"

"我比你成熟多了。"楚岙不服气,伸手替她整理好围巾衣领,"要把早餐带好。明天开始要自己做早餐了,等肖妈妈身体好一些,回头你找范叔叔问问具体情况,病历拍给我看看,我找人定食谱给你。"

"好。"

袁泽回家后很久,楚岙还站在那里。他挺拔的身姿,潇洒的姿态,年轻的容颜,好像是一道光,温润又清晰,暖却不刺眼。

想到这样一个人在深深爱着她,那种被爱包围的幸福感简直就像在发酵。

"你谈恋爱了。"

袁泽进门的一瞬,肖梦兰虚弱的声音暗沉沉地响起,是陈述句。

袁泽瞬间觉得自己回到了大学时,肖梦兰也曾这样质问她。想起楚岙比自己足足小了五六岁,又留学海外,住房没有,事业无定,袁泽一瞬间想起当年肖梦兰强烈反对的样子,那样愤怒而尖锐地大闹一场,不欢而散。

她还是怕，下意识想要否认，肖梦兰便又开口，"你不用急着应付我、糊弄我，我都看见了。"

她起身，停顿了一下，又说："我盼着你早点结婚好好过日子，你要再识人不清、看人不准，给我整那些不沾闲的要死要活的事儿，别怪我说话难听。"

这话说完，她没等袁泽反应，转身走了。

袁泽有些尴尬，又不知如何是好，只好求助地看向范洪军，范洪军只是轻微地摇了摇头。

一上午，袁泽一直在反复回想着楚岙说过的话，又不停地回忆她跟肖梦兰之间的对话，试图去忖度她这句话后面内心里真实的想法。

那些拒人千里之外的话语，无不是满含深情的。

但是她接受不了，是因为爱的形式不对。可这关口底下，她还有什么能力去改变这种形式？她自己何尝不是这样口是心非的人呢……

早餐热好端给肖梦兰的时候，她眼皮都没抬一下，可她眼角泛红的样子分明是哭过。

她是真的害怕跟肖梦兰相处，这样小心翼翼、举步维艰。家里气氛压抑得要死，她是不舍得走又不能留，一上午的时间就在别墅外转来转去。每次来来往往，行经楚岙曾经停车的那里，都不由自主地放慢脚步，想着他说过的话，内心里终于又积淀起了力量。

生死面前，且把爱恨放下。

肖梦兰又去做了化疗。

她不许袁泽陪。

袁泽打扫卫生的时候，看见肖梦兰的医疗单据，走的商业保险。她顿了一下，并未在意。

　　肖梦兰回来的时候脸色很差。她穿得很厚，整个人里三层外三层包裹得无比笨重。也许是因为疼痛或者不适，她整个人都伛偻起来，委顿得不像样子。她还是要强，总想着挺直了脊梁自己走，却又不行，脚底擦过地板时拖拖拉拉的声音那么刺耳，她面上就会显出一种病态的焦躁来。

　　"妈。"

　　肖梦兰头也不抬，"你还在这里？怎么还不走？总要看着我这么狼狈才开心吗？"

　　袁泽下意识地想起楚岙说过的话。

　　她们都是这样深情又别扭的人。

　　"山上太冷，你容我在这儿住两天？"

　　肖梦兰没说话。

　　"中午你想吃什么？"

　　肖梦兰抬头，特别疲惫、特别无力，又特别愤懑地看着她，"你觉得我这样，还能吃什么？"

　　袁泽无奈地抓了抓额前短发。

　　怎么办呢？离开呢，她又放心不下，留下呢，又怕惹妈妈难过。

　　"我妈是不是不想看见我？"

　　她在肖梦兰卧室门口转来转去，忽然听见门内传来一声清晰的呜咽。袁泽吓了一跳，下意识想去开门，一只手即将旋开房门的时候，就听见肖梦兰断断续续的哭诉。

　　"我也不想啊。你说我一辈子要强，事事要做到最好，怎么就不能跟自己的女儿好好说话？

　　"她比我的命还重啊，我怎么就不能给她个好脸……

"我……"

这些话她说得断断续续,话音含糊带着颤抖,但袁泽就是听懂了,分毫不差地入了肺腑。

袁泽瞬间湿了眼眶。

有的人天生就口是心非不会爱,怎么办呢?

袁泽焦躁得像一尾离岸的鱼,她跟肖梦兰之间有深仇大恨吗?没有。她不能原谅肖梦兰吗?不是。可为什么就完全不能在同一个屋檐下相处?

"要不,我跟袁泽说,让她先走……"

范洪军这话没说完,肖梦兰就呜咽得更厉害了,"怎么能这么伤了孩子的心?我……我怎么就这么笨啊,我怎么就不能跟自己的亲生女儿好好处,我怎么就是忍不住……"

她字字句句里的自责袁泽都听得到,而她接下来的控诉袁泽也听得明白。

就焦躁得好似将一颗心放在热火上反复煎烤,那些无从发泄的情绪堆积在后脑,涨得四肢都开始发麻。

袁泽回到教师公寓的时候,整个人都累垮了,喘不过气来。原来不是她们都意识到了爱的存在就能改善了关系,也不是她们都原谅了过往就能和平共处,原来互相伤害也有惯性……

她头痛欲裂,正满房间找止痛药的时候,楚岙回来了。

她眼神里的慌乱仿佛被按下了暂停,她站在原地,等着他来拥抱,"我有点头痛。"

楚岙果然拥抱了她,"宝贝,你是不是太紧张了?"

袁泽眼圈泛红,"太难了,进退维谷。"

袁泽向来不是爱倾诉和抱怨的人,可在这青年面前她却可以轻易地放松下来，毫无芥蒂地暴露自己的软肋。她沉默，也在他温和询问的时候简明扼要地诉说。

"冰冻三尺非一日之寒，怎么可能寄希望于一次两次的浅显沟通？你们能互相原谅，认可了彼此之间的感情不是很好吗？这就好像已经挖出了交恶的毒瘤，种下了一个良性的种子，然后就是给它一个成长的机会嘛，是不是？别着急，宝贝。"

他年轻，身上有着年轻人独有的朝气和力量，在她面前，往往就会暴露出一种黏腻的爱娇，偏偏又可以一针见血指摘她内心，又句句温暖安抚她惶恐，就好像一杯极美的鸡尾酒，有极高的颜值，有足够的甜美，偏偏又后劲十足够味，实在对极了她的胃口。

袁泽心思放下大半，觉得就这样听他闲聊也能放松下来。楚否便更加尽心地哄她，从容又专注地为她按摩颈部后脑，"我唱歌给你听啊，你乖乖睡一会儿，止痛药还是要少吃。"

袁泽笑他唱歌要命，事实上却无比享受他这样温柔的讨巧，竟真的陷入了沉睡。

醒来的时候，天色已经昏暗下来。这房间不大，窗帘垂了一半。室内没有开灯，只有硕大的鱼缸旁亮着一盏暖色的光。那一点光晕底下，两条接吻鱼肆无忌惮地嘟着嘴儿玩亲亲。

袁泽起身时，看到自己的茶杯已经放在手边，旁边恒温壶的温度从适宜咖啡的八十九度调节到了四十度，温度保持得刚刚好。

青年正穿着苏小满的粉红围裙忙碌在厨房。很难相信，这样娇嫩艳俗的颜色，穿在他这样的大男人身上竟然丝毫不觉得违和。老式厨房的排烟并不是很好，厨房的玻璃被热气蒸着，朦胧的一层看不清楚。也不知他做了什么饭菜，只有隐约的香气很缠绵地传送过来。

袁泽忍不住起身，赤着脚晃过去，悄悄在他身后站定了，慢慢环住他的腰。青年身形足够高大，腰身瘦削又有力，后背倒三角的形态十分动人。袁泽放纵自己将脸颊贴在他背上，"我要是一只树袋熊就好了。"

她实在是少有这样爱娇又软糯的样子。即便袁海山在世的时候，肖梦兰也不允许她如此不顾形象、不自爱。

"宝贝，宝贝，我是你的大树，一生带你看日出……"

楚岙反应极快，锅铲尚在飞舞，歌已经毫不迟疑地接上。

袁泽被唱了一愣，似乎就是一瞬间，她满腹懒散忧伤提不起劲儿的破情绪就失踪不见了，她不由大笑，侧头半真不假地咬他结实的手臂，"你怎么这么坏！"

楚岙将快手炒好的小菜装盘，转眼见她赤足站着，就一面胡乱唱着，一面伸手将她捞起来扛在肩上，菜摆上桌，人安然放在椅子上，还不忘行一个吻手礼，表一表忠心。

袁泽由着他胡闹。

外头早就黑透了，这冬日冷得吓人，可有他的这一寸天地就是这么暖。

楚岙在厨房里等着收汤，又极端不老实地从推拉的门间露出脑袋来看她。两个人视线遇到了，那青年就开心大笑起来。

"袁泽！"

"嗯？"

袁泽双手抱膝，侧脸枕在自己膝上，像原子一样团成球。

楚岙就这么笑眯眯地看着她，仿佛是个未经人事的孩子，眸光清澈璀璨，短发微卷，双目狭长，笑容漾开的时候，就自成一片温柔的海。袁泽觉得自己要溺毙其中了。

他还那样俏皮地看着袁泽,朦胧的影子却隐在玻璃门的后头。那玻璃窗上的水汽却被他指尖缓慢划开,一个字一个字地绽放开来。

他写:"我爱你,不死不休。"

他不看,又将比画反写,难得那字体却还仍旧漂亮,魔法一样。

袁泽忍不住拍照,"证据。"

"我愿接受你的判决,画地为牢,囚禁终生。"他笑嘻嘻地捧出硬菜,又回去端汤。一个极不正经的玩笑,却被他说得那么认真和温暖。

"啊,我被治愈啦!谢谢你,情话小王子。"

"这是我的荣幸呀,My Queen。"

"可是王子不是应该娶公主吗?"

"对呀,王子都应该娶公主。可是……这个王子不正常啊。"

袁泽笑倒,她抬头看着那青年,忽然觉得,真好啊,活着真好,在这里真好,这样的在人间,真好!

袁泽回到滨江别墅的时候已经是晚上九点,楚岙送她回来,亲吻她给她承诺,"别紧张,妈妈不是不爱你,只是你们还没磨合好。你呢,放轻松,有什么事儿就给我打电话,反正一切有我。"

袁泽笑得眉眼弯弯。

她说:"你的身份证是不是造假?我从小到大,三十年,从来没有一个人能暖成你这样。"

楚岙眯着眼不说话,"你会知道的。"

袁泽到家的时候，肖梦兰已经睡了。她不是忐忑，但是奇迹般的，她内心的焦虑都不见了，她不怕了。

范洪军在书房练字，袁泽问他："叔叔，我能去看看妈妈吗？就看一眼。"

范洪军顿住笔，点头应允，眼看袁泽要出书房，又忍不住叫她："袁泽，一会儿我们聊聊，好吗？"

袁泽愣了下，没有拒绝。

此时此刻，她的内心不贫瘠，那些饱满的爱充斥着她，全是暖的，让她丝毫不惧怕。

肖梦兰迷迷糊糊睡着了。床头清冷的灯发出冰雪般冷白的光，更衬得她一张脸惨白如纸，虚汗润得头发都湿透了，整个人埋在棉被中，说不出的虚弱。

袁泽半跪在她床前，想着她年轻时精致、高傲的样子，忽然觉得不可置信。她轻柔地将肖梦兰额前的散发抚开了，慢慢地将脸颊贴在她汗湿的脸颊边，缓慢说道："妈妈，我是恋爱了。我不敢跟您说，不是怕您反对，是怕您生气。妈妈，我其实也特别舍不得您生气。

"妈，好多人都说咱俩像，长得像，脾气像，连走路的样子也像。你不承认，我也不承认。可现在看看，又好像对，群众的眼睛是雪亮的呀。妈妈……咱们都不争了好吗？都放轻松，好吗？也许咱俩都不会爱，争斗惯了，那咱们和解吧，给彼此一个机会。

"妈妈，你什么样子我都爱你，你说什么不好听的话，我也都爱你，就好像你爱我一样。"

肖梦兰始终没睁开眼睛，但袁泽清楚地觉察到，她的泪与肖梦兰的混在一起，是分不开的。

"这世间除了生死都是小事。"这么多年了,成长中的是是非非,能还能说得清呢?她好像长得足够大了,可心却还停留在很小很小的时候。

从肖梦兰卧室出来的时候,她站在走廊上给楚吞发讯息,"我也不知道到底能不能改善跟妈妈的关系,似乎这也没那么重要,至少我现在想要去做这件事,并且做了。我很开心,谢谢你。"

这么多年的挣扎和跋涉,上天终于给了她这样一个机会,被爱,被圆满,她忽然看到了希望的所在,她忽然有勇气勇往直前。

"这才是一个开始,一切都会好,而且更好。我爱你,你是我的Queen,我的信仰。"

袁泽笑出来,"情话小王子。"

范洪军在书房泡了一壶茶,安静等着袁泽。

袁泽原本以为他是有正事儿要聊的,但是没有。范洪军点了根檀香,说:"没什么事儿,就是想让你陪我坐坐。这阵子,我压力也很大。我啊,老了。"

袁泽原本还想跟他客气、奉承或者感谢,到底没有说什么,只是熟练地烫盏分杯,规规矩矩敬了一杯茶,"这些年我挺感谢范叔叔的。我爸走后,我状态不好,您一直很包容我。甚至,在我和妈妈之间,您也做了不少工作。"

范洪军连连摆手,"我好像没有儿女命。跟前妻在一起十年,我俩一直没有孩子,后来她好不容易怀孕,又心心念念非要出国,斩钉截铁要离婚。这一走多年,那孩子是死是活我都不知道呢。"

"您是一个很温和的人。"

"谈不上吧,以前工作的时候,戾气也很重,你妈妈被我骂哭过。"他这么说的时候,眼神很柔和,"袁泽,你恨过我吧?"

袁泽不说话。

"坦白说,我喜欢你妈妈很久,特别喜欢她骄傲的样子。后来听说她婚姻不太如意,我就想,一定是那个男人的格局不够,罩不住她。"这话说完,他很快地看了袁泽一眼,"你不要生气。是格局,并不是说你父亲不好。你父亲很好,他是中国很传统的文人,温润如玉,书画俱佳,他还会弹古琴,是吗?"

袁泽点头,"是的。严格说起来,他是我的启蒙老师,但是他弹得不如我好。"

范洪军笑了,"他很好,但是他跟你妈妈不在一个平面上,他的格局在于修身,你妈妈的格局在于平家治天下。"他又着急解释,"不是说谁不好。"

"范叔叔,我没那么敏感,您的意思我懂。"

"我主动追的你妈妈。你父亲过世后,我找到她,跟她说想要跟她一起生活,成立家庭。你妈妈二话不说就给了我一个耳光子,哈哈哈,真是泼辣得吓人。"

"这么帅。"袁泽含笑。

"是很帅。后来她嫁我,但我知道其实她不爱我。她是恨,恨你爸甩手就把你们娘儿俩扔下来。她也会偷着哭,打落牙齿和血吞,非要活出个人样来过得更好给人看。其实给谁看啊?给你看,给你爸看,给她自己看。你说,是不是?她一辈子较真,你说她跟谁较呢?说到底就是跟自己。"

袁泽沉默了,范洪军也沉默下来。茶香还氤氲着,檀香的气息那么沉稳安定。

"你妈妈不容易。袁泽,你那天帮忙收了张医疗单据,是吗?你应该看见了,你妈妈这次住院手术,走的是商业保险,当时险种不太好,购买年限短,赔偿并不多。"

"是的,为什么不走职工医疗保险?"

"袁泽,你妈妈辞职了。你身体不好那两年,她辞职了。"

"辞职?"

"对。那会儿她正晋升检察长,希望很大。原本我说沉住气,先请假,停薪留职也行。她不愿意,她说她不能等,一天都不能等,再等下去她女儿就要死了。"

袁泽愣住,她忽然想起那时候医生说:"不行,再这样下去,这孩子就死了。"

肖梦兰听完这话转身走了,是陆仲祈接她回去,陪了她三天。

"她回去办辞职了?"

"是啊。你看,你妈就是这样的人,她做事儿特别绝,不给自己留后路。你说她不爱你吗?我不信。你那会儿严重抑郁,你自己不知道,是吗?每次吃药,都是你妈妈小心地调剂在饮食里给你的。包括后来,你复学后,你妈在你学校附近住了一年,你知道吗?"

袁泽茫然笑了一声,"这不可能。"

"对啊,我也觉得不可能。她这样的人,她对别人狠,她对自己更狠。你说她何苦?可她就是咬定了,得让你自己站起来,不能靠任何人。但是她心里能那么坦然吗?袁泽,你是自己看着的,她为了她的事业付出了多少。一个女人,为事业、为子女做到这一步,不容易。至少我是佩服的。"

"我说多了。袁泽,我真挺欣赏你妈妈,虽然她不够好,太强势,可我还是欣赏她。知道她得病,我自己哭了好几天,你妈妈非但没哭,反而骂我,说我没出息,还打我,嫌我怂。"

"的确,这像我妈会干出来的事儿。"

"你知道她什么时候哭了吗?"

袁泽沉默下来,很久没有说话。无疑,范洪军这一席话,对袁泽来说冲击太大了,一时之间她甚至不能接受。可是,她心里比谁都明白。

"她再强也就是个女人。"

"我也想跟妈妈讲和。我们该讲和了,慢慢来吧,您说呢?"

"好,我们都讲和。只要你愿意,你就是我亲女儿。"

袁泽抬眼看着他,迟疑了半天,她说:"好。我想,要是我爸在天有灵,应该乐见如此。他是个很和善很温润的人。"

"我知道。"

袁泽起身,"叔叔,我从明天开始就不住在这儿了,还得您费心受累,我会常来,您有事儿也叫我。我跟我妈,不是一天半天能修复平和的,我们得……慢慢来。"

"好,你有这个心,特别好。"

袁泽笑了,"改天我带琴过来,弹给你们听。"

"家里有。"

袁泽笑得狡黠,"嫌不好。"

范洪军哈哈大笑,"你啊,尽得你母亲真传。"

"他们都说我像我妈妈,是真的吗?"

范洪军看着袁泽,似乎是陷入回忆,很久,他慢慢点头,"是,像。去睡吧,明儿该忙什么忙什么去。你妈妈这里,有我。"

年初五,苏小满回来。意外的是,年初六那天,胖子带着橙子来了。

橙子胖了些,看着好像眉眼长开了,虽说话有些缓慢和磕绊,腿脚倒是日渐好起来,能自己扶着东西慢慢走路。

"再恢复半年,我们看看能不能复学,橙子有志气,要考研究生呢。"

"哎,行啊!"苏小满高兴地揉着橙子的脑袋,"可不是当初病歪歪的样子了,看着就吓人。"

"你别碰他头!苏小满,你哎!"

橙子不说话,坐在轮椅里,眉眼弯弯地笑着,也是可人。

"你这是咋准备?"苏小满给兄弟俩腾出间宿舍,私下里问胖子。这小伙儿如今结实得很,黑又壮的样子倒是把形象分提升了不少。

"就这样。他想考学就考,想工作就找。我倒是更愿意他多恢复两年……反正我供着。我想了,咱们南山下不光可以做民宿,还可以做户外、做摄影。我是山里的孩子,我知道山里的好东西多了去了,就是卖不出去。咱们做网络销售平台,两不耽误。还有好多,橙子也有想法。"

"那……葱葱呢?"

胖子一下愣住了,收拾行李的手顿了好半天。

"葱葱啊……她过了年就要结婚了呀。"他转而又笑,"我先顾着我兄弟,挺好的!"

"那他家里人呢?"

"我这傻兄弟也是命苦。他上面有姐姐,下面有弟弟,原本就不受宠,在家不言不语像个闷球一样,三棍子打不出一句话,爹妈原本也不太喜欢他。出了事儿,他家里闹,你也是知道的。这蠢货又主动说了我免责,是自己走丢、自己摔的,不能讹人。我这边儿事儿是了了,他那边却摊上大事儿了……"

胖子有些无奈,抬头看了苏小满一眼,"得亏我去看了一眼。我去的时候,这孩子没人管,自个儿躺小西屋床上,动不了,腿上都生褥疮了,他也不知道说疼,我就把人带出来了。你看看,他现在多好,能走路能看书还会给我讲故事,教我说英语。"

苏小满眼圈儿泛红,"行,以后这弟弟咱们一起养着,让他好好地活,将来康复了,想做什么做什么。"

"对,海阔任鱼跃,天高任鸟飞。"

胖子回头看着苏小满,嘿嘿傻乐。苏小满也不由破涕为笑,"嘿嘿,怎么就这么好呢。"

她这么笑着的时候,原子正无比女王地踱着步子经过,苏小满嗷嗷叫着一把捞起原子,跑出去塞进橙子怀里,"弟弟,你安稳在南山下待着,等袁泽回来了,咱们商量胖子说的网络销售那事儿,我可忙不过来,这事儿还得靠你们俩。"

"哎成,都……听姐姐的。"

胖子远远地看着他,"嘿,我们橙子真棒!就这样,慢慢儿说,说得多好啊。"

苏小满兴高采烈地跑了,上了妆楼,她拿出手机,站在小楼光影明灭的木制楼梯上小心翼翼地发了条语音消息,"陆仲祈,胖子和橙子回来了,他们变化都好大呀,变得可好可好了。陆仲祈,我怎么这么高兴呀。你快来南山下,别忘了给我带大红包。"

陆仲祈没回讯息,苏小满也不在意,又继续猴儿一般往楼上跑。

她想唱歌。

第十七章　溯流从之

　　时间就这样一路推移，不紧不慢，不急不躁。它不因你欢喜而多停留一秒，也不因你痛苦而加速一秒，执拗而又公平。

　　肖梦兰的病情到底没能瞒住，陆仲祈打电话来的时候简直气急，"袁泽，你心怎么这么大？这么大事儿你不跟我说？"

　　袁泽多少有些心虚，"陆仲祈，我也是才知道……"

　　"师母现在怎样？晚上你陪我去看看！范叔叔也真是的，这么大事儿能瞒吗？惧内，越老越没出息。"

　　"嗯，我录音了。"

　　陆仲祈瞬间气结，"好，袁泽，你给我等着！别让我看见你！"

　　要说斗嘴，从小到大，陆仲祈就没有赢过。

　　对于陆家来说，这个春节意义非凡，陆家长子孟礼公子订婚，情定一位小家碧玉的中学教师。老爷子也是高兴，举家去了爱琴岛大办订婚礼，又利落将手下股份四六分，大半给了孟礼。就这，陆仲祈还嫌自己拿多了，怕公司事物繁忙，万一再累着自个儿。

　　他骨子里满满都是懒散，全不似孟礼严谨规矩又雷厉风行，陆家那点基业传递到他手上，回回都似个烫手山芋，恨不能甩脱出去逍遥自在才好。

"孟礼哥订婚,子兮送了什么?该不是她家先生的画?"

"我哥没通知她。"

陆仲祈这话说得慢,听着却很有些诛心。毕竟是亲兄妹,打断骨头连着筋,远无大恨近无深仇,怎么就能处到对面不相识的地步?

她有些无奈地抬头,恰好看见苏小满坐在窗前地板上,正抱着原子百无聊赖地看山。也不知为何,一瞬间她恍惚从苏小满眼里看出一点忧伤来,再错眼,却又见苏小满低头笑嘻嘻跟原子说悄悄话,仿佛苏小满也是一只享受着温暖太阳的猫咪而已。那所谓的忧伤,不过是袁泽的错觉。

"怎么了你?"

"没事儿,苏小满好像不开心。"

"你跟她说,她要的红包准备好了,十月的贵宾卡,问她喜不喜欢。"

"我的天,小陆总好大的手笔。"

陆仲祈哈哈大笑,"说得好像我总是短着你,少不了你的,臭东西。"

"哎哟,二哥哥多大方啊,不过我可是不敢收,给小满吧,独一份儿。"袁泽也跟着笑,她压低了声音抬头去看苏小满,双眼弯起的弧度十分动人。

"忙完这几天我带陈靳上山,咱们聚聚。"

"行啊,听你的。"

袁泽这边电话挂断的时候,那边苏小满就跳起来,她这会儿十分入乡随俗,央着隔壁奶奶做了个纯手工棉里棉面儿棉花绒的小棉袄,穿在她身上非但不显土气,倒很有些紧俏标致。

"哟，这是谁家的小娘子呀？"

"嗯？"苏小满回头，用力扯了扯自己衣角，她是真不高兴，要走，又不甘心地转过头来，视线看住袁泽，"你跟楚岙？来真的？"

袁泽无奈摊手，"总不会是过家家的。"

"凭什么是他？你就不想想他那点年纪？还有那要了命的距离！你都这么一把年纪，跟这么不定性的孩子谈恋爱，说出去丢人不丢人？将来会怎样你就一点都不想？"

袁泽笑眯眯地看着苏小满，毕竟她很少这么尖锐地跟她谈及感情。

"你别说，这些我竟然都没想过。"

"怎么能不想？难不成你一把年纪了还过把瘾就死？"

"自然不是。"

"伟人说了，任何不以婚姻为目的的恋爱都是耍流氓。袁泽姐姐，咱不能打着啃一口就跑的主意渣了人家小鲜肉，也不能因为贪这一时新鲜，就不管不顾赔了心搭上情得不偿失。袁泽，你说，你还输得起吗？"

袁泽到这会儿倒是难得有些认真了。坦白说，她纠缠过去，却没想过未来。她输不起，所以不敢想未来。她喜欢楚岙，但她从来没想过要谈一场什么样的恋爱，也从来没打算许他一个未来。

这挺可怕。

她只是在自私地纵容，纵容自己接受他的感情，享受他身上蓬勃的朝气、深厚的浓情和无微不至的温暖关怀。

她真的在试图把自己立于不败之地。

苏小满有些迟疑起来。说到底，她是最舍不得袁泽难过的,"关键是……你这样,让小陆总怎么办?"

"陆仲祈?他怎么了?哦,对了,他给你包了十月的贵宾年卡,怎样?大手笔吧?"

"谁稀罕。"苏小满面上略微一红,又哼哼唧唧地嘟囔,"你让他怎么办?你一定会后悔的,你早晚得后悔,哼哼哼。"

袁泽很有些茫然地盯着她看,那丫头转身就走,恰恰一头撞进楚岙怀里。楚岙尚未反应过来,就被苏小满的小拳拳捶在了胸口。

"哼!你是老板就可以不上班吗?开年利是呢?"

楚岙尚一脸迷蒙,苏小满已经一脸傲娇地走了。

"什么情况?你怎么招惹小满姐姐了?"

"谁知道。"袁泽有些好笑,她侧头看着眼前漂亮得有些耀眼的青年,又被他口中小满姐姐的称呼逗得发笑,"你怎么来了?"

"我来接你呀,上次找营养师订的食谱,我又找人权衡了下,买了些有用的好食材,一块儿拿给你。"

就这会儿,袁泽懒洋洋地窝在椅子里,她眼看着青年缓步过来,伸手扯住他领口,将他一寸寸地拉到自己眼前来,那会儿,她眼睁睁看着楚岙红了脸。袁泽笑嘻嘻地,唇线几乎碰着他,就这么轻轻蹭了他鼻尖儿一下,转而凑到了他耳边,悄悄压低了声线,"小蠢货,你得等着苏小满叫你姐夫……笨……"

袁泽这话说得极慢,一个字一个字地缓慢吐出,声线略有些沉,质感惊人。

楚岙连耳后都透出红,他愣愣的,有些茫然地用手蹭了蹭耳朵，又抓了袁泽冰凉的手吻她指尖。

"嘿，陛下终于承认臣妾了？"

袁泽笑嘻嘻地推开他，"才不是，这不是教你投机取巧，气气苏小满嘛。那丫头不知道发什么疯呢，跟我别扭好几天了。我这几天焦头烂额的，也顾不上她。"

楚岙已经正式找裴政东报到，正在与陆子兮做工作上的交接。陆子兮脑筋活络，早早提出了艺术品上市的理论，几次小范围试水反响都很不错，这会儿有孕在身，实在经不起大强度的工作，只得交接给楚岙。

他工作上的事情，袁泽并不愿多问，只管戏弄楚岙。

她是真喜欢这个高大的青年，那种带着艳羡的仰望，那种对于蓬勃青春的向往，那种对于炙热爱情的留恋，都记挂在这个青年身上，那些甜蜜、那些温暖、那些轻松，都让她觉得人生美好、岁月安宁，明明相识时短，却又觉得好像足足爱了几个世纪。

楚岙这会儿也反应过来，脸上的红晕就慢慢消了，又露出那种温柔、顽皮的从容来，他伸手将她固定额前散发的魔术贴取走了，"太丑。"

"你才丑，你全家都……"她这么笑言一句，没说完就窝在椅子里团膝看着楚岙。

她不知道他的家庭情况，一无所知。

冲动了，真的冲动了。

这一场感情，于楚岙是初恋的开启，于袁泽却是最后的归期。

楚岙没接话，上前将她整个儿环在怀里抱着一下，贴面吻上她的眼角，"陆子兮说答应给你送画儿呢，别人的先不管，先去选个裴政东的画儿镇宅。"

"镇宅,真有她的。"

袁泽最是懒得腻歪,干脆起身捞了大衣出门,"走,出去走走。"

冬日的山野里最是安静,触目皆是一片荒凉,只有山间的风仍不安定,呼呼地过耳,触手生凉。从南山下顺石阶而下,走不太远,便是溪山水库。

四面的山高悬,这被包围的一汪水就显得格外温柔,那种葱碧的颜色清浅自在,少却雕琢,天然纯真。这个水库很神奇,水大多由山泉积蕴。此时天渐渐阴沉下来,风寒,那水面层层叠叠地皱起,非但不结冰,反而缭绕出一层薄薄的水雾,贴着水面,随着风,极自在地起舞。或许正是因了这山泉水恒温的暖,小亭边横生的一棵柳树竟然已经发了芽。

那细嫩的芽儿弱小得几乎看不见,堆积在一起的时候,却又可见那枝条正焕发出一种坚强的柔软。

袁泽被勾起了心事,却不想多说,她在岸边站了一瞬,转身就走,"走吧。"

"嗯?不是要走走?"

"太冷。咱们下山吧,我去滨江公寓。"

楚忞牵着袁泽冰凉的手,小心揣进怀里。

"想起妈妈,还是觉得难过,心里慌。"

"别急,会好起来的。实在不行,就跟我出国,我来安排。"

袁泽看了楚忞一眼,这么简单的一句话,却忽然让她觉得茫然又好笑,这是楚忞幼稚呢,还是她自己幼稚?

那一路回程袁泽没再说话,楚忞有点慌,不停地转头打量她，袁泽也不闹，又若无其事地笑眯眯推他脑袋，让他好好开车看路。

下车的时候，楚忞大包小包从车里取出虫草阿胶等物交到袁泽手上，"分量不多，让伯母先吃着，就按照营养师开的食疗单子来就行，别心疼东西，我继续买。"

袁泽看着，一时不知道说什么，"太让你费心了，回头我转钱给你。"

"刚还准备晋封我呢，这会儿又见外。不是说君无戏言嘛。"楚忞笑着，语气里有些孩子气的撒娇，"不许言而无信啊。"

"咱们一码归一码。"袁泽也笑，抬头看那青年，"快走吧，回头让我妈逮住你。"

楚忞没说话，开车走了。

也就是前后脚，出小区门的时候，楚忞的车与陆仲祈的车擦肩而过。两人互不相让，都不曾停顿分毫，各自匆忙。

袁泽还没进门，就被陆仲祈喊住了。

两个人一起进门，这无疑令肖梦兰开心，"仲祈来就来，不许带这些昂贵东西，我啊，消受不起。"

陆仲祈连连摆手，"不敢，是袁泽孝敬您的，实在与我无关。"

肖梦兰还想说什么，也不知是气力不济，还是想到了什么，到底没有吭声。

陆仲祈走的时候，袁泽正在厨房榨果汁，隐约听见肖梦兰轻声说了一句："我倒是没什么畏惧，只是袁泽一直令人不省心，倘若交给你，倒是还好。"

陆仲祈何等聪明的人，他说："交给谁都不如您亲自看着，我呀，可不敢专美。"

肖梦兰就笑了。

袁泽很少见肖梦兰这样笑。肖梦兰对她向来是严厉的，有时指正或者批评她的时候会用那种极厌恶的眼神看她，仿佛在看一堆垃圾，很奇怪，相爱相杀。

肖梦兰回转的时候，袁泽正将营养师推荐的菜单具体誊抄在便利贴上，方便阿姨煲汤照顾，又将厚厚一沓营养指导交到范洪军手上，两人细致商讨的模样倒是难得亲近。

肖梦兰不轻不重地咳了一声，见袁泽抬头看她，迟疑了一瞬方问："你……的男朋友，不是陆仲祈，是吗？"

袁泽心里咯噔一声，一时不知如何开口，原本就极怕肖梦兰，此时她又大病未愈，又处在无比艰难的恢复期。袁泽下意识回头看了范洪军一眼。

不等范洪军支援，肖梦兰已经开口，"你不必看他，照实跟我说就是。你总是这样，信谁都不信自己的妈妈。"

"妈，我是怕你操心。"

"你怕我不同意。可你知道，我不会……无缘无故地不同意。"袁泽迟疑了，肖梦兰反而露出微笑，"有空让他来家坐坐，我总不能白受人家这么大礼。"

袁泽惊出一身冷汗，头都不敢抬。

回到教师公寓的时候，楚峘正高高卷了袖子收拾他那无比宝贝的生态鱼缸，难得他细致，那鱼缸始终被他打理得鲜活漂亮。

袁泽站在门口玄关处歪着脑袋看他，久久没有进门。青年踩在高高的凳子上居高临下地笑着看她，额前散发被汗水湿透了，十分鲜活的样子。

那一刻，袁泽真的觉得不舍。他那么好，说不出的好。

"你怎么了？"

袁泽不说话。楚峦有些着急，他从椅子上跳下来，脚下踉跄了下，险些滑倒。袁泽没有扶他，反而幸灾乐祸地看着。楚峦也笑起来，伸手将她拖进怀里，"你怎么这么坏。可是你这么坏，我也是喜欢你，这可怎么办呢？"

袁泽笑眯眯任他抱着，笑道："小生姓张，名珙，字君瑞，本贯西洛人也，年方二十三岁，正月十七日子时建生，并不曾娶妻……"

这是《西厢记》里张君瑞的一段念白，楚峦顿了一会儿才反应过来，念了红娘的白，道："谁问你来？"

袁泽倒是没想到这小子能接得上这句，不由另眼相看。楚峦有些得意，满脸讨巧的笑意。袁泽却敛了笑，慢慢从他怀里退出来，极认真地说了一个字："我。"

"那张君瑞看上了崔莺莺，书生的颜面也不要，就死缠烂打地找上了小红娘，自觉自愿地自报了家门……"这话袁泽说得半真不假。她懒洋洋地晃着钥匙，将自己摔进了沙发里，舒舒服服窝着，细薄的身体弯出一道漂亮的曲线。

楚峦先是愣了一下，旋即眉开眼笑，他弯腰将袁泽指尖玩弄着的钥匙收走，放在门口置物盒里，又笑眯眯地回来半跪在袁泽跟前。他伸手抚弄袁泽半长不短的头发，笑嘻嘻地将脸贴上袁泽。

"袁泽，你怎么能这么可爱？你在质疑我呀？你想知道什么张嘴问就是了，干吗要跟我弯弯绕？"

在此之前，袁泽真的觉得自己属于特坦诚的人，顶讨厌别人死矫情瞎作。

她瞬间红了脸,伸手把楚岙推出去,"好久没动手,皮痒了是吧?取笑我?"

"不敢不敢。"楚岙死皮赖脸地贴回去,像只大型狗一样只差没伸舌头舔舔她的脸并使劲摇尾巴,"袁泽,你真可爱,我怎么这么喜欢你。"

不等袁泽发威,他立刻举手做投降状,"小生姓楚,名岙,字什么?哦,没有字。本是东泉人士,现随家母移居海市,又求学于海外……"他一面说着,一面自己乐不可支,"咦,泽泽,我也二十三岁哎。"

袁泽又好气又好笑,伸手抓了靠背追着他打。老公寓这边原本客厅不大,两人长腿大步施展不开,袁泽拎着他衣领,直要出去打个痛快,楚岙哪里舍得,就躺在地板上装死,打死不起来。

袁泽也闹了一身汗,就由着他拉扯着坐在他身边。楚岙环着她的腰,"我都这么爱你了,你还有什么不放心?你都知道的嘛,我妈在上海开个小公司,做服装生意,她一心想让我子承母业,可我懒呀,怎么肯。我妈妈当年是想安排我读艺术的,我呢,也是耍了个心计远走高飞啦。你也知道,密歇根大学世界大学排名还算不错,又是美国历史最悠久的公立大学之一,我妈自然没话说。"说到这儿的时候,楚岙翻身坐起来,认认真真地看着袁泽,"所以,你看,别看我比你小,我做事一直比你成熟。我不冲动,我会权衡,绝不会用伤敌一千自损八百的招数。我求共赢。"

他一双眼亮晶晶的,狭长的双目含着笑,无限风流的样子,说成熟吧真是坚持笃定,说天真吧,又十足一副求表扬的样子。

袁泽忍不住笑，拍拍他发顶，"好好好，崽崽你最厉害，阿姨向你学习。"

楚畚心满意足地笑，倾身过来将袁泽抱了满怀，他话音低低地压在袁泽耳边，怎么听怎么像是委屈撒娇，"裴政东这边我绝对不会过多插手，就是帮他过渡下。我不想经商，我就想当个大学老师，跟你在一起，安安稳稳地过日子。你会不会嫌我不争气？要是我挣钱特别少，你要不要考虑养一养我？我可以考虑少吃点。"

"不养，绝不。"袁泽这么说的时候，伸手用力掐青年漂亮的脸蛋，"骗子，你这小骗子，也不知道清溪南山下谁那么大的手笔投资。"

"那是我身家性命之所在啊！"

袁泽抿着唇笑，伸手将青年拖起来，央他给自己来碗小馄饨做消夜。她信这个青年，每每听他说话，便觉得内心里充满无限笃定。

她站在厨房门口，看青年不情不愿地忙碌。高大身形窝在狭小的厨房里，格外生出一些局促，可是他认认真真剥虾壳、去虾线、切香菜的样子又那么动人。

"我妈想见你。"

袁泽也不知在想着什么，这话脱口而出。

楚畚瞬间明白了她的担忧，他回头，一眨不眨地看定了她，"袁泽，我承认我们之间肯定会存在问题，年龄、距离、家庭差异，甚至不定性的未来。但是你一定要相信，我们之间所有的问题都是建立在不分手的基础上。你看，我整个人，全部爱，所有身家都在你手上，你怕什么？人家不是说'好女怕缠郎，男神怕女王'嘛，你就是我这辈子死缠不放的女王。

什么都别怕,逆流而上,溯游从之,只要能追上你,我什么都不怕。"他冰凉的指尖划过袁泽的鼻尖,暧昧得一塌糊涂,偏偏动人,"袁泽,如果能见你的家人,那将是我极大极大的荣幸,真的!"

"我越来越看不透你了。"袁泽这么说着,转身去等自己的小馄饨。

那日夜深的时候,袁泽迟迟睡不着。而立之年在即,她却如此仓促地邂逅了一段爱情,一面忐忑不安,一面坚定不移。

她枕着《追忆似水流年》,翻来覆去地看,看来看去视线不过流连在同一页……她满脑子都是楚呑,自始至终都在想:原来,只要愿意,我们完全可以把自己的每一刻都过得诗意盎然;原来,人生的每一段旅程、每一场经历都是一种奇迹般的历练;原来不是我爱上楚呑,而是爱情的本身就是楚呑而已。

多么矫情,又是多么不可逃避。

他们相爱,是一场宿命。

第二天一早的时候,楚呑带袁泽去陆子兮的画廊。

那小子最坏,极力鼓动袁泽不选对的,只选贵的,先斩后奏,拿了就跑,竟还好意思觍着脸问袁泽:"对不对,我是不是特聪明。"

"对,你真是,特,聪明。"

楚呑乐不可支。袁泽却一心惦记着在山阴别墅看见的那幅楚呑的肖像,可惜那画儿并未完成,听陆子兮的意思,裴政东是不准备画下去的。

"裴先生是不是不太擅长人物?"

"倒不是不擅长。说起来,他的人物售价反而高,因为画得少……哎?你是……哈哈,我知道了。"

"切！"袁泽有时候真是恨透了这小子的聪明，不由得冷哼表达不屑，"你是吃什么长大的？长这么多心眼儿都没耽误你长个子！"

"我还不知道裴政东啊，他很少画人物，偶尔练笔画画身边人。这么说，他那幅《晨色》是被你拿走了？想让他画完？哎呀，袁小泽，原来你这么爱我啊！你快承认呀，你承认我就求裴政东画完送给你！画个大的！"

"哼，真人就在我眼前呢，我要什么大的，不要！"袁泽一脸傲娇，却耐不住红了脸。

楚呑这会儿高兴得忘形，画室也不去，直接将车转去了山阴别墅。

"你干吗？"

"去要画啊！"

"陆子兮呢？在家吗？"

"当然在家。"

"哎，你这蠢货，不能去啊。"

楚呑哈哈笑，"就去。我都不怕见肖妈妈，你还怕见陆子兮？大不了我们不告诉她就是了。"

袁泽恨不能爆粗，"这还用专门告诉她嘛，你是有多聪明还是她有多笨？"

"没事没事，丑媳妇儿总得见……不对，我们总要公开的，你又不打算金屋藏娇。"

袁泽无话可说，楚呑便又自顾回忆了初见时候的尴尬。

这时候，袁泽才忽然想起，陆子兮曾信誓旦旦地说："不过是个熊孩子，早晚收拾他。"

有哪里不对？

偏偏她又想不出。

楚岙带着袁泽进门的时候，陆子兮正在一楼露台上半梦半醒地晒太阳。她衣着宽松，看着并不显怀。难得她没化妆，面上的憔悴就分外明显。

袁泽小心翼翼地走过去，尚未靠近，就听见陆子兮懒洋洋地说："老远就闻见你的味儿了，还想吓唬我。"

"陆小狗。"袁泽大步靠近，顺势坐在她脚下，"最近怎样？好些了吗？"

楚岙也跟了过来，很规矩地叫了一声"陆阿姨"，袁泽失笑。他却一本正经地不理，"室内温度高，你把外套给我。"说话间，他伸手将窗户开了细微一道缝隙，"您还是要开窗透气的，山里空气好，对您身体也有好处。再说，玻璃挡着晒太阳，也没什么用处，只管着出汗。"

这话有点刻薄了，他说得却认真，一板一眼的，袁泽看着，越发想要发笑。袁泽赶着让他走，陆子兮也不接茬，就牵着袁泽的手问她，"看中哪幅画了？"

"哦……楚岙看中上次我拿走的那幅肖像，来求裴先生画完呢。"

"哦？他想要什么，还用求裴先生？"陆子兮这话说得极冷，一点情绪都不带，正当袁泽心存疑惑的时候，她转而又笑了，"你跟这孩子……可不是一般亲近啊？原来你好这口？我哥知道吗？"

也不知为何，陆子兮这一刻的戏谑让袁泽有些脸红，仿佛自己做了什么不得了的坏事。她倒也坦荡，只管回答："知道。"

陆子兮显然没料到袁泽这样坦诚，她眯着眼睛笑起来，靠近了盯着袁泽的眼睛看,"不容易呀,这么多年了,从来没人能走到你心里。这小子好大的福气!"

"哪里,就是遇见罢了。"

"嘿嘿,你知道这小子底细吗?就这么死心塌地了?"

"知道吧,他挺好的。"

"是挺好,裴先生也很想重用他。不过,凡事还是要多用用心,省得被人卖了还帮着数钱。你看我,为人当牛做马这么多年,如今怀了孕,又怎样?"陆子兮这话说得含而不漏,面上清冷的笑意隐约带着点讥讽。

袁泽一时没能领会,却又不好深问,只看着陆子兮不言。

"得了,难得你坦诚,我做主,那画儿一定让你拿到手就是了。"陆子兮笑起来,伸手刮袁泽鼻子,"你要怎么谢我?"

袁泽但笑不语,坐在露台上陪陆子兮聊了良久。自然,陆孟礼订婚的事儿她是不敢提的,倒是陆子兮主动提起来,言语间倒是少了怨毒,又替陆仲祈抱不平,"二子追了你这么多年,你看,就落了个这结局,那二傻子,备胎了。"

"什么啊。我真的一直把他当兄弟。"

"可不是嘛,小女神,为了个兄弟,他跟家里闹得要翻天,堂堂陆家嫡亲的小公子追到警校去受磨砺。"

袁泽大笑,"那不是少不更事嘛。"

"说得好像现在更事。"

袁泽有点笑不出,"子兮,坦白说,这么多年了,仲祈对我来说,更像个亲哥哥。我们之间,不可能有爱情。"

陆子兮笑了,"亲哥哥。我们都姓陆,我都不敢说他是我亲弟弟。你啊。"

那日临走的时候,已近正午。艳阳里陆子兮拥着薄衾睡着了,裴政东没有露面,楚岙却笃定袁泽一定能够拿到画。

走出别墅的时候,袁泽忍不住再回头,仿佛又看见当时婚礼后隐藏在花园一角的楚小岙。

那时他们还是陌生,此时,却深深驻扎进生命里。

第十八章　　我是你的大猴子

过完年，天气的晴好似乎在一夕之间发生，眨眼间就催生出一个鲜嫩的初春。

伴随着那些"草色遥看近却无"，隐藏了一冬的小溪山醒了，南山下也火了。

最初想着把南山下做成民宿的时候，袁泽并没有想过要有怎么深远的发展，不过是给自己一个归所。

没想到，这一片山水有灵，几次活动做下来，已经渐有声名。

胖子与橙子提出的农产品网络销售方案顺利得到政府扶持，马上作为精准扶贫的重点项目推广，还会以溪山水库一带为试点，依托南山下网店，成立农产品专业合作联合社，官方的宣传活动很快展开，冠冕堂皇的词儿说得相当耀眼。

按照橙子的意思，网络平台的推广和运行交由他寻找贫困大学生合作，线下的各项工作则交给胖子。南山下这一群有故事的人，越发鲜活起来了。

陆仲祈来了兴致，特意寻访几位擅长本地野生菜的民间大厨推荐过来，一群吃货兴高采烈地研究什么特色菜，什么铁锅大鹅、山蘑鸡仔、特色羊汤、山野小菜、小葱豆腐之流，种种原料大多就地取材，纯天然无污染，烹饪手法虽是粗放的回归乡野，却也将"食不厌精脍不厌细"的说辞精细地用在了食材的选择上，更令人热爱和放心。

陆子兮病了一场，画廊的事儿越发不去伸手，楚吞被她指点着经营画廊，又有学业没有搞定，偶尔还被传唤回海市觐见母上大人，忙得脚不沾地，少能脱身，南山下一应的事儿全都甩手给袁泽。

即便这样忙着，楚吞的邮件还是适时地躺在了袁泽的信箱里，是一份完整的管理提升方案，从管理规定到人员管理，设计财务、管理、网络宣传、售前售后服务、后勤等分工流程种种都细致地分析清楚，规范开来，"既然把局面打开了，那就拿出个做事业的样子来吧，咱们自家的南山下，你想怎样，我都支持。"

袁泽看着那厚厚一沓的资料，也不知他又熬了多少通宵，若说不感动，根本不可能。这青年细致入微、雪中送炭的本事，总是令人感动。肖梦兰那边，营养师的指导十分到位，又找了海市的专家进行愈后会诊和指导，许多特效药物、营养品也都是他亲自过手购买。

可即便是这样，这段感情仍然不被看好。

苏小满也不知怎的总似在跟她闹着别扭，一时亲近一时又耍性子不肯跟她谈心，她便只好让自己忙一点再忙一点，不相见就不想念，干净利落。

楚吞觉察了她的情绪，大半夜跑上山去，将她堵在南山下。他喝了些酒，衬衫的领口随意敞开，三月底的夜风清凉，他亦不在意，只管缠着袁泽撒娇，"我不行了，早晚得让陆子兮把我玩儿死。"

楚岙这么说的时候已经深夜两点。袁泽也倦了，偏又舍不得这一时一刻的相处时光，就干脆与他凑在一处窝着不言不语。

"嘿，袁小泽，干脆……咱们私奔吧？"

"这是什么话，你怎么不蠢死？"

"呜……我是真想你，你都不想我吗？我这么帅！陆子兮再这么虐待劳工，我可真吃不消了，我妈还一趟趟地催我回海市，论文还在改改改……"他这么撒娇说着，忽然笑得狡黠，就撑起身子凑近袁泽，他干净的唇线擦过袁泽侧脸，轻声道，"是……虐待……你老公。"

那三个字，楚岙说得极轻，又极慢。

袁泽从不觉得自己是开不得玩笑的人，她一直自认洒脱又大度。可那一瞬间，那几个字轻飘飘地顺着她耳朵钻进去的时候，就忽然在肺腑间轰的一声炸响，烟花般璀璨。她面上烧得泛红，尴尬又无措，抬手握住他头发，将人拎起来面对面看着，"小混蛋，你不想活啦？"

"你这是恼羞成怒、谋杀亲夫吗？"

袁泽看着他，莫名纯情起来，脑子里似乎一片空白，她觉得自己应该揍他一顿，又觉得这大半夜的实在不该扰民。就在她还没想明白的时候，那人已经纠缠着吻上来，极轻又极虔诚地啄吻她的嘴唇，笑弯了一双好看的眼睛，问她："咱们私奔吧，好不好？"

楚岙按着陆子兮的安排去办青年作家西藏行的东省巡回展。这次布展地离东泉不远，是东省有名的山城，恰好那边山上有整栋出租的玻璃屋顶的小别墅非常出名。

"你说，我们这算不算行业考察？不去岂不是太吃亏？"

"对，太吃亏。"

"关键是，有流星雨啊。你听说没？微博上新闻上炒好几天了，嗯呢，一起去看流星雨什么的。"

"对，看流星雨。"袁泽忍笑忍得肚子疼，楚忞仍在一本正经地胡扯。

"那，你说，老宝贝，我们要不要私奔？快说对，要私奔。"

"对，要私奔。"袁泽忍无可忍，将他整个闷在靠枕下面，"你这蠢货，你属二哈的？大半夜地闹闹闹，还要不要睡了？"

沙发太小，楚忞并不敢用力挣扎，生怕碰着袁泽，就一面笑着一面扭捏求饶，好容易从她魔爪下逃脱，一路笑哈哈地往客卧逃跑。

袁泽懒得动，窝在沙发里就这么睡下，楚忞靠在卧室门口看她，不一会儿悄悄出来将她抱回主卧，吻着她的额头说晚安。

袁泽的心境暖得如同这春日里的一汪水，清澈又柔软。她实在喜欢这青年，喜欢他说爱就爱的勇气，说走就走的秉性，一成不变的生活得让人多么绝望。

故而，去往鲁山的那天，即使天气阴沉亦不能阻止他们出行。诡异的是，三月的最后一天，他们路遇一场春雪。

汽车正行驶在山间，那些细密的雪绒花飘了几朵，转瞬便堆积成鹅毛，大片大片地扑落——整个冬天，袁泽都未曾见过这样豪放的雪。一路缓缓而行，只见着远处层层叠叠的山暧昧不明，雪花将那些低矮山村里白墙红瓦的房屋悉数掩埋。

很陌生的景色，也很安静。

越走，越是行人稀少，空旷的天地之间仿佛只剩下他们两个人而已。

"停车？"

"好呀。"

心有灵犀！楚岙就这么将车停在路边，他们都没下车，只静静地坐在车里观望。大片的雪花粘连在一起，棉絮般轻柔地扑到车上，堆积在车窗玻璃上。楚岙不说话，静静握着袁泽的手。

四野都是山，水墨一般地重叠沾染，缥缈得近乎幻境，宁静得近乎深沉。

不是没有一起看过雪，也不是没有一起看过山。远在西藏的时候，他陪她见了世间所有的风景。更何况，袁泽一度不喜欢这样低矮的山，没有山势。经这些白雪一盖，一座座的山都团身瑟缩，看起来那般悲凉，就好像人之于生活的悲渺，不能不低头，不能不妥协，不能不矮身求全。

可此时此刻，她冰冷的手栖息在他温暖的掌心，心境就全然换了——便觉他们一个个都如守护白雪公主的小矮人，那样鲜活灵动、仁慈善良。

原来，生活的境遇一直是这样的，看山成山，看水是水，都在各自心底。

她这样胡思乱想的时候，青年倾身枕在她腿上，懒散舒展筋骨，是耳鬓厮磨式的亲密。袁泽伸手抚摸他耳边的短发，"真希望时间就这样停住。这样，我就可以轻轻松松地抱住你，天堂太远了，人间有你，一切都刚刚好。"

行至鲁山的时候，他们早早将车停在山脚，一路往那小别墅徒步。这场雪来得离奇，山间的野杏已然着蕊，那些浓郁的红都掩盖在白雪皎洁的冰晶底下。山路一层层地绕，行至半山，雪已然停了，阳光若隐若现。眼前是一道巨竹的长廊迂回，那雪的欺压、光线的返照使得这红与绿的对比那么分明潋滟。

眼前风景原本简单，却因这一场错季的雪，妖娆得令人心折。

转角的时候，远远看见山间的别墅抵达在即。楚峾忽然转过身来，放肆将袁泽扛在肩上，撒腿就跑。袁泽被他吓了一跳，"你这小疯子，放我下来！"

他不放，只管扛着她一路奔跑，气喘吁吁的时候，他放下她，低头抵着她额头说："我爱你。"

然后这一声越来越高，青年放肆地在山间喊起来："袁泽，我爱你！我爱你！"

"你这小疯子，不许喊！"袁泽跳着脚去捂他嘴巴，不许他乱喊。楚峾哪里肯，只管一面喊着一面躲闪，也不知怎么，两人就打在了一起，若非背包沉重，这场雪仗非发展成近身搏击不可。

楚峾狼狈地躺在白雪覆盖的路边枯草堆上，"太野蛮了，说爱你也不可以吗？"

"不可以。"袁泽笑着抓起一把野草掷他满脸。不过短短几个月，这三个字，袁泽听了千遍，比她一生听过的总和还要多得多。

"这不是承诺，也不是表白，就是此时此刻我的现状而已，我就是爱你，迫切地想要让你知道。我得告诉全世界所有的山和水，我有多爱你。"

"虽然很假，但是我喜欢。"袁泽笑眯眯抓过相机，站起来居高临下地拍照,"我可都记住了,你若哪天背叛我,这便是呈堂证供。"

这话说完的时候,袁泽自己都愣了,原来她还在怕背叛,原来这才是他一遍遍说"爱你"的原因所在。

楚岙不说话,伸手跟她借力,又拽着她拉拉扯扯地向前。

这地方虽说是山间的玻璃房顶别墅,噱头十足,但要说起景致清幽、设施齐全和服务贴心,却远不如南山下。

楚岙忙着为她煎一个小牛排,袁泽刚刚洗过澡,只穿了衬衣长裤,靠在开放式厨房边看他。

楚岙怕她冷,吩咐她把外套穿上,转而又吩咐她:"我口袋里有个东西,你帮我取一下?"

"嗯?"

"去啦,快点。"

"什么啊。"她短短的头发凌乱地堆积在头顶,长衣长裤都是肥大慵懒的模样,就这么晃晃荡荡邋里邋遢地去翻他的外套口袋,就翻出一场比四月雪还令人惊喜的意外。

"这是什么啊?"她一脸好笑地捏着一大一小两枚银制品摇晃,也没个包装,就这么空荡荡的两枚随心所欲地丢在口袋里。

袁泽是认识的——那大的是金箍棒,小的是紧箍咒。

楚岙已经将牛排放上了桌。

"你啊。"他笑嘻嘻的样子十分顽皮,"《西游记》你没看过?我要说是我亲手做的,你信不信?"

袁泽不说话,楚岙将那两样小东西接过去。

是不精致。

"我用银黏土自己做的,紧箍咒的戒指不精细,内侧有凹槽呢。金箍棒的刻花实在做不来，找了位银雕师傅给单独刻的，这个花纹，是我自己画的。"

这话，楚岙说得很冷静。

"挺幼稚对不对？你一定不喜欢，可我没办法了。袁泽，你总是这样，一面满心怀疑不信任，一面勇往直前。你就好像是块燃烧的冰块，内里全是凉的，外表却火焰缭绕。袁泽，你这视死如归的爱法，我接受不了，我心疼。

"我每天都在说爱你，说一万遍。我怕我不说，你会怀疑，又怕说多了，你还会怀疑。袁泽，人心都是肉长的，我担忧你，也难过我自己。

"袁泽，如果你不信我，那我们就真的很难很难熬过这么长的一段距离。你知道我已经休息了半学期之久，总归还是要回学校的，那边申博顺利的话，我能早一年回来陪你，我最晚五月势必会走。在这之前，你必须让我放心。

"你看，金箍棒呢，就是定海神针，对不对？给你。求求你，看在我亲自动手的分上，只要看着它，就定了心地想着我爱你。紧箍咒呢，给我。只要你动动手念念经，我就唯命是从。"

这一席话，楚岙说得又慢又轻，仿佛是个受了委屈又无可奈何的小孩在轻轻地讨好和求饶，"袁泽，我就是你的大猴子，我把我的武器和我的软肋都给你。你可以不相信爱情，但你要相信我。"

那时刻，天色正昏暗。陌生的客厅里并没有开灯，只有厨房里一盏小灯暖暖地照亮了一角，外间将化未化的白雪盈盈地返照。袁泽沉默了很久，很久之后，她才缓缓将那紧箍咒的戒指戴在楚岙手上，又任楚岙将那金箍棒的手镯戴在她手上。

他把她看得很清楚。

"幼稚。"她这么说着的时候，抱着那青年哭了。她甚至想不起有多久没落泪，三年、五年，还是更久？她内心里埋了太多往事，实在难以轻易地抛开。他太年轻，而她却在渐渐老去。她听了一辈子都没有听过的情话，被暖得大汗淋漓，仍要告诉自己视死如归才能往前迈一小步。

自以为最洒脱，却最矫情。自以为最成熟，却最天真。

"楚岙，我……你说得对，我是真的一面贪恋一面抗拒，一面觉得爱一面觉得怕。有时想着你爱我一日我便赚了一日，有时候又想着，我这样的年龄怎么还去抓住你这样年轻的爱情？我是……真的把我最后的青春、最后的爱情、最后的幻想，都拿出来给你了，烧尽了这些，我就真的什么都没有了。我贪心，也爱你，真的是倾尽所有……"

"爱情不是这样的，袁泽。我不希望你在这爱情里有一点委屈。如果你不相信我，你就别靠近，等着我去靠近你。如果你还怀疑未来，你就继续考验我，等着我披荆斩棘。你不必逼着自己爱我或者付出什么，只要让我爱着。"

"这样不公平，我不能……"

"你能。袁泽，我生来为你。"

"你情话技能满点，我不信你。"

"那就别信我，做给你看。一年不够两年，两年不够三年，三年不够一辈子，反正我一直在你身边，不死不休。"

袁泽呜咽的声音越发清晰，转瞬就穿越了流年。

那些泪光里，袁泽抬头看着硕大的玻璃窗上不甚清晰的两个人的身影，忽然又看见了当初那个裙裾飞扬，长发及腰的少女，巧笑嫣然，美目顾盼。

楚岙抱紧她，他说："我已经心满意足。"

袁泽忽然觉得此时的自己像一团柔软的橡皮泥，轻易地被他温柔的指尖左右，揉圆捏扁，一时被挑衅，一时被安抚。

转眼四月初，南山下农产品专业合作联合社挂牌、葱葱订婚，紧接着便是楚岙生日，都在那几日。这好事连连的劲头，真是挡也挡不住了。

最初，哈娜提出借葱葱订婚在南山下碰头小聚、再创新篇的时候，袁泽是不同意的，她还记得当年胖子暗恋葱葱那茬，倒是胖子拎得清，第一个表态支持，"过去就过去了，再死揪着多没意思。"

筹备好周六晚上行行摄摄的聚会，苏小满尚不满足，又作妖。周末两日的住宿已经内定，白天整个"春日宴"的汉服大会，邀请了汉服爱好者参加，又有专业摄影师全程跟拍，南山下的公众号后台留言几乎被刷爆，胖子直抱怨要累坏小橙子。

彼时，山上的花儿开得正好，漫山遍野的野杏、野桃竞相开放，山间小路曲折，又多些自然野趣。难得那棵海棠也活得葱郁，开了好一树繁花似锦，那温雅香气缭绕不去，那么引人。

陆仲祈终究拗不过苏小满再三邀请，到底是上了山。他以为自己是偷得浮生半日闲，谁料这就是羊入虎口。苏小满那儿早下了血本准备了一身玄端制的忠靖服等他，还不忘微博夸了海口许下宏愿，一定要让小陆总穿了玄端配合拍照，引得众多粉丝颔首称庆，竞相等候小陆总真颜。

陆仲祈哪里见过这阵势。

"哟，天子燕居之服，陆仲祈，你还不满足哪。"袁泽不肯理他，笑呵呵地拉着楚岙上山。

陆仲祈见着那两人走远的身影，伸手扯了头上帽子，不管不顾将那乱七八糟的衣服一股脑地堆在苏小满身边，"苏小满，我不是小孩子了，我没心思陪你玩儿！"

苏小满上一刻还兴高采烈，这一刻眼里就盈出泪光，"你凭什么冲我发火，你有本事追着袁泽去啊，你有本事告诉她，你爱她要娶她，除了你没人能给她幸福啊！你憋憋屈屈这么多年连句表白的话都不敢说，冲我能耐什么！你凭什么扔我衣服，这玄端我找人量身定做的，纯手工！花了好几千呢！"

苏小满越说越委屈，收拢了衣服抱着便走。

"哎哟，我的天！祖宗，你能不添乱了不？"陆仲祈一个头两个大，他伸手拉了苏小满的手臂，"我什么时候说要追袁泽？我要追她还用等到现在？我就是怕楚岙不靠谱，我怕她吃亏。"

苏小满任他拉着，也转头去看两人一起消失的那条小路，"我也怕袁泽吃亏。我刚认识她的时候，她也这么漂亮，人站在那里，就像个精致的洋娃娃一样，一点儿精气神都没有。我是眼看着她一步步挣扎着出来的，整夜睡不着的时候，头痛得想撞墙的时候……我都是一点点看着的。可能也就是因为看着她，所以我不觉得被刘弩抛弃了是个事儿……我也怕。可是陆仲祈，我们有什么办法呢？每个人都有自己要遇到的人和事，每一场遇见都是上天给我们的历练，结果是好也罢不好也罢，那个经历的本身就成全了很多东西。我们阻碍不了，更避免不了。你看，我遇见刘弩，遇见袁泽，遇见你，都是不可转移的宿命。对不对？"

陆仲祈看着苏小满，不由得挑眉，"哎哟，小女神，你怎么也神叨起来了？"

"难道你以为我只有脸吗！本姑娘吸粉无数是靠着这张脸吗？学富五车、才高八斗好不好！"苏小满气得脸红。

陆仲祈这么看着她，忍不住在她脸上掐了一把，"走吧，我们也出去走走，带我去村里转转再见见橙子。你们那个电商平台，我想投资。"

"哎呀！这感情好！那，这衣服你穿不穿！真的特别美！我按帝制给你定的！"

"呵呵呵，不穿。钱算我的，东西你留着。小爷我丢不起这人。"

苏小满一脸傲娇，恨不能将那衣服扣在陆仲祈身上，却又舍不得。只能乖乖把衣服收了，回去换了T恤仔裤，又一溜烟跑回来。

"我在微博夸海口呢，要是哄不了我男神穿玄端，抽奖发三个大红包，一个三百哦。"

"嗯？你说什么？"

苏小满一愣，拔腿就跑，"我真的什么都没说，你赶紧的，腿脚不灵便吗？走这样慢！"

陆仲祈漫不经心跟她身后，笑眯眯地说："算我的，我有的是钱。"

当夜色越来越浓，春日特有的寒意浸染暮色，行行摄摄全员出动，一行人毫无顾忌地从傍晚闹到凌晨，一个个实力演绎了什么叫"无素质""无形象""无酒品"的"三无"品牌。

胖子难得高兴，抱着酒瓶子跟众人依次介绍他能干的亲弟弟小橙子。空气里浓酒黏稠的香气始终散不尽，袁泽在角落里找到楚喦，可怜的准寿星公正亲自上手为众人烤一条硕大的羊腿。

"这你都会？"

"打个下手而已。"

不远处，苏小满穿了一袭红色的汉服长衣，与衬衫西裤的陆仲祈一起坐在矮墙上，月色浓得不像话。风很静，苏小满喝了酒，面上的绯红像是从初开的海棠花上沾染，那长长的裙裾垂下来，美得妖娆。

西装配汉服。

"你要不要把那玄端穿了，你看看我，好不好看？"

陆仲祈不说话，视线留在山顶的一弯小月，答非所问，"我很忙。"

这样不伦不类的搭配与不伦不类的对话，偏偏场景又十足和谐，仿佛前世今生都在这个神奇的夜晚，经由这一个古色古香的院子和一盏盏透亮的红灯笼串联在一起。

袁泽站在楚呑身边，笑眯眯地看他忙碌，"一年前，我在黄山采风的时候，南山下还是个举步维艰的小茶馆，我是绝对没有想过会有今天。"

就这会儿，楚呑侧头亲吻了她的唇角，"会更好，你信不信？等我把这一期裴政东的佣金拿到手，我们可以再扩两个院子，我一直陪你住在这里。好不好？"

"好啊，咱们慢慢来，不着急。"

"那么，你什么时候嫁给我？"

袁泽一时愣住。

这是属于他们的南山下，他们一手打造出的南山下。

一个多么简单的地方。不过是一座寻寻常常的山，山里的百姓淳朴，日日守着高山清泉，日出而作，日落而息，那些淹没在层层山麓里的浓厚乡音，踏实得让人生不出任何一点缠绵旖旎的情思。

偏偏这寻常里，藏着一种质朴的、不为人知的安然，藏着一种等着人们去发现的浓墨重彩和轻巧灵动，那是一种山水相依的自然。

山山水水都写着不离不弃的一辈子。

"你嫁给我，好吗？"楚岙仍旧笑着，又说了一遍。

袁泽整个愣着。

"你这算求婚吗？"

楚岙不说话，只微笑着晃了晃自己戴着紧箍咒戒指的手。

袁泽笑了。

相识这一年，兵荒马乱的种种事端从未中断，可因为心底有这么一个人在，再怎么无可奈何都可以燃生希望。

这青年真好，无论何时，只要她伸出手，他就在。这种能量对于袁泽来说巨大得几乎超过万有引力，没办法挣脱，也没有能力抗拒，只能这样一面挣扎又一面放纵地爱到底。

这就是爱情，它是朵罂粟花，生来具有魔力，让你明知道生死未卜还欣然前往。似乎，这一生，只要稳稳地牵着这个人的手，就可以坦然而生，就可以欣然而死，还心满意足觉得一生足矣，再无他求。

袁泽忍不住叹息，倾身稳稳地将他抱紧，"我看过很多的故事，也看过很多现实，从来不相信爱情这种东西会真实存在。才子佳人也罢，王子公主也好，都敌不过现实。但是没办法，我抗拒不了爱情，抗拒不了你给我的爱情。"

"那么，你是愿意嫁给我的，是吗？"

"我没想过，我只想着就这样长长久久地一路走下去，不再坎坷也没有蹉跎。"

　　"那你就嫁给我。"楚呑笑着,温柔地牵起她的手,在她掌心一字一字写下:"天大地大,我陪你天涯。"

第十九章　我已经用尽洪荒之力

满天的烟花嘭一声炸开，一院子欢声笑语传来，从耳尖直冲肺腑。

这一川山水瞬间就活了，山、水、青松与明月，都鲜活带出了微笑。

苏小满坐不住，满院子跑着拍照发微博。

她拉着陆仲祈自拍，笑眯眯地问他："陆仲祈，你觉得袁泽和楚岙可能吗？"

"不知道。"陆仲祈在一阵阵烟花声中提高了音量。

苏小满笑弯了眼，也跟着陆仲祈大喊："那你觉得我跟你可能吗？如果我追你……"

好神奇！苏小满这一句话出口的时候，正赶上烟花停歇的那一个瞬间，满院子安安静静，只有她这一句表白的呐喊清晰明了。

"噢——"众人立刻欢呼起哄。

袁泽心情极好，亦跟着众人闹腾。

葱葱喝了不少，靠在未婚夫怀里一脸幸福。

楚岙的羊腿已经烤好，正依次分发给众人品尝，又被拉着不停推杯换盏。

苏小满脸上彻底红透,仍骄傲地昂着头追问:"我在问你。"

陆仲祈笑了,伸手将落在她发顶的落花抚开,"苏小满,你可以试试。"

这一波的热闹又掀起了高潮。袁泽忍不住去牵楚呑的手,两个人躲在这热闹的边缘上,静悄悄地看着,抬头数天上唯一的那个月亮。

那天晚上,很多人都喝多了。袁泽也喝多了,她甚至记不清自己怎么回复了楚呑的求婚,亦不知道那口说无凭的求婚是不是真的发生过,只记得苏小满大胆表白陆仲祈,让这小院子火热热地炸了一把。

就在那天一早,苏小满拿着手机一路跳过来,"袁泽,楚呑是不是快过生日了?他人呢?我发现好玩儿的事情哦。"

"四月二十,说是要回海市,陪妈妈去日本旅行过生日。怎么了?"

"你不陪他过生日哦?他不让你陪?"

"苏小满,你到底想说什么?怎么了呀?"

那丫头一脸看热闹不嫌事儿大的表情,笑眯眯竖起自己的手机慢呑呑地摇晃,"袁泽,有人跟你家楚小呑表白哦……"

袁泽漫不经心地接过手机去翻,看到苏小满的微博中昨晚聚会的照片,她发了一组她跟楚呑的九连拍,烟花深处,十指相扣,满脸幸福。

下面刷祝福的不少。

其中就夹杂了一句:"如果可以,请给我个消息,两年了,你到底在哪里?如果换了手机,关了QQ和微信,我就再也找不到你,缘分浅成这样,我还能怎么抗议?连分手都不给说话的权利。原来，你躲在幸福里，我才会找不到。"

"咦？有意思啊。那小子不是没谈过恋爱？"袁泽这么看着，有一瞬的心酸，又觉得很有些好玩，转而去看那微博账号，"朝琴慕楚……是冲着楚呑来的？"

"应该是……"苏小满利落地点开那女孩头像，对方是个年轻的漂亮女孩，坐标海市，微博里大多内容跟钢琴有关，"你看这个，看这个。"

对方转了个四月二十的生日祝福，说："找到你，见到你，不放弃。"

"哟，这文艺的，自愧弗如。"袁泽笑着，顺手将手机还给苏小满。

苏小满盘腿坐袁泽对面，仍专心致志地翻那个人微博，"嘿嘿嘿！袁小泽，这事儿不对呀！"

"怎么了？你这一惊一乍的。"

苏小满竖起手机展示照片给袁泽看，"这个人，前几天用微信预定过南山下的住宿，因为客满，被拒绝了，她还专门留言请求调剂来着。她微信也是这名儿，头像是这张照片，我印象超深刻。橙子说她漂亮，胖子还笑话他来着，哥儿俩为了句玩笑话差点吵起来。哎，袁泽，机票、机票哎！嘿嘿嘿，她下周末来东泉啊，哈哈，热闹了哦！"

袁泽揉着耳朵听苏小满兴致勃勃地一惊一乍，"你可以做女版福尔摩斯了。"

"说什么呢，人家明明是小柯南——真相只有一个！袁泽，你情敌来了，哈哈哈哈。"

袁泽忍不住想翻白眼，"我情敌来了，你就这么开心？看热闹不嫌事儿大。"

"是挺热闹嘛，这明显就是新欢旧爱大碰头！不过怎么看你都是那个大赢家，那我还不就看热闹呗！"

苏小满这么说着，就十足手欠地转发了人家机票的微博，说："代表东泉欢迎你。"

袁泽掐死苏小满的心都有了。她懒得搭理，直接将电话打给楚岙，"早啊，昨儿睡得好吗？我是喝大了，这会儿嗓子还疼。"

楚岙似乎开车，笑声里也带着沙哑，"那今儿多睡会儿，晚上回家给你煲冰糖梨水。"

袁泽就又问他："这几天你还上山吗？要不要给你留房间？机票订了哪天？"

"这几天不上山了，你有空就回教师公寓呗。陆子兮这边安排了几场布展，还是忙。这边时间排不开，我十八号走，直接飞日本。"

"不回海市了？"

"对。"

"那……苏小满这儿马力全开追陆仲祈呢，约周末温泉呢，问咱们去不去。"

"去不了啊，亲爱的……要是不嫌电灯泡，你就自己去，整天闪着小满姐姐，你得给她个报仇的机会。"

"那我不去，坚决不能便宜了苏小满。我留下盯店吧，晚上你过来？"袁泽这么说着，苏小满就趴在她肩上偷听电话，比着手势抗议她信口胡扯。

"到时候再说吧，万一周末出差呢……总不好应你又反悔。"

这边挂断电话，苏小满就瞪了眼抱怨，"你看你看，在骗你哦。"

"不一定，又不是小孩子，他骗得了我？"

哄走了苏小满，袁泽心里还觉得不舒服，就硬生生把那位朝琴慕楚的微博翻了个遍。她微博中关于钢琴的内容很多，其次就是电影、书籍、心灵独白，看得出她爱着一人三五年之久。袁泽这么看着，不由得挑眉。

这么忍了三天，袁泽晃去找橙子，"小橙子，姐姐有个邮箱密码忘了，你能给黑进去不？"

橙子一头黑线，"黑进去？找不回来了吗？"

"可不是嘛，我这脑子真想不起来了。"

橙子看了她一会儿，说话仍旧慢吞吞的样子，"那行，我试试，等会儿喊你。"

不能不说袁泽挺幸运，毫不费力地一招中的——那邮箱里果真躺着一封邮件，是那小姑娘手写的小情书。

她说："楚昚，你为什么还不出现？我不明白，那个老女人到底有什么好？让你这么死心塌地？求求你，让我看看你。"

看完那封信，袁泽关掉网页，漫不经心地踱回去。

心情足够复杂。即便她是那个赢家，她也不愿意这样看见他的旧爱，何况她的小爱人自称从未爱过。可现在，就是有一个年轻的鲜活的小美人在称她是老女人，在热切地爱着他并千里追寻至此。

"太励志了。"

周末那天是四月十二日。

事到临头，袁泽仍旧不死心，又去邀请楚昚温泉行，又遭拒绝，眼见着那朝琴慕楚更了微博，晒了餐厅昂贵的自助餐券,文字却只写了"时隔两年"。

袁泽不由有些气闷。

年轻人到底不靠谱,上周还在求婚,这周却在隐瞒。

她想着那会儿楚岙在烟花底下一遍遍问她"要不要嫁我",就有些笑不出来。

那天,刚好下了一场雨,淋漓的春雨将这一片山川滋润得十分多情。袁泽穿上宽松的亚麻长衣长裤,与苏小满一起在廊下喝茶,原子懒懒地窝在她脚下,偶尔活动下筋骨,不断地抬头求爱抚。

袁泽到底烦了,"我出去走走。"

苏小满乐不可支,"哈哈,袁泽,你沉不住气了呀,你这是要去捉奸吗?带上我吧!我开微博直播好不好?"

袁泽顺手抱起原子塞进苏小满怀里,"你个小疯子,还是先直播怎么追求你男神小陆总吧,管我呢,咸吃萝卜淡操心。"

她换了衣服,开车往东泉市区走。雨还在下,硕大的雨珠子不紧不慢地砸在车窗上,让人心生厌烦。

等红灯的间隙里,袁泽伸手打开储物箱,抽了根香烟在指尖捏着玩儿。又想起当时在西藏,他也曾敏锐发觉她玩弄香烟时候泄露出的情绪,何等的体贴入微。

这一路漫无目的地行驶,等意识到方向时已然快到市中区。袁泽想了一瞬,开导航往他俩见面的自助餐厅走。

或者因了这心不在焉,又或者因为下雨,总之,转角的时候就与人发生了剐蹭,好死不死,剐蹭的是一庞然大物的公交车。眼看着车上乘客一一下车换乘,公交车司机下车交涉要五百元私了,袁泽无奈地揉了揉脑门。

她没带钱，然后理所当然地给楚岙打电话，那一刻她内心里难得有一点轻松，似乎这样就可以避免所谓捉奸成双的倒霉经历。

没过十五分钟，楚岙急匆匆赶到。他过去跟那司机握手交涉付钱，一气呵成轻松就将问题解决。

"你跑这儿来干吗呢？下着雨呢。"

袁泽笑嘻嘻地伸手搭他肩上，"我不能来嘛？原本想去你画廊看看，一不小心就走岔了。"

楚岙没说话，替她将车开走，又联系汽修。

那一路走得挺闷，那一餐饭吃得也很闷。袁泽这人坏得很，就点名吃自助。她眼睁睁看着楚岙，想从他眼里看到一丝什么情绪，可惜什么都没有。

她笑得蔫儿坏，"你就没什么话想跟我说？"

"没有。"楚岙目不斜视。

那天晚上，袁泽接到陌生来电，那女孩儿自称叫秦郁，跟楚岙是大学校友，"也就是说，我现在也在密歇根留学。"

"嗯。"袁泽无心应酬她，"如果有话，你可以直说。没事儿的话，我就挂了，都挺忙的。"

"来喝杯咖啡好吗？我想见见你。"

"你就不怕被我这老女人打了？你知道的，我行事做派一向随心。"

"坦白说，我真不知道楚岙看上你什么。你想跟他在一起，至少应该知道，像他这样的家世，楚阿姨根本不会同意你们的事儿。更何况他还年轻，想攥住他，你想都不要想。"

"想不想攥住他，也是我的事儿，你说呢？"

"对，你说得都对，可你真的不必得意。想不想是你的事，能不能却不是你能决定的。"那女孩儿被袁泽怼得气结，但她仍在竭力保持着教养，"你应该知道，不管你现在怎样享受着他温暖的照顾、可贵的感情，早晚有一天你会和我一样被他一声不吭地抛下，连个理由都不给。或许你并不知道，我跟楚岙是有过婚约的，你觉得在双方父母都支持默认的情况下，他单方面毁约，有用吗？"

袁泽笑了，"那么，姑娘，谁支持你就嫁给谁好了，干吗要这么为难自己，死缠着一个顶着各方压力仍旧坚决不跟你在一起的人？你爱他是你的自由，他不爱你也是他的自由。至于我们俩的未来，不好意思，这真的不需要你操心。"

那女孩儿不吭声，手机里只能听得见忍无可忍的压抑哽咽，"你一定会后悔的，我会等着那天到来，亲眼看着你跟我一样狼狈。"

袁泽冷笑一声，直接挂断了电话。

不得不说，到这会儿，袁泽是真生气了。她有些不明白，是怎样的深情眷恋，能够让一个漂亮、有才、有教养的女孩儿在整整两年音讯全无的状态下还是忘不了放不下。

想到那个"没爱过别人"的楚岙被惦记和想念，她心里像着了火一样。

她将车开到画廊，打电话叫了楚岙，"忙吗？"

"还行，你有事儿吗？"

"有事。"

楚岙到这会儿才发觉她态度冷硬心情不好，"怎么了宝贝儿？"

"没怎么。我就问你最后一遍，你到底有没有话跟我说？"

"你这到底怎么了啊？好好儿的……"

"呵呵，楚吞，我有没有跟你说过一般老女人生气都会很可怕？我给你半个小时，换好衣服，我在老杨的练武场等你。"

"怎么了啊这是？"楚吞那边还一头雾水。

"怎么了？你想知道？那好呀，我告诉你。"袁泽一字一句地往外挤，"我啊，生气了，吃醋了。我那从没爱过别人的小爱人的旧爱都找上门了，我这还蒙在鼓里呢！楚吞，做人不能这么混，你总要为你的隐瞒付出代价不是？你这人生阅历够丰富的啊，二十三岁就单方面不声不响地毁约踹了未婚妻呢……来吧，咱们老杨那里见，谁也别废话了，打服气了再慢慢编吧。"

楚吞那边起初还挺紧张，等着袁泽这一串话流利地说出来，又笑得眉眼不见，"嘿，我还以为多大的事儿呢。我又不喜欢她，她来不来的又能怎样？也值得你生气？你想活动活动筋骨就直说，哪来这么多冠冕堂皇的理由。"

袁泽不理他，一脚油门踩下去直奔练武场。

她仍保持着每周三次健身房的好习惯，但的确好久没跟人过过招。这会儿楚吞没到，她便沉住气热身，慢慢将拳脚舒展开来，正练得一头热汗时，楚吞便送上门了。

袁泽眼神里一点笑意没有，"我没心情跟你嬉皮笑脸，赶紧的。"

楚吞抬手给她擦汗，"真打？你不心疼？"

"少废话。"袁泽冷笑，一拳就挥上去了，"心疼也是打完之后的事儿呢，急什么。"

"袁泽你恶人先告状！我还没问你怎么知道这事儿

的……"楚岙双臂一挡,利落格开她的主动攻击,后退一步稳住下盘。

今时非往日,楚岙舍不得伤了袁泽,只一味闪躲不肯进攻。袁泽下了几个狠招正中他胸口,眼看那青年闷声蹙眉的样子,也不舍得再下狠手,只能处处顾忌着谨慎出手,速度和力量极大受了限制,楚岙这才趁机出手跟她过了几招,力量又收得极好,全然是逗她玩儿的模样。

这样半真不假地打了一会儿,楚岙趁机将人逼在角落里紧紧抱住,"好了好了,我要累死了,你可怜可怜我。"

袁泽毫不犹豫地踩他一脚,趁他跳脚工夫将手套砸他背上,"滚一边儿去,不跟你打了,逗猫呢你。"

"袁泽,你来劲儿呢?我生气了哈。"

"我怕你?"袁泽转脸招呼老杨,楚岙哪里肯,顺手扯了外套带着,将人扛起来就跑,惹得练武场那群熟人哈哈大笑。

那一路甭管楚岙怎么哄着,袁泽就是不吭声。等回到教师公寓,才刚刚进了门,楚岙就将人狠狠困在怀里压在门边儿吻了下来。

"一把年纪了,脾气这么大?让我猜猜看你在为什么生气?"

"楚岙你行啊,脸皮怎么够厚啊。"袁泽挣脱他,甩脱外套扔在沙发上,转身往浴室走,"我为什么生气这还用猜?"

楚岙便在身后拖了她的腰紧紧抱着,"好了好了,我知道错了,我根本就没想过要见她。不过是一厢情愿的一个小姑娘,也值得你这样?"

"见不见另说,你就不该这么瞒我,这是大罪,罪无可赦,你懂吗?"

"哎，我知道错啦，多大点事儿呢。你打都打了还不解气？"这样说着，楚峜脸上笑容也慢慢淡下去，"袁泽，我都快笑不出来了。这一天天的累得要死了，画廊、南山下、裴政东、你、肖妈妈、我妈还有论文，我哪边儿都不能放下。袁泽，人家都说呢，鞋子舒不舒服只有脚知道。我一直以为，我爱不爱你，你心里最清楚。我对你真的是尽心尽力在爱了，我已经用尽洪荒之力，如果这样你还是不信我，你让我怎么办呢？我也很绝望好不好！"

"没不信你，我就是生气你瞒着我。"袁泽也有一瞬的心软，"生气你瞒着我。如果你心里没鬼，干吗要隐瞒？"

"袁泽，你这是什么理论？我瞒着不说，不是因为我心里有鬼，是我觉得，在我控制范围内的事情，没必要拿出来影响你。我想竭尽可能地给你最好的一切。这样解释，你能理解吗？"

"楚峜，这不对。你应该知道一个人的力量毕竟有限。不管怎样，我们相爱，想要在一起，那么这段感情中所遇到的一切都必须一起面对，彼此坦诚。没有谁有权利独自为这段感情做决定，你懂吗？"

她这样说着，转身去浴室洗漱，回来时发现楚峜备了柠檬水在桌上，人却不见了。

袁泽更气闷了，转身回了南山下。

回程路上，袁泽不由自主地开始编故事。那两人，怎样的门当户对，怎样的相识一见钟情，怎样的追随离家背井，又是怎样的逃避了无音信等等，想到最后脑补出一出狗血大剧的时候，她自己也笑了。

又想着那男孩笃定了要一力承担所有，信誓旦旦承诺给她一切的样子,还真是"霸道总裁爱上我"。

那女孩儿又发来讯息,言辞恳切地表明态度,"姐姐,我已经回到海市。托您的福,我没见到楚少。我很抱歉打扰到你,但这次之后,我会坦然放下也未可知。我妈妈常常跟我说,爱情是盲目的,但女人不能盲目。楚少的心智与心计远在你我之上,姐姐你好自为之。"

袁泽满心愤愤,截图将这消息甩给楚岙,怒道:"你赶紧把这女人给我处理妥了,一遍遍的,烦不烦。"

楚岙无奈得很,"我不过去买个晚餐,你跑什么?你有本事吃醋打人闹脾气,你有本事听我说呀。你自个儿天天说一把年纪了伤春又悲秋,有本事别听小朋友挑唆,有本事你别瞎计较呀!都说了只爱你只爱你只爱你,还让人一小姑娘哄得瞎跳脚,丢不丢人啊,大泽泽。"

"滚,老子没本事,怎么了?"袁泽硬生生被他气笑了,"来,别说我不听你解释,我给你机会,南山下。"

"姐姐,咱们溜达玩儿吗,我这一天天的不用干活吗?"话是这样说着,到晚间他还是来了。袁泽向来不爱红酒,他便淘换了几坛子二十年的玫瑰原浆来,"你也是太任性了些,我心里爱谁难道你还不知道?"

"别整天情啊爱的,跟你没那么熟。"到这会儿,袁泽倒不见得如何生气,只想着要闹他一闹,"我知道是一回事儿,你坦诚不坦诚是另一回事儿。"

天色正好,薄风微暮,山野间的小菜正鲜嫩,空气中又酒香浓郁,仿佛一下子就落地生根长在了一片山川之中了。

"她叫秦郁,她爸是我妈的合作商。初中那会儿,我俩同学,高中后同校不同班,大学比我晚两年去密歇根,我俩不同校区，她读艺术。她喜欢我，我肯定知道的，婚约我可打死不认，要是随口一句玩笑话就算订婚的话，我这儿都后宫三千了。"

袁泽懒洋洋歪竹椅上看他，"继续编。"

"没了呀祖宗。她去密歇根之后老找我啊，今儿哭了想家了、明儿病了不舒服，我哪儿这么大功夫伺候她……就算年少无知时有点好感，那也消失殆尽了吧？正好我转校区，就走人不联络了。谁知道她这会儿又来发疯装情圣。"

袁泽抬眼看他，"楚峞，你是不是对人都这么好？"

"不。只能说，尽量不被人诟病。但要说好，我只对你好。我只承认你是我……媳妇儿。"楚峞这话说到最后的时候，就特没正形地歪在袁泽身上，一个字一个字地往外吐，"适量吃醋有利身体健康，吃多了可就不好了。"

袁泽不说话，竖起手机给他看那叫秦郁的女孩最后发来的私信，楚峞扫了一眼，冷哼道："我权当她表扬我。"

他笑眯眯的模样很欠打，袁泽顿时后悔自己今儿缩手缩脚没能好好教训他，又觉得心酸，"楚峞，你到底年轻。咱们俩之间，说爱情，其实是不公平的。看起来好像你付出得更多，可你知道的，从决定爱你那会儿开始，我就已经破釜沉舟了。你不能骗我，不能独自主宰这场感情。"

"袁泽，我不会让你输。我们之间所有的问题，都建立在绝对不会分手的基础上。"楚峞认认真真地牵着她的手，他指尖的紧箍咒戒指衬着袁泽腕上的金箍棒，温暖又好笑。他轻轻晃她的手，"你到底在怕什么啊，我那么那么爱你。"

袁泽侧头看他，伸手捞了一只小小的泥坛，那泥封打开的时候，玫瑰的香气混合浓郁酒香扑鼻而来，她拿黑陶的小盏斟了两碗,笑眯眯地说:"我也爱你。"

她清晰说出这句话来,心里都被温暖冲撞,又开出了一季春光,特别好,又特别飘摇。

如同醉酒一般。

第二十章　隐瞒是大罪，杀无赦

袁泽这一遭是淋了雨、出了汗又冲凉，那晚上三杯两盏下肚，半夜里就折腾着发起烧来。她这边好容易熬到天亮，一清早就打电话招呼楚岙来"侍疾"。

她尚能开玩笑说"寡人有疾"，楚岙却有些着急，也不管她抗议不抗议，一大早先把人拉去了医院。

也就是那天早上，袁泽抱着保温杯在医院大厅等着楚岙跑前跑后办卡挂号的时候，她遇见了肖梦兰。

要说不紧张肯定不可能。

"我就是感冒了，转天就好，您别挂心。"

肖梦兰不过只看了她一眼，视线就抛出去在大厅里转了一圈，"别不当回事儿……看完医生，晚上带你男朋友来家吃个便饭吧。我让家里阿姨加个班，做几个小菜。"

"妈，别呀，我感冒呢，传染给您就不好了。要见他有的是机会呢，我们、我们……"

"没事儿，择日不如撞日。"肖梦兰看着她，伸手摸了摸她额头，"你最近忙，我也懒得管你，有些事儿，你还是要有分寸。"

袁泽张了张嘴，实在不知道该怎么回答，只用力点了点头,"忙完这阵儿我就回去。他过两天去日本,等他回来了去见您好不好……"

"就这么定了。"肖梦兰摆摆。

范洪军不止一次地劝她要放手,反复说什么儿孙自有儿孙福。可肖梦兰仍旧不放心,不能放心。她不愿等着事情无可挽回,等着孩子受到伤害才去做什么马后炮的安慰,才去不冷不热地说什么爱的代价。她还是想以一己之力,死乞白赖不讨好地护她一护。"等我死了,看谁还肯这样护她。"

如果真的要付出代价,她情愿是她自己去支付。

"就吃个饭。"这么想着,肖梦兰就把心态摆得相对平和,不等袁泽说完,便接了话音,"你早点回来,阿姨是要下班的,好吗?"

袁泽到底是答应了。

她这么跟楚吞说的时候,情绪有些低落,"要不你别去了,等你从日本回来?我一点都没准备好。"

楚吞陪她看医生、做检查,又取药打针,照顾得十分细致,"说起来,我是早该去看看伯母的,既然老人家都说了,择日不如撞日,那就去吧。"

"我总觉得这不是个好时机,你还小。"

"我跟你说过一万遍,爱情跟年龄没有直接关系。肖妈妈知道咱俩的关系,是吗?"

"她要见我男朋友。"

楚吞高兴起来,他牵着袁泽的手,让她安心靠在自己怀里休息,好半天才说了一句:"袁泽,我是真爱你,我想一辈子跟你在一起。"

"我也爱你。"

袁泽这一句说出口的时候，楚岙笑了，"别担心，早见晚不见，早晚是要见。不是你说要一起面对困难嘛，最多不过是提高下恋爱的难度系数，我不怕，你也别怕。"

袁泽不说话。

她了解肖梦兰，她知道肖梦兰会反对。从前年轻，她尚能抵死一争。可倘若如今肖梦兰再说出反对，她便真的不敢抵死反抗了，她怕付出代价的那个人会是肖梦兰。

"拜见父母，我不怕不怕啦。我可以做好的，给你幸福呀。"他仍旧是顽劣讨巧的模样，不顾形象地在袁泽耳边哼唱。袁泽心里一暖，知道他又来安慰自己。

袁泽回家的时候一直戴着防病毒口罩不敢摘，生怕传染肖梦兰。下午，家里做钟点工的苏阿姨早早拟了菜单，肖梦兰看也不看，只说"随意便好"。

就这么熬到傍晚，袁泽自己都没什么精神了，略有些萎靡地溜达过来溜达过去，一个劲儿地抬头张望。范洪军在不远处看报，不由笑她，"少见袁泽这么紧张的时候。"

袁泽干脆晃他身边去了，"范叔叔，我妈这是何苦？怎么说一出是一出啊。哎，我这还烧着呢，生怕传染她。"

"不舒服就去躺着歇会儿，别忘了把药吃了。"

"我妈整得我特紧张，我不怕妈妈反对，我怕她生气。"

范洪军摇了摇头，"没事儿，范叔叔帮你。"

就这会儿，陆仲祈捷足先登，轻车熟路地来了，"范叔叔，快看我给您弄了个什么宝贝！"

他是真的轻车熟路，这家里甚至有他专用的茶杯和拖鞋。

袁泽伸出头去，"陆仲祈？你怎么来了？"

"我怎么不能来？范叔叔，我把我哥那幅什么什么图给您拿来啦,我可是不懂,您快看看您那大弟子是不是糊弄您?"

他眉开眼笑的样子也实在亲昵,范洪军起身去迎他,"这么大的人了,还跟个孩子一样呢。"

"哈哈,我在您面前摆的什么谱。我看啊,我哥就是借花献佛呢。"

范洪军看了那画,十分妥帖地收好,又招呼陆仲祈去下棋。"我师母还好吗?今年我太失礼了,因着我哥订婚的事儿,一家子都没在国内,年初一的也没来拜年,伯母病了我也不知道……这要让我父亲知道,非打断我的腿。"

袁泽将他茶杯取过来给他,"伯父要是没时间,我不介意代劳啊。打断狗腿什么的,我还是有经验的。"

陆仲祈抬头看向袁泽,"怎么在家还戴个口罩?感冒了?脸色不好呢。"

"发烧,今早儿你师母去复查,正遇见她,这才约着来吃饭。"

范洪军亲自泡茶,肖梦兰也露了面。

就这会儿,楚岙到了。

他穿着一件简单的白衬衣,袖口微卷,领口小开,好身材显露无余,精神又不失稳重,实在漂亮得很。

"你好些没?药吃了没?"趁着尚未进门的时候,楚岙附在她耳边低声询问。袁泽吓了一跳,生怕被肖梦兰抓了原形,忙不迭逃得远远。

就在楚岙进门的时候,肖梦兰转身回了卧室。客厅里有一瞬的安静,还是陆仲祈起身招呼了声"小朋友"。

他说:"范叔叔,这是我一位小朋友,叫楚岙,才二十三岁,还在留学呢,听说现在正在申博,还替子兮姐打理着画室,是个很能干的小子。"

就在陆仲祈说到楚岙年龄的时候,范洪军脸色微变。他看袁泽的那一眼,就好像在看个不懂事的小孩。

"小楚,你要喝点什么?范叔叔这边恐怕没有咖啡呀,喝茶可以吗?"

楚岙看着陆仲祈,笑得很纯真,"客随主便,什么都好。"

袁泽说话都结巴了,"陆仲祈,你太讨厌了,说得好像没跟楚岙喝过茶似的。"

"哈哈,对,我们是老朋友了。得了,袁泽你自己招待,我去厨房看看有没有什么好吃的。这个点儿了,孙阿姨是不是该下班了?剩下的我弄,范叔叔您再将就一口?"

"我去吧,不好让陆大哥下厨。"楚岙站了起来。

陆仲祈伸手拍他肩膀,"坐着吧,你第一次来,是客。我这轻车熟路的,还是我来。"

袁泽真是如坐针毡。有一瞬,她觉得这人是故意的或者大家都是故意的。她看了楚岙一眼。那孩子很规矩地点头就座,面上笑容得体,一点旁的神色都没。

"伯父跟陆大哥下棋呢?您执黑?我陪您继续杀一局?"

范洪军点头,两人各自为营,落子厮杀。袁泽溜进厨房去,"陆仲祈你有病?你这不添乱吗?"

小陆总难得下厨,竟也会像模像样地做一个凉拌菜,"我添什么乱?我不认识你的时候就认识范叔叔呢,他可算我半个师傅,你妈妈那边我叫师母都叫了多少年呢。其实我一直想叫她岳母,你知道的吧?哈哈哈。说起来,这家里我来得比你多吧?"

他故意压低了声音,凑到袁泽身边低声说话,还不忘顺手试探她额头温度。

袁泽迫不及待跳开,恨恨点他鼻子,"你给我消停点,别气我。"

肖梦兰一直没有露面,直到晚饭时候,饭菜上桌,孙阿姨下班离开,她才在陆仲祈的搀扶下慢慢出来。她头发掉了很多,已经稀疏到可以清楚看到头皮的程度,但她拒绝戴假发套。她说,这些事儿,她都不回避。病了就是病了,丑了就是丑了。她还能干干净净地扳回这一局,让死神让步,就够了,除了生死,其余的都可以慢慢来。

饭桌上氛围倒也不错。肖梦兰始终不说话,她术后两臂很难抬起用力,偏偏她又从不肯服输,处处努力维持着优雅的姿态,袁泽便专心照顾她用餐,事无巨细地照顾她饮食习惯。到这会儿,袁泽才渐渐明白,这并不是肖梦兰装,而是这是她的体面,是她活着的尊严。

楚荼不太说话,多亏陆仲祈周全帷幄。范洪军偶尔谈到什么事儿,他总能应对自如,偶尔点到楚荼,他也不落下风,什么家国大事到社会热点,军事经济过去未来,三人都能谈上一二。

只是,男朋友这个问题丝毫没有涉及。

袁泽知道,就那一个"二十三岁",就已经触了二老的逆鳞。

饭后陆仲祈帮着袁泽收拾餐桌,他哪里会弄这些,衬衫湿了大片也不在意,笑嘻嘻地去车里取了备用衬衫,自己去客房更换。

"扔那儿吧,明儿让苏阿姨洗了给你熨好,你下次来再拿。"范洪军这么说着,又拉着楚岙下棋。陆仲祈整理着袖口,落落大方地坐在楚岙身边做军师。等着他要离开,范洪军吩咐了,"楼上书房里有盒金骏眉,你大哥喜欢,给他带着。下次让他带着他未婚妻,自己登门,要不然,我可不见他了!"

楚岙面色淡定,跟着微微一笑,进退有度。

袁泽一直生怕这一顿晚餐会发生什么。

但是没有。

就这么云淡风轻,简简单单地吃了一顿饭而已。

什么都没发生,可偏偏就是这种什么都没发生,让袁泽忐忑得喘不过气来。

袁泽送楚岙离开时,一出门便缠上来牵他的手,恨不能立刻靠在他肩上喘口气,楚岙笑了,"别让你妈妈看见。"

"让你受委屈了,真的不知道陆仲祈会来。"

"你们两家渊源颇深?我都不知道他会叫你妈妈师母。"

"巧合而已。范叔叔曾经很正经地教过孟礼哥一阵。陆仲祈那性子,八竿子打不着的也要顺杆儿爬,就不管不顾地改了口,管我妈妈叫师母。"

"原来如此,那你们也算渊源颇深了。"楚岙微微笑,伸手把自己围巾绕在袁泽脖子上,慢慢地抚摸她额头,"头疼吗?我过两天就走了,你得快点好起来。"

袁泽笑了,"你少操心得了,我这明儿就好了。"

"其实我特别理解肖妈妈的意思,不管从哪一方面来讲,谈婚论嫁讲感情,陆仲祈都要比我更合适。"

"委屈你了。"

"不委屈,我心里有数。"楚岙握紧了袁泽的手,"袁泽,要是肖妈妈不同意,怎么办?"

"她要不同意啊，我就不要你啦，还能怎样？"袁泽半真不假地这么说着，在道路转角的时候牵住了楚岙的手，十指相扣。她飞快地凑过去，抬头在他脸上吻了一下，"你信不信？"

"我不信。你知道我爱你。"楚岙回答得很安静，笑意轻浅的模样衬着路灯的光，暖得疏离，"不管怎么样，我都会跟你一起面对的，好不好？"

袁泽便叹了一声，低头吻上楚岙的指尖，"我很心疼。"

她抬头的时候，正走在那条路的转角，楚岙忽然向她靠近，高大的身影整个将她拢住。她甚至来不及反应，整个人已经被压制着踉跄地退了两步，等着后背撞上粗糙的树干，人已经被楚岙吻住了，"楚……"

她被楚岙推进了小花园。

他大概是真的受到打击，狠狠地吻下来，纠缠她唇舌的力度好似一场战争的开始，让人应接不暇。

她经年未曾爱过什么人，从未这样被人亲吻。

可这青年的气息将她包围的时候，她丝毫不反感，她觉察到了他的不安。

"我委屈，袁泽，肯定是委屈的。我知道他们是故意的。我太高估我自己了，他们不喜欢我。"青年低着头，眼中神色难辨。他小心翼翼地捧着袁泽的脸，鼻尖轻轻抵着她，"可我不会放弃，我会跟你在一起，我爱你。"

这话似乎并不是表白，而只是说给他自己听。他牵着袁泽，转身要走。袁泽却一把抓住他衬衣领口，微凉的唇热切地贴了上来，再死死地不依不饶地吻回去，她说："我在，楚岙，我会一直在。"

楚忞用力点头，笑眯眯地看着袁泽。

"那……那么，如果你妈妈不同意呢？"这瞬间，袁泽就这么问了一句。

这种要命的危机感。

事情毫无意外，对于这段感情，肖梦兰果真不同意。

楚忞没有到家就收到了肖梦兰的短信，她说："我老了，不好说我同意还是不同意的话，但是孩子，我不想死不瞑目，你也不能让我死不瞑目。"

这罪名太大了。

"这次生病，可以说是历经几个生死关头，病床上躺着的时候，反而冷静下来，反思了很多。这么多年，我拼命想把袁泽拘在身边，用尽手段让她听话，可能伤害了她，可我不认错。我始终坚定不移地认为，身为母亲，我必须保护她。这是我的责任，不管她需要不需要。

"需要我给你看她当年的诊断书吗？重度抑郁，生死一线。不管你信不信，三十岁的袁泽，仍然是我的宝。"

楚忞一时不知该怎么回复。这几条信息，他翻来覆去地看了整晚。天亮之后，他回复道："伯母，我充分认可您说的每一句话，母爱是伟大的，您想要保护袁泽的心一样是伟大的。但是，伯母，爱永远不是强制。我也想保护袁泽，尽最大力量给她她想要的、需要的一切。三十岁的袁泽，也是我的宝。"

他早预见了这反对的存在，可他还是愿鼓励袁泽去修复跟母亲的关系，他还是愿意袁泽的母亲能够健康长寿，他不愿意将自己所爱的人置于亲情和爱情之间做选择……

这样颠三倒四地说完，他又接了一句，"至于抑郁症，我可以继续申请心理学博士继续进修。回国后，我会成为最优秀的心理学导师、咨询师，这一点毋庸置疑。我会保护她，犹如保护我的生命。"

"读博？几年？等你回国，她多大？你不必跟我说这些冠冕堂皇的话，也不必标榜自己。我只想知道，你给她的爱情能保鲜多久？我不能眼睁睁地看着我的女儿刚从狼窝里爬出来又掉进虎穴。我只怕到那会儿，她还未能将你等回来，我就尸骨已寒死不瞑目。"

"我不会辜负她……"

楚吞被肖梦兰这话压得喘不过气来，仿佛他就是那亮出利刃的杀人犯，无恶不作。他鲜少动怒，这会儿却是真的烦躁了。一句话忖度来忖度去，写了改改了写，竟不知怎样遣词造句才能剖心置腹地让她明白自己。

就在这时，房门被人敲响，裴政东无比焦急地站在门外。

"跟我走。"

"怎么了？"

"陆子兮在医院，你得跟我过去看看。"

楚吞一脸莫名其妙，"嗯？去医院干吗？布展的事儿不是交接完了？我今儿飞日本呢。"

"不是，子兮要见你。"

"裴政东，她是你媳妇儿，你要自己权衡这些事儿……"

"楚吞，我毕竟是你爸。"

楚吞正困倦，又心情低落得很，他揉了揉额角，漫不经心地开口，"爸。"

这一句话说完，他抬头，就正好看见拿着早餐的袁泽。

"袁……袁泽？你怎么来了？"

无疑，袁泽也被眼前这一幕震惊了。她仍保持着面上的平静,伸手把早餐递过去,"游记的鸭血粉丝汤,你前几天说想吃来着,灌汤包要趁热,小心烫。我买的不少,裴先生一起吃些。我先走,赶着去南山下。"

楚吞伸手接过东西的时候,明显感觉到她的手冰凉颤抖。他紧紧握着她的手,"袁泽,你没事儿吧?袁泽。"

"我挺好,你放手。"

"我不放,我说过我不放。"楚吞脸上满是惊慌,"你听我解释,好吗,袁泽。我爱你……我真的……"

这一刻袁泽忽然觉得这一句我爱你无比愚蠢。

这孩子太年轻了。

可他口口声声地说着爱,她深信不疑。

"好了,你别说了,先放手,裴先生还在看着。"

"我不放。袁泽,我不放。"

"我说——你放手!"袁泽反复深呼吸,到底没能忍住,她挣扎未果,咬牙切齿地将手上早餐连汤带水地砸在楚吞腿上,滚烫的汤水顺着他小腿淋漓而下,飞溅的汤汁落在自己手背上,灼出鲜明的红,很疼。

楚吞却恍若未觉,坚决不肯放开她的手腕。

袁泽不吭声,就这么冷静地盯着楚吞看了半响,逼着楚吞松了手。

她转身离开。

她不想让场面更难看。

"袁泽。"裴政东在身后叫了她一声,"子兮在医院。"

袁泽回头看了裴政东一眼,他很年轻,一点都不显老。父子俩站在一起,不认真打量仔细比较,真是看不出什么相似。"你们不像,您太年轻了,裴先生。"

"楚峁似他妈妈多些。他……自幼跟着妈妈,随妈妈姓。"

"好,我知道了。"

真是混乱。一夕之间,竟然把双方家长都见了。

又有些可笑。

袁泽无论如何都没有想过,楚峁竟然是裴政东的亲生儿子。

一直到南山下,她还恍惚没反应过来,只按部就班地跟苏小满一起打扫卫生,扫到那棵海棠树下的时候,她抬头仔细打量那棵树。这一树花,从浓郁的红开成惨淡的白,此时,花瓣尽数凋零,那些不大的叶片夹杂着凌乱的白色花蕊,斑斑驳驳,与盛时花开那会儿截然两样。

"你说,这一季辉辉煌煌地开完了花,以后的日子里,它寂寞不?"

"你傻不傻啊,你再等一等呀。等到明年,它又这样开花了呀。"

"可如果它再也开不了花呢?我怎么忽然觉得,我当初就不该把它带上山呢。"她含糊说了这么一句,又觉得头疼,不由用力抓了抓头顶短发,"糊涂,我怎么这么糊涂呢。"

这话说完,她不等苏小满反应,扔了扫帚上楼去,"对了,你跟陆仲祈说,最近别上山,我怕我打他。"

楚峁到底舍不下,临去机场仍巴巴儿地找了袁泽解释。隔着一扇朱红的门,袁泽在门里漫不经心地发呆,楚峁在门外急不可耐地等待。

她就是不开门,也不知哪里来的这么大气性,就想跟他闹。

楚岙什么时候走的她不知道，她只觉得头疼，在山上躺了一天没什么用，不得不下山去医院打了一针。

她从前不是没有自己看病取药打针的经历，这会儿却又无比矫情地怀念那个跑前跑后的身影。

楚岙走了。机场里有航班延误，到处都闹腾得厉害。楚岙握着手机，一次次编辑微信，又一次次删除。

他想说："对不起，袁泽，我错了，我不该隐瞒你。"

他想说："我从来不觉得我跟裴政东的父子关系会成为妨碍我们相爱的理由。我早就说过年龄不是问题、距离不是问题、身份也不是问题，我们之间唯一的问题是：爱与不爱。"

他想说："难道就因为我是你闺蜜丈夫的亲儿子，你就可以对我置若罔闻？难道就因为这样一个我也不情愿的关系，我们之间就能一笔勾销？我对你的爱就能全然抹去？"

到最后，不过说了一句："等我回来，好吗？"

他小心翼翼地，甚至不敢说我爱你。

袁泽看到这条短信的时候，正窝在嘈杂的医院里等待注射，她长久地看着这条信息说不出话来。

她知道他们即将面临漫长的分别，她知道他会飞日本，飞美国，飞离属于他们的这一亩三分地。种种问题的催逼之下，这种分离的焦虑那么清晰，她甚至不能说："我不等，你别走，你把话说清楚。"

他说："不过是个生日而已，我很快就回来呀。给你买礼物好不好，你想要什么都可以。"

此时此刻，她拨弄着沉重的金箍棒的镯子，只希望事情别这么狗血。

袁泽长久看着手机屏幕，最终还关了机。

时隔六年，当她从过往的困境中辛苦挣脱，当她站在二十岁的尾巴上告别青春时，却意外地爱上了自己发小的继子——这世界还能再狗血一点吗？

楚乔的隐瞒，陆子兮的旁观。

这两者，她都不能释怀。

她忽然想起陆子兮婚礼之前，曾说过："不过是个孩子，早晚收拾他。"

又想起很多年前，陆子兮还痴恋着那个年长她许多的著名画家求而不得，而袁泽刚刚失去了此生挚爱生不如死。陆子兮也曾在一个不能成眠的夜里，悲伤而又阴郁地问她："你是不是觉得我命不好？想要什么都得不到。"

袁泽不说话，她便继续自言自语下去。

"可为什么呢，袁泽，我觉得你的命还不如我。你得到的一切……都会失去。"

这话，如今想着，像极了一个魔咒。

可命是什么？彼时袁泽不知道，此时，袁泽还是不知道。

只是，这忽然之间，她恍然明白了肖梦兰为何一生努力维持着昂扬的姿态，因为这生活太冷，便只能百倍地暖着，暖它，也暖自己。

可如今，她尝到了他给的暖，再也不愿独自面对困局。

"苏小满，你觉得这重要吗？"

她高烧不退，不得不把苏小满拎过来陪床。

"什么？"

"唔，还能有什么？楚乔啊，他是裴政东的亲生儿子，伦理上，他得叫我发小一声妈，再不济要叫声阿姨……你觉得这……重要吗？"

"哈哈，想想也是很有趣啊，当初你们刚认识的时候，人家老是叫你袁阿姨嘛，原来不仅仅是开玩笑。"苏小满仍旧没心没肺，"袁泽，你也是有点过分，你跟他谈恋爱，还是跟他的社会关系谈恋爱？楚吞自己都张口闭口叫裴政东，难道还会逼着你去认爹吗？"

"呵，你以前可不是这么说的。你得知道，跟谁谈恋爱都跳不出这社会关系的束缚。如果一段感情从始至终不被看好，随时随地面临质疑……真的是……难度系数太大了。"

"难度系数大你就不爱了？她是你发小老公的儿子，你感情就能收放自如了？开玩笑呢。"

"我生气的是他的隐瞒！"袁泽边说边咳，情绪亦不由自主地低落下去，"我舍不得他……苏小满，我是……真心实意地舍不得这个人。我想跟他在一起，一辈子也不过如此，可谁想得到呢……他就这么玩儿我。我妈不会同意的，你觉得肖梦兰会让我背这样一个锅吗？"

他给的爱情，曾经那么温暖鲜明。

现在却扑朔迷离。

袁泽这样想着，趴在软榻上一个字一个字地编辑讯息：

"楚吞，隐瞒是大罪，要杀无赦，这话前几天我刚刚对你说过。我给过你机会坦白，可你始终不曾开口。你该知道，我有理由十分生气。

"我们曾经约定，不管是怎样的问题，都要一起面对。那么，我告诉你，我需要解释，我需要你对隐瞒这件事本身做出解释。"

这消息一条条地传递出去，却是石沉大海。

楚吞始终没有回复。

第二十一章　我没你想得那么坚强

袁泽这场感冒反反复复拖了好多天。

她这边一个疗程的点滴挂完，楚岙终于发来微信，他说："我回来了。"

不过七天而已。在一起的话，这就是个转瞬，可当她病着，唯一仅有的爱情又生死未卜，悄无声息的等待就变成煎熬。

袁泽翻了手机去看日历，计算为数不多的时日之后，他们又将面对新一轮漫长的分离——隔着十二小时的时差和一万五千公里的距离。倘若他继续读博，那么这分离至少要四五年之久。

真是头痛！她瞬间便有些烦躁，"你回来干什么？我说过隐瞒是大罪，杀无赦。你不是不跟我解释吗？你现在也不必解释了。"

这话说完，她犹觉不够过瘾，又愤愤加了一字："滚。"

她这样地闹情绪，然后下意识等待他来安抚，因由他失联而一直七上八下的一颗心，总算有了回归原位的可能。

袁泽恍惚觉得，所谓浮生半日闲可以偷得，浓情蜜意也是可以偷得。他休学的这半年，可不就刚好让他们偷来这时光相爱吗？悄悄做着一场梦一样旖旎又可笑。

如今，这场梦终于照进现实，终于要面对种种负累和压力。袁泽无奈长叹，最后迷迷糊糊陷入安睡。

可就是从那天开始，楚岙失踪了。

袁泽给楚岙打过无数次电话，起初无人接听，后来关机，到最后干脆停机，您拨打的号码不存在了。

QQ拉黑、微博不更、微信不回，就这么硬生生断了所有联系，凭空消失。

那种失联的焦灼就好像整个人被架在火上烤，无比焦灼、无比疼痛却又无比无可奈何。她从懊恼、愤恨到自责、慌张、害怕，最后归于平静，她甚至不止一次去翻秦郁的微博，想起她说："早晚有一天，你也会像我一样被他狠心抛下。"

她说："你等着。"

可分明那青年说过："我们之间所有的问题都建立在不会分手的基础上。"

她几乎每天醒来第一件事就是将所有可供联络的APP翻一遍，就像当年她每天醒来先去微博看他每天早起的情话，可是没有用，一切都静止了。微博、微信、QQ和通讯录，它们都是死的，只有那些曾经鲜活过的聊天记录无耻地提醒着曾经深情的存在，也无比讽刺地提醒着她现在的寂寥。

在他失踪的第十天，苏小满看到秦郁更新了微博，趾高气扬地艾特了苏小满和南山下，是一张照片。

"这是在日本？"苏小满迟疑说出这话的时候，很小心地打量袁泽的表情。

那照片的一角有个走远的背影。

"那又怎样？"她假装一副云淡风轻的样子，内心里的愤怒和绝望却一直翻天覆地。袁泽不动声色，转手将这照片发送给楚岙，"你到底在哪里？到底想怎样？"

袁泽起身趴在妆楼的窗台上看那海棠花稚嫩的果，那些青绿的小果子，在一场无比灿烂的花事之后，无比狭小与酸涩，永远不可能入口。

"苏小满，这姑娘在挑衅我，是吧。"

苏小满不说话，点头摇头都不敢。

"她在跟我示威？"

"你别胡思乱想。"

袁泽笑了，"你不是一直不看好我俩吗？如果我们分开，你会不会暗自高兴一把？"

"如果你们分开，你会难过吗？"

袁泽愣住，只是听见分开这两个字而已，却觉得内心里仿佛着了一把火，烧得无边无际，疼得火烧火燎。她沉默好久，好半天才缓慢地点头，"会，会很难过。我觉得我们不会分开，至少不会这样不明不白地分开。"

"那你说，如果你会难过，那我要高兴什么？我不看好你俩，是怕他太年轻，担不得这感情，我怕你受伤害。"

袁泽笑了，"我只是觉得狗血。相对于楚岙的隐瞒，我更在意陆子兮的冷眼旁观。"

苏小满没说话。

袁泽伸手勾住她手指，"那你呢？会不会瞒着我？欺骗我？"

"我不会。"苏小满慢慢靠近她，自身后环上她细瘦的腰，将漂亮的一张脸压在她肩上，"袁泽，我把陆仲祈还给你，我不追他了，谈恋爱太难了，利大于弊！"

袁泽抬手敲她脑袋,"你可别,好不容易让陆二傻子尝点甜头,你想转脸就跑……"

她这样说着,脸上笑意却渐渐消失。楚岙不见了,他何尝不是这样欺骗了她,哄着她交出心、交出爱、交出信任,然后转脸就跑。

"以后怎么办啊……"

"不知道,先等着吧。如果真的是由于家人的干涉,那就等他回来或者等他到美国。我不信他能回避一辈子。"

这话说得笃定,可袁泽心里丝毫没底。她甚至无比清晰地觉察到了一颗心沉没的速度,就那么极慢极慢地隐退,都快退到看不清的黑暗里去了。

只要再一步,她就绝望了。

两个人的爱情,莫名其妙变成一个人的独角戏。

袁泽还是会给楚岙留言,问他何时归来。心绪的起伏与挣扎都在一瞬间。

她渐渐变得敏感,内心戏足得很,随时随地就能脑补出一万种他失踪的理由,没有一种是因为辜负。

有时她平静将南山下发生的故事讲给他听。

有时她检讨自己爱得不够多,辜负了他一片深情。

有时她觉得这一切都是一场梦而已,或者这世界上根本没有一个人爱过她,他的名字叫楚岙。

他消失得过于彻底。

表面上看,袁泽仍然活得鲜活,照顾肖梦兰,打理南山下,种种事项安排得分毫不差。可她内心里,却无端生出一片荒芜,不是杂草蔓生,是寸草皆无。

肖梦兰也曾问起楚岙,袁泽不肯说,问得多了,便应付她回去读书了。

肖梦兰不放心，继续问："你们分手了？"

袁泽摇头，并不说话。他们没分手，却还不如痛痛快快说分手。

那天晚上，袁泽独自回了教师公寓。她已经好久未曾踏足这里，这些老旧的家具都还记着他小时候的容颜，那些精心布置还刻画着他们相爱的模样。那些经由他口说出的甜言蜜语，她曾经那么挣扎着不肯相信，到最后也笃定着坚信不疑了。

那么矛盾，又那么可笑。

夜深的时候，她蜷缩在不大的沙发上睡着，梦见好多人，正熙熙攘攘地聚会，聚会的地点似乎是曾经深埋在巷子里如今早成为一片瓦砾的南山下。袁泽跟随众人进屋时，看见角落里高大年轻又漂亮的青年，他紧靠着一个鲜嫩的女孩儿，正低头窃窃私语。袁泽心里的疼，清晰得好似下一秒就能死掉。

陆仲祈在笑，苏小满藏在他身后。陈靳、老驴头、哈娜、江闲还有葱葱都在，胖子扶着小橙子也拥进来，他们隔着人群坐在房间的两端。她有万语千言都说不出口了。

不知道煎熬了多久，她看见楚岙起身外出，便急匆匆无比狼狈地追过去。

他们隔着一道半新不旧的栅栏门，"你怎么在这里？你什么时候回来的？"

那青年微笑的模样那么好看，却始终一言不发。

"为什么一言不发就走了？"

"是因为我发脾气让你滚吗？楚岙，我们分手了吗？你至少给我一句话。"

她从未如此低着头殷切地问话，此时却撑不起任何气势，青年的脸色越加阴沉。

"你不想说吗？那我就当你默认了？我们分手了，是吗？"

那青年不说话，无比烦躁地看一眼旁处，低头点了烟——分明，他是不抽烟的。

"你不是说，你爱我，不死不休吗？"

那青年笑了，一口烟气吐过来，喷在她脸上。他说："袁泽，你多大了，还这么天真。"

这话何等诛心。

袁泽眼看着他转身离开，亲昵环着那女孩儿的腰……

她瞬间醒了，心痛得不得了，咳得停不下来。

她还在教师公寓的老房子里。

没有聚会，没有众人，没有欢声笑语，自然也没有楚岙和被分手。

可梦里那场景太鲜明了，似乎是上一秒刚刚发生在眼前，就好像那青年经由这样一个梦境真真切切地告诉她："袁泽，我不爱你了。我们分手了。"

周遭是暗的。那些陈旧的家具都笼罩在沉闷的夜色中，只有过路的车灯偶尔照亮了斑驳的天花板。客厅那么小，曾经相亲相爱的身影在每一个角落里纠缠，最后织成一张网，挣不开，逃不了，她觉得自己要窒息了。

似乎是条件反射，袁泽猛地跳起来，想要离开，就被叮的一声脆响吸引了视线。她眼睁睁看着那金箍棒的镯子从她手上跌下去，又叮的一声撞在地上。

然后是第二声。

清脆而又令人绝望的响。

袁泽弯腰将那断成两半的镯子捡起来，才恍然发现金箍棒上有雕花的部分与镯身有个微妙的接口。

它莫名其妙地断了。

那天上山的时候，袁泽险些把车开进路边的深沟里。她惊魂未定，把车停在路边，茫然坐在杂草丛生的路边点了一根烟。

就在这会儿，陆仲祈给她打了电话，他说："你别着急，什么都别管。陆一带着公司法务过去了，都交给他们。"他自己却慌了神了，顿了顿，又问，"袁泽，我去接你好吗？"

"怎么了？出什么事儿了？"她这句话沉重地堵在嗓子深处，完全吐不出来，嘶哑得厉害。

"位置发我，我马上到。"

袁泽已经忘记了陆仲祈的怀抱是什么样的温度，他抱着她的时候，她能从他肩膀上看见不远处的山。

"袁泽，我在，苏小满在，胖子和橙子都在。你放心。"

袁泽伸手推开陆仲祈，唇角挑了一抹笑出来，"干吗呢你这是，天塌下来有高个子顶着呢，我有什么不放心的。"

倒也不是什么大事儿，是楚呑那边委托了人员过来谈判，要毁约收回南山下的管理权。

袁泽进门的时候，对方的交涉团队已经正襟危坐，严阵以待。有个二十多岁的小姑娘，若无其事地站在秋篱小院一角质朴的木桌一旁，她长发披肩，背影窈窕。

袁泽的琴正在那桌上。女孩儿伸手要摸那琴的时候，袁泽忽然开口，"别动。"

她声音不高，又嘶哑得厉害。

那女孩儿回过头来，十分清秀的一张脸，非常有气质。

"你好,你是袁泽吧?我是秦郁。我说过,我们会见面的。"

袁泽双手插兜,静静站在她对面,不远不近地对峙,一言不发。

"袁泽姐姐,我说得没错吧。你不用得意呀,总有一天你会被他莫名其妙地丢下。他那样的人,多情得一塌糊涂,爱的时候给你全世界,抽身走的时候片叶不沾身。你不是说不管旁人谁反对,有他就够了吗?姐姐,你最近可还好?"

那女孩儿笑得很甜,十分温软的样子,话音也带着南方女子特有的软糯和娇俏,偏偏她出口的每一个字都不怀好意。

袁泽仍旧沉默,她冷笑一声,转身就走。

那女孩就笑了,"你不想知道他现在在哪吗?"

"还活着?"

"您真会说笑话,当然活着,活得挺好呢。"

"那不就结了。他活着,我也活着,挺好的呀。"

那女孩儿被怼得张口结舌。袁泽推门进屋。

"我们受楚呑先生的委托,前来跟您交涉南山下的管理问题,这是委托书。"对方推来一份文件,袁泽三两下翻看,就清楚看到了楚呑的签名和手印。

"鉴于南山下前期建设工程,我的委托人楚先生支付了高达百分之七十的经费,我方有理由认定,此处的经营管理权理应归于楚先生。"

"然后呢?"

"我方现在想要收回您对南山下的管理权,并委派专业团队进驻南山下。"对方律师戴着一副黑边眼镜,不苟言笑的模样,"换言之,您及您的管理团队,被解聘了。我方会按照合同约定支付你方适度的违约金。"

"您确定您对合同的解读没有问题?我跟楚岙……我跟楚岙不是雇佣关系,我们是合作关系。他投资,我管理,共同发展、分成。我以为合同上说得很明白。"

"照您这么说,那势必不能称为一份完整的商业合同,因为不公平。"

袁泽尚未开口,苏小满已经拍案而起,她眼中满是泪水,"你们欺人太甚!楚岙他要什么不过一句话,让他自己来!整你们这帮人模狗样的东西来做什么!龌龊!"

"苏小满。"陆仲祈伸手握住了苏小满的手腕,"袁泽,陆氏要高价收购南山下,你有意见吗?"

袁泽沉默了很久,她低着头,垂着眼,身形单薄得好似一张纸。那细瘦的一弯脊梁,好似轻轻压下去就会轻易折断了。

她掌心里还握着那半截莫名其妙断掉的镯子。那凹凸不平的缺口抵在她柔软的掌心,一点点地压入血肉。

并不是很疼,就是很无奈。

她不明白,这一切到底怎么就走到了这一步。

她想起那青年天真温暖的样子,顽皮的、成熟的、小心翼翼的、深情的、执着的、信心满满的。她想起他说过的情话,一句一句地,都贴在那微博里。起初是他说给她听,后来是她记录了留给自己看。

她想起他给的温暖和救赎。

袁泽抬头,自那一扇木窗看出去,长久地去看那山川。

天已经渐渐地热了,蝉鸣的声音那么清晰。闭上眼睛的时候,你甚至能听到不远处山泉流淌的声音,你能闻到山泉湿漉漉的气味，沾染着草木的香，能看见那棵海棠树在隔壁的妆楼底下静静地站着，不言不语。

这是他给的一个归所，是他为她铺设的一个天堂。可这天堂到底太远了，远得随时会幻灭。

"袁小姐……"对方的委托律师等不及，再次出声敦促。

陆仲祈伸手制止了那人，只目不转睛地看着袁泽。

苏小满哭了。

胖子带着橙子离开了会议室，他怕橙子太激动。

但是袁泽无处可逃，她想到了袁海山，想到了曲家帜。

她是真的爱着那个男孩啊，被他蒙着双眼牵着手一路追逐。她闻得见他给的花香，想象得到他给的画面——他引领她寻找天堂，想象会在离天堂很近的地方暖暖地相爱，却从未想过，他会将她抛弃在这样荆棘丛生的荒野。

可是有什么办法呢？她已然被困在这一片荆棘中了，她要活着，要走出去，就势必要遍体鳞伤。

"谁想要谁要，反正也不是我的。"

"袁泽！你疯了！"

袁泽抬头看了苏小满一眼，"补偿金你拿着，离开这里吧，原本就没什么归所。"

她缓慢地说了这一句，唇边仍带着笑。她起身，很平静地跟众人点头示意，"你们聊，剩下的我全权委托给苏小满女士和陆仲祈先生了，失陪。"

她离开秋篱的小院时，那女孩在不远处的平台上看风景。袁泽没理她，转身抱回了自己的琴。

她曾经在妆楼的小院里为他弹琴，唱一曲《秋风词》。

他曾经为她种下一棵海棠，许诺岁岁在此看花开花落。

收好了琴，袁泽站在廊下想了很久。很久之后，她去后厨找了一把斧头，再回来的时候，她远远盯着那棵海棠，却又沉默了。

她将那半截金箍棒掩埋在海棠树下，转身走了。

那斧头还拎着手里，她像个村野莽夫，就这么将那斧头拍在桌上，"让楚岙亲自来跟我谈，只要他出面，我分文不取，直接退出。若非他亲临，袁某只好与各位对簿公堂。"

这话说话，她转身出门，一路从南山下走回东泉，走回滨江别墅。

进小区的时候，她好好收拾了心情，拍拍脸蛋努力挤出微笑。

微信上有秦郁发来的消息，"你以为你赢了吗？如果我们结婚，我一定会通知你。但你也知道，我们都还年轻，不像你这么着急，是吗？"

袁泽懒得搭理这样拙劣的挑衅。

"袁泽。"

也不知什么时候，肖梦兰和范洪军站在她面前，袁泽拍拍手，无视掌心的伤痕，"妈，我没事儿，挺好的。"

肖梦兰没说话，她慢慢地走过来，将比她高了半头的袁泽紧紧抱在怀里，"孩子，我的孩子。"

袁泽轻轻抚摸肖梦兰的后背，"妈，我没事儿，都挺好，真的。你看，我有你，有陆仲祈，有苏小满，有胖子和橙子，有南山下。多好啊。"

原来长大和苍老，都是一瞬间的事。

南山下到底没有让出去。

她手掌上的伤结了痂，留了疤痕。她一时脑抽，在掌心纹了一枝海棠花，从掌根顺虎口向上，最终绽放在无名指下，疼得酣畅淋漓。

据说，那是离心脏很近的地方，那里……原本留给婚戒。

袁泽还是忍不住恨，夜深睡不着的时候，又觉得这未尝不是一种解脱。偶尔她也会去他微博看看，有时她也觉得这样也好，是该结束的时候了，单方面抱着执念有什么意思。

胖子拿到了陆仲祈的资金支持，南山下网络销售平台运作得风生水起。

橙子复学了，胖子说他正准备考研。

苏小满还在爱着陆仲祈。陆仲祈还是笑而不语。

只有袁泽一个人，被莫名其妙地甩下了。苏小满不止一次地让她去找陆子兮问问，袁泽始终摇头。

她没想到，陆子兮会主动找到南山下来。讽刺的是，她手里拿着的，正是当初袁泽心心念念想要据为已有的那幅楚岙的肖像。

袁泽看着那画，视线有一瞬的恍惚。

彼时，陆子兮妊娠二十六周，那孩子着实顽皮，怀孕至今，妊娠呕吐、感冒、肺炎、高烧、先兆流产……种种状况都被她亲历。好不容易熬过了妊娠反应，又遭遇了妊娠引起血糖代谢问题，必须严格按照营养师要求控制饮食——她仍旧是瘦，只一个圆滚滚的肚子凸起。

"你拖着身子上山，就为了专门为我送这个？"

"是……"

袁泽笑得无可奈何，"那你希望我跟你说什么？说谢谢或者你有什么话想说？"

陆子兮不以为意地耸肩，令人将那画儿放在桌上，等着送画儿的人离开了，她慢吞吞护着肚子坐下。

"我知道你不会谢我，你心里一定骂我呢，说我不怀好意。"

"不见得。"袁泽脸上没什么表情，只是温吞吞地替她倒了水来。

陆子兮自然是不肯喝的，她指尖反复沿着杯沿顺时针转动，她脸上的笑浮着，像被廉价的粉饼刷出来的一样。"你看，你还是那么大方，幸亏你大方。袁泽，这事儿也真不能怪我，就是殃及池鱼了。这中间的关系，我自然知道，一个小孩子闹腾，那就闹去吧，多行不义必自毙，我真没想到你会这么糊涂，单身了六年，会栽在一个二十三四岁的小孩子身上。我承认，我想看笑话，没想到，这笑话太大，没法收场了。"

"哦，原来还是个不义。"袁泽蹙起眉，"子兮，或许你可以告诉我……楚岙呢？他为什么会失踪？"

"你真想知道？"

"嗯。"

陆子兮从包里摸出平板电脑，指纹解锁，又打开微信，她动作懒洋洋的，好久才翻出一个账号，又打开他的朋友圈，递给袁泽看。

是一张图片，手书了一行：愿我所爱的人平安喜乐。

再无其他。

袁泽看着陆子兮，陆子兮就笑了，"还不明白？这人是楚岙。"

"我不明白。"

"要是你都不明白，我就更不明白了。袁泽，撇开我跟楚岙这层关系不谈，楚家在海市就像陆家在东泉，他妈妈那样的女强人,一力撑着偌大一个公司这么多年,名下大型连锁商场就有几十处,事业蒸蒸日上,她不可能允许楚忞娶你。我只是没想到你会爱上那小子,当真的?认真的?总不会真的想跟着他改口?"

"陆子兮,我想不想你心知肚明。你这话说过了。"她心里不是没有愤怒的,可这关头上她不愿意跟一个孕妇计较,"你回去吧,这边山路曲折,晚了不好走。"

陆子兮腰身放软,后背陷进柔软的沙发,伸手抚摸了她圆滚滚的肚皮,"你别恨我,袁泽,我不过是想为我的孩子争一争。我不想看见我那继子,裴政东是我的,画廊也是我的。至于楚忞,等着学成归来,继承楚家,不是挺好嘛。"

袁泽没再说话,陆子兮就把手上平板递过来,"楚忞的平板,你拿着吧,扔这儿也是没用。"

袁泽顿了顿,伸手取了它。

陆子兮走了很久,袁泽都没回过神来。她握着那电脑,注视着那幅价格昂贵到惊人的楚忞的肖像,面上一丝表情也无,很有些麻木的样子。

陆子兮这是来干吗呢?楚忞在哪儿呢?他为什么不出现?

她到底没能听得明白。

就在这个时候,袁泽听到一首歌。

> 我站在十字路口不知去向
> 像一个孩子等待谁的原谅
> 幻想大街上有张床
> 什么都不想睡到天亮
> 这世界摊开一张繁密的网

有多少流言蜚语把我捆绑
反正穿不破冷围墙
索性关起窗遮挡阳光
我没你想的那么坚强
总有些重量无法抵挡
我会在深夜默默脱下西装
数着镜子里遍体鳞伤
我没你想的那么坚强
有时也想找地方躲藏
不让人看见泪水红了眼眶
把墨镜戴上假装无恙

她恍惚听着，莫名就落下泪来。

尾声　愿我所爱的人，平安喜乐

　　南山下的事业越来越稳固，袁泽不愿意贪多，仍旧往精品民宿的方向做。

　　她很久没有街拍，那天路过废墟中再建的省实验附小，鬼使神差地踏着那一片建筑垃圾缓慢走进去，在那未完工的摇摇欲坠的楼顶坐了整整一个下午。

　　她拍了好多照片，想给楚岙看，才发现，微博私信、微信都被他拉黑了。

　　她茫然看着那刺眼的小红点，苦笑着离屋顶边缘远一点，再远一点。

　　天色好得很，她能看见远处青山清晰的轮廓，能看见暮色从山坳里缓缓升起，慢慢咬住了霞光一点点吞噬。

　　她理智尚在，及时回转。

　　回头的时候，就看见有一弯细瘦月亮，线一样地挂着。风一吹，那些光就碎成一片片的，顺着城市的霓虹落下来。

　　天上就只剩下黑。

　　袁泽渐渐习惯了这样的日子。

　　生日那天，肖梦兰将回迁房的钥匙给了袁泽。袁泽推脱不要，转而自己买了一套小小的单身公寓，那是属于她自己的蜗居。

搬家的时候,她说:"终于不必流离失所啦。"

苏小满看着她,笑得无比心疼。

她渐渐明白:接受自己,就是活着最好的状态。

这是曾经楚岙翻来覆去说给她听的话。

那些痛苦还是会蚕食她的心,却丝毫不会影响她活得更加美好。她反复地问自己,反复地审视。她承认伤痕的存在,她知道被蒙蔽的痛苦,她晓得穿越那片荆棘回到正轨,她要付出怎样遍体鳞伤的代价。可是诡异的是,这一片鲜血淋漓的伤,意外地开出花来,她终于学会了肯定爱的存在。不管多么痛苦,多么伤痕累累,她都无法否认,相比于一年前一无所有满身仇恨,现在的袁泽好太多太多了。

即便那人一言不发地走了,不负责任地失踪了,她仍旧想要感谢那曾经存在过的爱。

一如当年楚岙说,爱是认可、尊重,爱是成全。

这一段匆匆忙忙的爱恨,终究成全了她的成长。那是一种涅槃,充满了疼痛,也恍若重生。

她陪苏小满去看《灰姑娘》。灰姑娘从城堡里一路奔逃,十二点的钟声响了,一声一声地催着蜥蜴先生变成蜥蜴,鹅先生变成鹅,老鼠先生变成老鼠——一切都恢复原样。灰姑娘拖着肮脏的裙裾,抱着她残留的那只水晶鞋,淋着雨。

她没有哭。

她一直微笑,发自心底地微笑。她说,她太幸福了,她会用一生去铭记这一个晚上。

那一刻,袁泽那么疼痛。

她说:"苏小满,其实我是要谢谢楚岙的。"

苏小满心里的弦猛然断开一般,"袁泽。"

袁泽微笑,到底没再说什么。可就在那个时候,她清楚地感觉到一种圆满,圆满之后,开始涅槃。

她默默离开观影厅,静静坐在角落,掏出手机,登陆了久违的情话一百天的账号。

她发了一篇长微博。

"谢谢你曾费心为我造一个梦境,即使这美梦初醒的时候,我也曾无比疼痛。但是,因为那梦的存在,我这一生,都开始圆满。我甚至觉得,遇见你的这短暂的一年一岁,成全了过往许多、许多许多年的成长。

"残梦已了。谢谢你给我爱,也给我恨。给我梦境,也给我幻灭。给我一个去往天堂的机会,却顺路带我看到了炼狱。因为你,我终于知道,天堂太远,地狱太冷,而人间正好。

"楚岙,余生所有爱恨,悉数给你。这世上,唯你最好。"

陆子兮早产了。

她出事那天下着大雨,整个东泉都被积水掩盖,来不及排放的积水在城市每个角落肆意冲撞,淹没无数地下超市和涵洞,停水、停电,交通几乎瘫痪。

这是个毫无征兆的意外。当宫缩的疼痛莫名其妙地袭来,陆子兮整个人都绷紧了。裴政东吓得一头冷汗,想都不想便找到了袁泽。

救护车到达的时候,雨水已经灌满了院子。

"我不想死,我不想死。裴先生,救救我,救救孩子……"

救护车的鸣笛声近乎狰狞,剧烈的疼痛令陆子兮五官变形,她一生都没这么狼狈过。随车的大夫一次次焦急地大喊:"快点,快点,产妇随时可能大出血!"

"这么大雨,快不了啊!"

"裴先生,裴先生。"

裴政东紧紧抱着陆子兮,他一双手上伤痕累累全是陆子兮在剧痛中留下的。

袁泽到医院的时候已经浑身湿透,陆仲祈一行还堵在路上。"你还要个屁车,弃车,跑过来!"

"人怎么还没到?什么情况了?"袁泽站在医院大厅门口,飞溅的雨水令她不得不扯着嗓子嘶吼。

"不行,过不去,救护车堵在路上了……"裴政东急得面无人色,他一双手颤抖着抚上陆子兮圆滚滚的肚皮,"完了,我们完了。"

他这句话说完的时候,袁泽忍不住爆了粗口,"闭嘴,去问医生,弃车把人背过来行不行,我去找人交涉过去接应你们……"

袁泽这话没说完,就听见那边大夫急促的声音,"胎心不好,这孩子可能……"

"袁泽——"陆子兮忽然拼尽全力无比尖锐地这么喊了一声,"袁泽,我要死了,你是不是特得意……你是不是特得意……"

她这一句话,从尖叫到喘息,到最后只剩下一缕气声,将吐未吐地含在口中,那一行泪从她瞪大的双眼里涌出来,"这是报应,这都是报应……"

"陆子兮!你给我撑着!我得意个屁!"袁泽一颗心要

从胸腔里跳出来，这样声嘶力竭的一句话掩盖在轰鸣的暴雨声中，残留的竟也不过一丝半点。

眼看着陆仲祈冲过来，袁泽扔了手机，吩咐道："找人！安排接应！孩子胎心不好，产妇有大出血的危险，救护车堵在路上，我去接人！"

她曾经无数次笑话小学生的作文，笑话深夜生病妈妈背着去医院的梗万年不休，难道没有汽车摩托车自行车，可事到临头，她也想不起来，只想以这血肉之躯冲入滂沱大雨，只想用这双腿跑过死神的速度。

远远看见裴政东与医护人员架着担架往前跑的时候，袁泽险些一个跟头栽进水里。雨小些了，但是积水未退。袁泽到陆子兮身边时，她已经面无人色，惨白的脸上一双大眼茫然无神，脸上湿漉漉的不知道是雨是汗还是泪，"袁泽，你高兴吗？"

袁泽瞪着她，一瞬间想起曲家帜死的那年，她也曾这样面无人色地躲在她租的小屋里半死不活，陆子兮也曾这样看着她，半真不假地说："你不能死，袁泽你不能死，你看看，这世界多变态啊，你得陪着我苦……"

袁泽下意识去擦她脸上的雨水，有许多热的泪顺着她眼角往下滑，袁泽摸索着去握陆子兮的手，才恍然发现她手上斑驳的都是血迹。

"陆子兮，你不能死，你看看，这世界多变态啊，你还得陪着我苦……"

"快点！产妇见红了……"

陆子兮眼泪落得更凶了，"我一直不信命，可是你看，你还是在失去，我还是得不到。我以为我能赢，你看，到最后我还是要输了。袁泽，我不甘心。"

"别说了，陆子兮，你给我住嘴！"雨点落得又大又急，砸在人脸上生生作痛，她疯了一样将陆子兮拖起来，试图背着她往前跑，裴政东无措地拉住她，"袁泽，孩子……孩子……"

"人都要不行了！再拖下去就是一尸两命！轮流背！"

那边大夫已然精疲力竭。

袁泽拼尽全力将陆子兮托在背上向前冲去，过膝的雨水冲得她几乎站立不住，裴政东跟跄跟上，伸手将人死死护着。医院门口，陆仲祈、陆孟礼奔出来接应，陆子兮被陆孟礼伸手抱过去的瞬间，袁泽颓然坐进水里，险些被积水扑个跟头。

胎儿不过八个月而已，出世时，一张小脸憋得发紫，儿科专家组竭力抢救，折腾了许久才听到细微的一声哭泣。

手术中的红字亮了好久，陆子兮大出血，危在旦夕。

"我早就跟她说过不要孩子了，不要……她总是不听，她……"裴政东抄着双手坐立不安，一瞬间老了十岁般。

"家属去献下血吧，用血需求太大，目前已经用了二千四百毫升，病人状况不容乐观。"

袁泽裹着陆仲祈的大衣站起来，陆仲祈伸手攥着她手腕子不许她去，到底没有争过她，"去吧，人命关天。裴先生年纪大了，还要照顾子兮，让他留下。"

陆子兮最终救回来了，只可惜，她的子宫没保住。不幸中的万幸，那孩子在重症监护室待了一周有余，转危为安。

陆子兮勉强坐在轮椅上，执意要来看看她的宝贝儿子。她隔着玻璃窗看着保温箱里的小东西，他蜷缩成一团，不声不响，细瘦的小手指握成了拳，细小的指尖恍若透明。

陆子兮眼中都是泪水。她笑着,又无比委屈,回头看着袁泽的时候,她说:"你看,我到底还是赢了。"

"嗯?"

"袁泽,我要是跟你说你不该救我,你会不会觉得很狗血?"

袁泽笑了,"没关系,已经很狗血了,不在乎更狗血。生活本身不就是一出狗血剧嘛。"

陆子兮将那轮椅转了半圈,转身面对袁泽,"我一直都嫉妒你。我想要的一切你都有,偏偏你从来不珍惜。"

袁泽没说话,只是静静地看着陆子兮,那个曾经黄毛丫头的邻家姐姐,后来张扬骄傲的小公主以及现在放肆霸道的女王。她说,她嫉妒袁泽。

"嫉妒我什么?嫉妒我全失去吗?"

陆子兮扭过头去冷笑。

"你父母双全,备受宠爱。我满巷子里疯跑的时候,你穿白色的公主裙坐在海棠树下拨琴。我哭哑了嗓子都换不来我妈一个回头,你妈妈对你那么好,呵护备至,全心全意,可你完全不在意。外婆走后,我身边没一个亲人,陆家虽收养资助我,可唯一肯对我亲近的不过一个陆仲祈。怎样?不过半月,他张口闭口就只剩下袁泽。他为了你,呵呵,不惜跟家里吵翻,放弃优渥的条件追到警校,白白浪费三年,可你还是轻而易举就爱上了别人。一直到现在,陆仲祈守了你这么多年,你照样一转眼就爱上了一个比你小六岁的青年。

"袁泽,我想要的一切我都得不到,是我命不好。你想要的一切最终都会失去,我却觉得,是你应有的惩罚,因为你不珍惜,你不配。

"那你又知不知道，我跟裴先生在一起这么多年，为什么到现在没有小孩？还不是因为你。

"袁泽，你为了一个陌生人要死要活的时候，陆仲祈不眠不休守着你的时候，我怀着裴先生的骨肉。如果不是你，我不会被累到小产，不会被他对头看到，裴先生也就不会被逼着放弃参赛资格跑去国外。袁泽，我不能让裴先生背上猥亵学生致人怀孕的罪名……我知道你爱曲家帜，你不知道我爱裴先生。"

她沉默很久，"我真的不想说。袁泽，我不想说……太难了，真的太难了。我二十二岁跟在裴先生身边，你觉得我会眼睁睁看着我苦苦奋斗来的一切，轻而易举全给了楚岙吗？"

"我必须尽快让他离开东泉，最好永远都不被允许来这里。你懂吗？"

袁泽就这么听着，"陆子兮，你知道你再说下去，我们就回不了头了。"

"我们早就回不了头了。袁泽，楚岙的失踪，是我一手导演的。

"那个叫秦郁的女孩儿，是我找来的。你跟楚岙的事儿，也是我透露给楚岙妈妈的，至于如何将他骗至日本，再扣在美国，也是我出谋划策的。不仅这样，我还要以你闺蜜的身份与他接触，误导他你的不原谅，让他彻底死心。

"袁泽，我觉得我做得到。你看，哈哈哈，我做得到。"

这是新生儿危重病区，前者欣欣向荣，后者危在旦夕。这两者交织，便格外有了一种难以言表的晦涩与疼痛。

她侧头看看那病中的小孩儿，又回头看看虚弱的陆子兮，"丧心病狂。"

陆子兮没说话，只用力点了点头。

这一场对话十足尴尬。

一直到裴政东来接陆子兮，袁泽便转身离开。

晦暗不明的长廊看不见头，一面隐在黑暗里，一面落入阳光。袁泽没回头，甚至没说一句再见。

陆子兮忽然开口，喊了一声："楚吞让你等他。他说，最多一年，他带你回家。"

袁泽怔怔站住，好半天没动弹。

倒是裴正东缓步过来，拍了拍她的肩膀。

她回到家的时候，一身冷汗，面无人色。陆仲祈心疼她献血，怕她损了根底，找了中医竭力为她调理，苏小满吃醋吃得顶风二百里都闻得见酸味。

陆仲祈不理她，临走却悄悄往她手心塞了个什么东西，吩咐她："照顾好袁泽。"

等他走后，苏小满整个人就欢喜疯了。

她掌心里栖息着的，分明是一枚精致的钻戒。

袁泽也替她高兴。

南山下经营得很稳定。袁泽按着当初设想，在邻村香溪又扩了两个小院子，一个叫相思落，一个叫相见欢。

然后守着这一片山水静静地过。

晨起看山水，暮间观书画，倒也有一点晨钟暮鼓的滋味。

后来，苏小满嫁给了陆仲祈，婚礼就在南山下办。

袁泽奉命去接苏小满的家人，归来时，整个南山下焕然一新。

陆仲祈终于穿上了那身玄端。

"不错，这儿很漂亮！"

陆仲祈笑了，抬起下巴，指了不远处一个身影，"那小子张罗的，全部都是他的设计。"

"全部？"

袁泽抬头，正好那青年回眸相看。

那视线硬生生地对上，一点缝隙都没有。

他的唇边、眼角尽是笑意，灿烂得让人想沉醉其中……